KB049490

컴퍼스
콤플렉스

1

컴퍼스 콤플렉스 1

초판 1쇄 인쇄 2014년 7월 4일
초판 1쇄 발행 2014년 7월 11일

지은이 백묘
발행인 오영배
기획 박성인 **책임편집** 이신옥
표지·본문 디자인 신경선 **일러스트** 이지선

펴낸곳 (주)삼양출판사·단글
주소 서울특별시 강북구 솔샘로67길 92
대표 전화 02-980-2112 **팩스** / 02-983-0660
블로그 blog.naver.com/dan_gul
출판등록 1999년 3월 11일 제9-00046호

ISBN 979-11-313-0046-6 (04810) / 979-11-313-0045-9 (세트)

+ (주)삼양출판사·단글의 서면 허락 없이는 어떠한 형태나 수단으로도 이 책의 내용을 이용하지 못합니다.
+ 지은이와 협의하에 인지는 생략합니다. 잘못된 책은 구입한 곳에서 바꾸어 드립니다.
+ 이 도서의 국립중앙도서관 출판시도서목록(CIP)은 서지정보유통지원시스템홈페이지(http://seoji.nl.go.kr)와
  국가자료공동목록시스템(http://www.nl.go.kr/kolisnet)에서 이용하실 수 있습니다. (CIP제어번호: 2014019204)

단글은 (주)삼양출판사의 로맨스 문학 브랜드입니다.

컴퍼스 콤플렉스

1

백묘 장편소설

단글

|차례|

이야기 하나, 강남 유행 007

이야기 둘, 돌팔이와 노고 085

이야기 셋, 달콤 보들 사탕 맛?! 157

이야기 넷, 정신병의 이유 207

이야기 다섯, 프러포즈? 프러포즈! 257

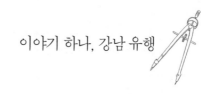

이야기 하나, 강남 유행

아침부터 징조가 안 좋기는 했다.

수십만 원을 주고 산 전기면도기가 고장이 나는 바람에 면도도 제대로 못 하고 나왔다. 편의점에서 일회용 면도기라도 사려고 했는데 불철주야로 영업하던 편의점이 하필이면 오늘따라 휴무였다.

오랜만에 꼬질꼬질한 모습으로 우리 동네 목욕탕을 찾은 날은 한 달에 두 번 있는 정기 휴일에 왜 꼭 걸리는 거냐는 모 그룹의 노랫말에 깊은 공감을 느끼며, 어쩔 수 없이 그대로 출발하는 수밖에 없었다.

하지만 병적으로 깔끔한 터라 미처 못 깎은 수염이 신경 쓰여 좀처럼 운전에 집중이 되질 않았다. 어찌어찌 고속도로에 진입은 했지만 자꾸 백미러로 얼굴을 비춰 보게 되는 걸 막을 수 없었다. 이러다가 사고 나겠지 싶어서 첫 번째로 보이는 휴게소에 들렀다.

휴게소에는 일회용 면도기가 있겠지. 누가 쓰고 갔을지 모를 휴게소 화장실에서 면도를 하고 싶진 않지만 사고 나서 황천 건너는 것보다는 나을 거다.

막 차에서 내렸을 때 채영에게서 전화가 걸려왔다.

[자기, 뭐 해?]

"왜?"

[이번 신차 디자인, 아무래도 세찬 씨 디자인이 뽑힐 것 같아.]

"알았어."

담담한 척 전화를 끊긴 했지만 속이 확 끓어올랐다. 박세찬, 이 얄미운 놈.

한참 후배인 주제에 디자인 몇 개가 성공했다고 의기양양해하는 꼴을 떠올리니 짜증이 치밀었다. 반반한 얼굴 생김새도 마음에 안 들었다.

물론 놈의 외모에 질투를 느끼는 건 아니었다. 놈이 아무리 꾸미고 다닌다고 해도 승민의 외모를 이길 수는 없으니까. 다만 그 얼굴 모양새 자체가 체질적으로 안 맞을 뿐이다. 굵직굵직한 선을 가진 천생 남자의 얼굴이 승민은 싫었다.

습관적으로 턱을 문지르다가 덜 깎인 수염의 까칠함 때문에 폭발해 옆에 있던 쓰레기통을 걷어찼다.

타앙!

안 그래도 불안하게 놓여 있던 쓰레기통이 흔들리는가 싶더니, 그 안에 있던 담배꽁초들이 튀어나왔다. 물에 젖은 담배꽁초 몇 개가 깨끗한 연회색 면바지에 떨어졌다.

"윽……!"

낮은 신음을 흘리며 참담한 기분으로 바지를 내려다봤다. 핏방울이라도 떨어진 듯 진갈색으로 변색되는 바지를 보자 구역질이 났다. 더러워진 바지를 계속 입고 돌아다녀야 하는 게 끔찍했지만, 그렇다고 다시 서울에 올라가 옷을 사 올 수도 없는 노릇이었다. 당일에 돌아올 생각으로 여벌 옷을 챙겨 오지도 않았으니 꼼짝없이 지저분한 바지를 입고 가는 수밖에 없었다.

누구의 것인지도 모를 타액이 섞인 액체가 혐오스러운 생물이 되어 허벅지 위를 기어가는 느낌이 들었다. 될 수 있으면 다리를 움직이지 않으려고 애쓰며 걸었더니 절뚝절뚝거리는 모양새가 됐다. 휴게소 편의점에서 면도기와 물티슈를 찾아 계산을 하는 동안 계산원인 아주머니가,

'젊은 총각이 안됐네.'

라는 눈빛을 보냈다.

내 다리는 멀쩡합니다, 라고 말해 주고 싶었지만, 두 번 볼 사람도 아닌데 굳이 변명할 필요는 없을 것 같아 그냥 밖으로 나왔다. 물티슈로 바지에 묻은 얼룩을 닦아 보려 했지만 문지르면 문지를수록 얼룩은 커지기만 했다.

"제길."

승민은 욕설을 내뱉으며 차로 향했다. 그리고 운전석에 앉아 꾸물꾸물 바지를 벗었다. 타액과 담뱃진이 묻은 바지를 입고 가느니 차라리 벗는 게 나았다. 더러워진 바지 때문에 면도에 대한 생각이 사라진 게 다행이라면 다행이었다.

휴게소를 나와 거칠게 차를 몰았다. 한시라도 빨리 목적지에 도착해 씻을 생각으로 머릿속이 가득했다. 머리 위로 시원하게 떨어지는 깨끗한 물을 떠올리는 것만으로도 한결 기분이 나아졌다.

평일 낮이라 고속도로는 한산한 편이어서 규정 속도를 훨씬 넘어가는 속도를 유지할 수 있었다.

부모님은 말 그대로 '산골 마을'에 살고 있었다.

"아들 다 키웠으니 귀향하련다."

라는 말을 남기고는 붙잡을 새도 없이 시골로 내려가 버렸다. 가는 길이 험한 터라 자주 방문하지는 않지만, 가끔 찾아뵐 때마다 어떻게든 서울로 모셔 오려고 노력했다. 하지만 아버지는,

"마씨 고집은 황소고집이야! 넌 날 못 이겨!"

라며 승민을 조롱했다. 승민은 말해 주고 싶었다.

아버지, 저도 마씨입니다.

투⋯⋯⋯ 투투투⋯⋯ 투웅⋯⋯ 투⋯⋯

엔진에서 이상한 소리가 나기 시작한 것은 본가에 이르기까지 20킬로미터 정도 남았을 때였다.

"젠장!"

불안하다 싶었는데 도로 중간에서 멈추고 말았다. 신경질적으로 창문을 내리고 주위를 둘러봤다. 도움을 청할 차 한 대 지나다니지 않는 한산하다 못해 을씨년스럽기까지 한 도로였다. 다시 한 번 부모님의 서울행을 주장해야겠다고 다짐하며 휴대폰을 꺼냈다.

본사 수리 센터의 번호를 눌렀다가 지웠다. 직접 디자인한 차인데 문제가 생겼다는 걸 알리고 싶지 않았다. 디자인과는 하등 상관

없는 차 내부의 문제인데도, 설계팀 놈들이 그것 보라며 의기양양해할 게 뻔했다.

'공돌이 놈들.'

114에 전화해 근처의 카센터 번호를 알아냈다. 이런 후줄근한 동네에 있는 카센터에 이 고급차를 맡기는 게 불안했지만 달리 선택의 여지가 없었다.

중년의 남자가 전화를 받았다. 교양이라고는 찾아볼 수 없는 거친 목소리가,

"어쩌다 그런 데서 차가 멈췄대? 곧 사람을 보내지."

라며 으허허허 웃었다. 언제 봤다고 반말이야, 그렇게 한마디 쏘아붙이고 싶었지만 같은 인종이 되고 싶지 않아 꾹 참고 전화를 끊었다.

나무가 우거진 창밖의 경치는 근사했고 창문으로 들어오는 공기는 신선했다. 하지만 승민은 자연을 즐길 겨를이 없었다. 이런 곳에서 시간을 보내느니 디자인 한 장 더 그리는 게 나았다.

전화 끊은 지 5분도 안 지났는데 초조한 기분으로 핸들을 두드렸다. 어머니의 전화에 응하는 게 아니었다.

"네 아버지가 쓰러지셨어!"

라는 말은 부모님이 승민을 보고 싶을 때마다 사용하는 마법의 주문이었다. 아버지가 심장이 안 좋은 것을 알기에 처음 몇 번은 진심으로 놀라서 일을 전부 내려놓고 달려갔다. 그럴 때마다 승민을 기다리는 건 누가 봐도 건강해 보이는 아버지였다.

"그렇다고 무시할 수도 없는 노릇이고……."

어쩌면 진짜일 수도 있으니 승민은 매번 속아드릴 수밖에 없었다. 부유하지 않은 환경에서도 그림 공부를 시켜 주고 유학까지 보내 준 부모님이다. 그런 부모님이 아들 보고 싶다고 부르는 것까지 모르는 척할 수는 없겠지만, 언제 한번 '양치기 소년' 우화를 들려드려야겠다는 결심을 했다.

그때, 차가 달려오는 소리가 들리는가 싶더니 견인차 한 대가 승민의 차 앞에 멈췄다. 승민은 눈만 들어 견인차를 확인했다. 트럭의 뒤에는 '다고쳐 정비소'라는 이름이 굵은 글씨로 쓰여 있었다.

촌스럽긴.

운전석에서 내린 사람은 이제 막 중학생쯤 되었을까 싶은 작은 몸집의 소년이었다. 챙이 긴 모자를 푹 눌러쓰고 있어서 얼굴은 보이지 않았다.

당연히 전화를 받은 남자가 올 줄 알았기 때문에 소년의 등장은 승민을 당황하게 만들었다.

'요새는 어린애들한테도 면허를 주나? 아니면 이 시골 바닥은 무법 지대인 거야?'

정비공 복장을 한 소년은 저벅저벅 다가와 창문을 툭툭 두드렸다.

"정비소에서 나왔습니다. 아까 전화하신 분 맞죠?"

변성기도 지나지 않았는지 가느다란 목소리였다. 어쩌면 초등학생일지도 모르겠다.

"아, 그런데……."

"그럼 확인 좀 해 보겠습니다."

승민이 말릴 틈도 없이, 소년은 차 앞으로 가 보닛에 얼굴을 댔다. 마치 차가 연인이라도 되는 듯 볼을 부비는 소년의 행동에 승민은 황당함을 금할 수가 없었다. 아무리 이 차가 시골에서 만나 볼수 없는 고급차라고는 해도 남의 차에 얼굴을 비비는 건 좀 심하지 않은가. 그것도 차 주인을 멀쩡히 앞에 둔 채로.

직접 디자인한 소중한 차가 아무것도 모르는 애송이에게 농락당하게 둘 수는 없었다. 승민은 차에서 내렸다.

차 문이 열리는 소리를 들었을 텐데도 소년은 얼굴 비비기를 그치지 않았다. 승민은 일부러 세게 문을 닫았다.

쾅!

그제야 소년이 반응을 보였다.

"문 좀 살살 닫으시죠?"

남이야 자기 소유의 차 문을 세게 닫든, 살살 닫든 뭔 상관이란 말인가. 자기는 남의 차에 얼굴을 부비고 있는 주제에.

"너야말로 그 짓 좀 관두지?"

"열을 재고 있는 겁니다."

"열?"

"엔진 오일 점검하셨습니까?"

드디어 소년이 얼굴을 떼고 허리를 폈다. 승민보다 머리 하나는 작은 녀석이었다.

"엔진 오일?"

"쓸데없이 비싸기만 한 차를 끌고 다니면서 정작 엔진 오일이 차에 얼마나 중요한지는 모르십니까?"

"쓸데없이 비싸?"

다른 건 몰라도 직접 디자인한 차에 대해 욕하는 건 참을 수 없었다. 부모가 본인들 욕하는 것보다 자식욕에 더 분노하는 것처럼, 승민에게 있어서 자신이 직접 디자인한 차는 자식이나 다름없었다. 생전 가야 이런 차의 보닛도 갖지 못할 것처럼 생긴 녀석이 '쓸데없이 비싼 차'라고 폄하하다니.

다른 때라면 멍청한 놈이라고 생각하며 무시하고 넘어갔을 테지만, 승민은 아침부터 짜증이 쌓이고 쌓여 한계에 이른 상태였다.

"쓸데없이 비싸다니. 지금 이 차가 어떤 평가를 받고 있는지 모르는 모양인데……."

"모르긴 왜 모릅니까? 차세대 엔진이 어떻고, 인체 공학 설계가 어떻고, 세련된 디자인이 어떻고. 그래 봐야 회사에서 돈 좀 써서 만든 이미지겠죠. 돈만 쓰면 백 원짜리 쓰레기통도 몇백만 원짜리 보석함이 되지 않습니까? 안 그래요?"

"지금…… 내 차가 쓰레기통이라는 거냐?"

"비유입니다. 국어 모르세요?"

빈정거리는 말투. 승민은 결국 폭발했다.

변성기도 지나지 않은 중학생이 뭘 알까, 그렇게 생각할 여유는 남아 있지 않았다. 승민은 작은 소년의 멱살을 움켜쥐었다.

소년의 몸이 거세게 흔들리며 눌러쓰고 있던 모자가 벗겨졌다. 데구르르 굴러가는 모자에 잠깐 시선을 줬던 승민은 다시 소년을 쳐다봤다. 긴 챙 안에 감춰져 있던 자그마한 얼굴. 그 얼굴을 보는 순간 승민의 안에 가득 차 있던 분노가 언제 그랬냐는 듯 사라지고 당혹감만 남았다.

햇빛을 받지 못한 듯 하얗고 갸름한 얼굴, 가느다랗지만 진한 눈썹과 그 아래 길게 난 속눈썹, 작고 오뚝한 코와 도톰하게 올라온 입술. 그리고 겁 없이 승민을 노려보는 연갈색 눈동자.

여자다!

동네 미용실에서 대충 자른 듯한 짧은 머리지만, 승민은 확신했다.

여자야!

그렇다면 작은 몸집도, 가느다란 목소리도 이해할 수 있었다.

중학생이 아니라 여자였던 거야! 그리고 난 여자의 멱살을 잡은 파렴치한 놈이고!

여자의 멱살을 잡았다는 충격에 승민은 얼어붙었다. 여자는 승민의 거친 행동에도 당황한 기색이 없었다. 멱살 잡은 손을 뿌리치지도 않은 채 승민을 바라보며 또박또박 말했다.

"이 차가 비싸든 싸든, 그런 건 아무래도 좋습니다. 자기 차 아낄 줄 모르고 문이나 쾅쾅 닫고, 엔진 오일 점검도 하지 않은 채 이런 길을 달리는 인간이 얼마나 기본도 안 된 인간인지는 안 봐도 뻔하죠. 그리고 열을 재 보니까 적어도 110킬로미터가 넘는 속도로 달린 것 같은데, 이 길을 110킬로미터로 달리는 건 차한테 너무 가혹하다는 생각은 안 하셨습니까?"

인형 같은 도톰한 입술이 달싹달싹 움직이는 것을 승민은 멍하니 쳐다봤다.

"열어 봐야 알겠지만 아무래도 과열 때문에 실린더가 녹아서 엔진이 멈춘 것 같습니다. 엔진 교환을 해야 될 수도 있고요. 그럴 경우에는 센터로 견인해 가서 견적을 내야 합니다."

"어……."

또박또박 이야기하는 여자에게 '어……'라는 맹한 대답 외에 다른 말을 할 수 없었다. 여자는 어이없다는 표정으로 승민을 쳐다보다가 여전히 멱살을 잡고 있는 손을 눈으로 가리켰다.

"그럼 이것 좀 놔 주시죠."

"아아…… 미안……."

승민은 당황해서 얼른 손을 뗐다. 여자는 귀찮은 일을 당했다는 표정으로 옷을 툭툭 두드려 정리하고, 바닥에 떨어진 모자를 집어 푹 눌러썼다. 정비복 왼쪽 가슴 부분에 '정현수'라는 이름이 쓰여 있었다.

"정현수……?"

"네?"

여자가 승민을 돌아봤다.

"아, 이름이 정현수인가?"

"네, 그런데요?"

"남자 이름 같네."

"……."

방금 건 승민이 생각하기에도 정말 바보스러운 발언이었다. 역시나 현수는 황당하다는 듯 승민을 쳐다봤다.

"제 이름은 아무래도 좋으니까……."

현수가 보닛을 열며 말했다.

"바지나 좀 입으시죠."

아침부터 징조가 안 좋기는 했다.

돼지가 사람 말을 하는 악몽에 시달리다가 잠에서 깼다. 찌뿌드드한 기분으로 창문을 열었더니 지붕 아래에 둥지를 틀고 있던 동박새 새끼 한 마리가 떨어져 죽어 있었다. 불쌍한 마음에 새끼 새를 묻어 주고 샤워를 하러 들어갔는데 차가운 물이 쏟아졌다. 보일러가 고장 난 탓이었다. 아침부터 참 일진 사납다고 생각하며 퉁퉁 부은 얼굴로 밥을 먹다가 돌을 씹었다. 우적우적 씹고 있던 터라 하마터면 이가 부러질 뻔했다.

이런저런 안 좋은 징조가 있기는 했지만 그렇다고 미친놈을 만나게 될 줄은 몰랐다.

'대체 바지는 왜 안 입고 다니는 거야? 변태 자식.'

바지를 입으라는 말에 놈은,

"이게 패션이야."

라고 대답했다. 그러면서,

"이런 시골구석에 살아서 모르는 모양인데, 서울에선 이 스타일이 유행이거든. 강남에 가 봐. 다 이렇게 입고 다녀."

라는 말을 덧붙였다. 서울 자부심을 한껏 드러내며 강남 운운하는 놈에게 말해 주고 싶었다.

나, 강남에 자주 가거든. 이 사이코 자식아!

자칫하면 사이코가 옮을 것 같아서 깊이 상대하지 않기로 했다. 정비소까지 따라온다는 것을 수리에 하루 가까이 걸리고, 또 주위에 돼지우리가 있어서 냄새날 거라는 거짓말로 떨쳐냈다. 놈은 돼지우리라는 말에 한참 고민하더니 결국 콜택시를 불러 그곳을 떠났다.

놈에게 받은 명함을 대충 던져두고 정비소로 향했다. 정비소엔 진혁이 와 있었다.

서울서 학교 다니느라 바쁜 녀석이 허구한 날 시골에 내려오는 걸 보면 참 부지런하지 싶다. 생각해 보면 진혁은 어릴 적부터 굉장히 부지런했다. 빠릿빠릿한 진혁과 비교를 당했던 어린 시절을 생각하면 여전히 화가 치민다. 어른들은 왜 모를까. 그 빠릿빠릿한 녀석이 사실은 바보라는 걸.

"이야, 차 죽인다!"

진혁이 휘파람을 불며 놈의 차에 다가갔다.

"만지지 마. 미친놈 옮는다."

"응? 미친놈?"

진혁은 이미 차의 보닛을 만지작거리고 있었다.

"이야아. 이 느낌 좀 봐. 손바닥에 아주 착착 들러붙는 게…… 키야, 진짜 죽이네, 죽여."

"그럼 그냥 죽어."

"말이 심해."

"심하긴 뭐가 심해? 하여간 사내놈들은 비싼 차라면 껌뻑 죽는다니까."

"이건 그냥 비싼 차가 아니잖냐. 남자의 차, 남자의 자존심. 이거 아마 일 억 정도 할걸?"

"그걸 거품이라고들 하지. 하명 자동차와 CM 시리즈라는 이름이 만들어 낸 거품."

"그런 거품이 바로 남자의 자존심이라는 거야. 거품이 클수록 자존심도 올라가는 거지."

"그럼 카푸치노 마시는 사람은 자존심이 하늘을 찌르겠네, 아주."

"어디가 고장 난 거야?"

"엔진. 오일 점검을 안 해서 실린더가 눌어붙었어."

"그래서 잔뜩 화가 나셨구만?"

진혁이 시원스럽게 웃으며 한 팔로 현수의 목을 끌어안았다.

"우리 현수는 차를 아주 많이 사랑하니까요."

"덥다, 놔라."

"하여간 우리 현수, 아주 귀여워 죽겠어."

진혁은 현수의 말을 무시하고 그녀의 머리를 마구 쓰다듬었다. 자기네 집에서 키우는 백구나 쓰다듬어 줄 것이지, 왜 굳이 여기까지 찾아와서 인간의 머리를 쓰다듬고 싶어 하는 건지 모르겠다. 현수는 진혁을 매단 채로 정비소 건물로 들어갔다.

"아버지 못 봤어?"

정비소 안에 있어야 할 아버지가 보이지 않았다.

"점심 드시러 가셨어. 김씨 할머니 댁에서 닭 잡는대."

"늦으시겠네."

"뭐, 약주 한잔 걸치시면 늦으시겠지. 아, 선물 사 왔다."

"선물?"

"기다려 봐."

그러더니 진혁이 밖으로 나갔다가 돌아왔다. 진혁의 손에는 분홍색 돌고래 인형이 들려 있었다. 보기에도 보들보들할 것 같은 돌고래였다. 현수는 뚱한 표정으로 인형을 쳐다봤다.

"그건 뭐야?"

"귀엽지? 과 여자애랑 아쿠아리움 갔다가 네 생각나서 사 왔다."

"내 생각을 했는데 왜 이런 걸 사와? 실용적인 걸로 좀 사오지."

"자자, 다음엔 실용적인 걸로 사 올 테니까 일단 받아서."

진혁이 억지로 현수에게 돌고래 인형을 떠넘겼다. 손으로 한 번 쓰다듬어 보니 예상했던 대로 인형은 보드랍고 포근했다. 현수는 당장이라도 돌고래 인형을 끌어안고 볼을 비비며 예쁜 이름을 붙여 주고 싶었다. 핑키, 그래 분홍색이니까 네 이름은 핑키가 좋겠다.

하지만 진혁의 앞에서 그런 행동을 할 순 없었다. 남들 앞에서는 터프하게, 남자답게. 정현수라는 이름에 어울리게 행동해야만 한다.

"뭐, 일단 주는 거니까 받아는 주겠는데…… 이런 거, 자리만 차지하고 너무 무용지물이다."

"그러냐? 그럼 그냥 줘. 다른 애 주게."

"뭘 줬다가 뺏어?"

"싫다며?"

"됐어, 준 거니까 받는다고."

돌고래 인형을 대충 —그러나 진혁이 눈치채지 못할 만큼 조심스럽게— 의자 위에 올려놨다. 진혁은 눈을 가늘게 뜨고 현수를 지켜보고 있었다. 난 다 알아, 라는 듯한 눈빛이라서 등골이 서늘해졌다.

'설마…… 내가 인형 좋아하는 걸 눈치챈 건 아니겠지?'

현수는 인형을 올려놓은 의자 다리를 괜히 발끝으로 툭 찼다.

"오늘은 수업 없냐?"

"어. 4학년은 아주 널널하단다."

"등록금이 아깝다. 수업 안 들어도 몇백씩 내야 하는 거 아냐?"

"몇백씩 내야 되지. 그래서 우리 아부지가 소도 파시고, 돼지도 파셨지."

"소 키운 적도 없으면서 무슨. 취업 준비는?"

"건강하게 살다 보면 어떻게든 되겠지."

"봉구 오빠도 건강은 하더라."

봉구 오빠는 나이 서른인데도 놀고먹으며 부모님 속을 썩이는 백수 청년이었다.

"성공해서 시골 떠난다며?"

"성공 안 해도 떠날 수 있더라고. 수리하는 데 오래 걸려?"

"엔진 교체하고, 잔유 제거하고, 오일 넣고…… 음…… 아주 오래 걸리진 않을 것 같아."

"도와줄까?"

"됐어. 가."

"밥은 같이 먹자. 오랜만에 보는 건데."

"이틀 만에 보는 건데 오랜만은 무슨."

면박을 줘도 진혁은 실실 웃기만 했다. 진혁은 웃음을 관장하는 뇌 쪽에 이상이라도 생긴 게 아닐까 싶을 정도로 툭 하면 시원한 웃음을 터트렸다. 아마도 그 때문에 인기가 많은 것 같다.

보고만 있어도 기분이 좋아질 만큼 시원스러운 진혁의 미소를 보니, '미친놈'이라는 생각이 조금은 가셨다. 하지만 수리하는 동안 옆에서 기웃거리던 진혁이,

"근데 이 차주는 어떤 사람이냐? 남자냐? 응? 남자 중의 남자더냐?"

라고 묻는 바람에 남색 트렁크 팬티 차림의 놈이 다시 떠올라 불쾌해졌다.

"그냥 미친놈이더라."

"미친놈이라니! CM3를 끌고 다니는데 미친놈일 수가 없잖아! CM3는 미친놈도 정상인으로 만들어 준다고!"

"그럼 그놈은 정상이 됐는데도 그 지경인 건가? 그전엔 얼마나 미쳐 있었던 거지? 쯧쯧……."

트렁크 팬티를 패션이라 우기며 강남을 거닐 놈을 떠올리자 조금은 불쌍하다는 생각이 들었다. 생긴 건 멀쩡하던데, 그 집 부모님은 아들을 볼 때마다 얼마나 참담할까. 나이도 먹을 만큼 먹어서 트렁크 팬티만 입고 다니는 아들을 지켜볼 그 집 부모님이 안타까웠다.

나라에선 뭘 하고 있는 거지? 그런 놈들을 위한 복지도 마련해 주지 않고.

"근데 이런 차 타고 여기까지 올 일이 뭐가 있는 거지? 이 동네에 정체를 감춘 갑부라도 사나?"

"갑부가 한가하셔서 마실이라도 나오신 모양이지. 물 좋고 공기 좋은 동네니까."

"공기가 좋긴 뭐가 좋냐. 소똥 냄새만 가득한데."

"그게 자연의 냄새지, 뭐. 자연의 냄새가 곧 똥 냄새라는 말도 있잖아."

"하여간 너도 특이해, 정현수. 여자애들은 이런 데서 사는 거 싫어하잖아. 뭐 하나 사려면 한참을 나가야 하고. 여기서 우리랑 같이 학교 다닌 애들, 20대 되자마자 다 서울로 올라가는데 넌 뭐가 좋다고 계속 이 시골구석에 남아 있는 거냐?"

"이런 데가 어떤 덴데? 그래 봐야 다 사람 사는 데지. 그리고 난 조용하고 느긋해서 좋아. 서울은 시끄럽기만 하더라. 사람도 많고."

수리하는 내내 진혁은 귀찮을 정도로 계속 말을 걸어왔다. 남자들 과묵하다는 말은 다 거짓말이다. 지금까지 현수가 만난 사람 중에 진혁이 제일 수다스러웠다.

수리를 마치고 견인차에 던져뒀던 명함을 찾았다. 명함에 있는 번호로 전화를 걸어 수리가 끝났음을 알리려는데, 진혁이 빼앗듯이 명함을 가져갔다. 명함의 로고를 본 진혁의 눈이 놀라움으로 커졌다. 진혁은 명함이 진귀한 보석이라도 되는 듯 이리저리 돌려봤다.

"하명이야!"

금박을 두른 고급스러운 명함에는 한글로 '하명', 영문으로

'HAMYONG'이라는 로고가 진하게 박혀 있었다.

"근데?"

현수가 심드렁하게 대꾸하며 다시 명함을 빼앗아 왔지만 진혁은 포기하지 않고 또 명함을 가져갔다. 얼른 차 보내고 밥 먹고 싶은데.

"하명이라고, 하명! 이 차주, 하명에 다닌다니까? 우와, 디자이너였네. 차 디자이너 명함은 처음 본다."

"다른 직업 명함은 본 적 있고?"

하여간 남자들은 차와 관련된 일엔 왜 이리 유난인지 모르겠다. 필요 이상으로 감탄하는 진혁에게서 명함을 사수하느라 진땀을 뺀 후에야 차주인 마승민에게 전화를 걸 수 있었다. 거만한 목소리로 전화를 받은 승민은,

[30분까지 갈게.]

라고 말하더니 대답도 듣지 않고 전화를 끊었다.

"몇 번 봤다고 반말이야, 이 자식아!"

현수는 끊긴 휴대폰을 노려보며 그렇게 외쳤다.

"반말해?"

"그래! 아주 처음 봤을 때부터 반말을 찍찍 갈기는 게, 인간이 진짜 돼먹질 않았어!"

"이야, 남자네."

"남자는 뭔 놈의 남자! 이 자식은 심지어 바지도 안 입고 다닌다고! 팬티 바람으로 돌아다니더라니까?"

"이야, 남자네!"

"야!"

"현수야."

분노하는 현수의 양쪽 어깨에 진혁이 손을 턱 얹었다. 그리고 짐짓 심각한 눈으로 현수를 바라보며 말했다.

"CM 시리즈를 끌고 다니는 남자는 팬티만 입어도 남자인 거야."

"뭐래."

"CM 시리즈를 끌고 다니는 남자는 발가벗고 다녀도 남자인 거고."

"……우진혁. 그만 해라?"

"CM 시리즈를 끌고 다니는 남자는………."

퍽!

결국 참지 못하고 진혁의 정강이를 걷어찼다. 진혁은 비명을 지르지도 못할 정도로 아픈지, 입을 쩍 벌린 채 두 팔로 정강이를 끌어안았다.

"그놈의 남자 타령 좀 그만 해! 비싼 차 끌고 서울 산다고 처음 보는 사람한테 반말 찍찍 갈기는 놈은 남자든, 여자든 최악이니까! 안 그래도 새끼 새 한 마리 죽어서 기분도 더러운데, 왜 너까지 이 지랄이야!"

"알았어, 알았어. 화 좀 그만 내."

호되게 걷어차였으면서도 진혁은 사람 좋게 웃으며 현수의 어깨를 토닥토닥 두드렸다. 현수는 조금 미안한 생각이 들었다. 반말을 쓴 것도, 팬티만 입고 돌아다닌 것도 그놈인데 진혁에게 너무 심하게 대한 것 같다.

미안하다는 말을 하려고 '저기……' 하고 부르는데 진혁이 현수를 끌어와 품에 안으며 진지하게 말했다.

"현수야. 그 남자 꼬셔라. CM 시리즈를 끌고 다니는 남자를 꼬시는 순간, 인생 역전이거든."

"……."

'수치심'이라는 단어를 모르고 살았다.

어릴 적 코를 찔찔 흘리고 다닌 적도 없었고, 밥을 먹을 때도 젓가락질 참 우아하게 한다며 늘 칭찬을 받았다. 철들 무렵부터는 직접 빨래와 다림질을 했고, 조금이라도 지저분한 신발은 새것처럼 깨끗이 닦기 전까진 신지 않았다.

남들은 어린 시절에 했던 바보짓을 추억 삼아 이야기하며 킬킬거렸지만 승민에게는 그럴 만한 기억이 없었다. 남에게 뒷말이 나오지 않을 만큼, 남들이 우습게 보이지 않을 만큼 '정도(正度)'를 지키며 살아온 것이다.

그러나 오늘 낮, 평생 겪을 '수치심'을 다 겪었다. 아니, 평생 모르고 살 줄 알았던 수치심이라는 감정을 처음으로 알게 되었다.

"제길!"

마당에 들어서자마자 욕설을 내뱉는 승민을 보며, 취미 삼아 키우는 닭들에게 모이를 주던 승민의 어머니 최 여사가 혀를 찼다.

"승민이 너, 왜 팬티 바람으로 돌아다니는 거니?"

승민은 현수에게, 그리고 이곳에 오는 길에 탄 콜택시 기사에게
도 했던 말을 반복했다.

"패션입니다. 강남에선 다 이렇게 입고 다녀요!"

"어휴, 망측하게. 세상이 어떻게 되려는 건지, 원. 그 꼴 보기 전
에 시골로 내려오길 잘했다니까. 안 그러니?"

"그렇게 흉합니까?"

"그럼 안 흉하니? 서른 넘은 남자가 팬티 바람으로 돌아다니는
데."

"어머니 아들이잖아요! 고슴도치도 제 새끼는 함함한다는데, 이
늘씬한 대퇴근을 보고도 흉하다는 말씀을 하십니까?"

"그건 고슴도치한테나 통할 얘기고. 난 아들에게도 공정하기로
했다."

현수에게 '패션이야.'라고 말해 버린 탓에 다시 바지를 챙겨 입는
모습을 보일 수가 없었다. 바지를 입어 버리면 '자신의 패션을 부끄
러워하는 남자'가 되어 버릴 테니까.

속으로 비명을 지르면서도 겉으로 여유를 부리는 게 이렇게 힘
든 일일 줄은 몰랐다. 팬티만 입은 채로 콜택시를 타는 승민을 지켜
보던 현수의 눈길이 잊히지 않았다. 남들보다 커다란 눈동자에 담
긴 경멸을 승민은 똑똑히 목격했다.

타인이 승민을 바라볼 때에 그 눈동자에 '경멸'이라든가, '조롱',
'혐오' 같은 감정이 담기기란 이번이 처음이었다.

"아버지는요?"

현수의 눈빛을 떨쳐 내려 머리를 한 번 흔들곤 물었다. 최 여사

는 닭 모이를 뿌리며 심드렁하게 대꾸했다.

"오락가락하신다."

"오락가락하시는데 어머니는 여기서 닭 모이나 주고 계시고요?"

"살 사람은 살아야지."

"하아."

한숨을 쉬며 안으로 들어갔다. 닭 한 마리가 쫓아와 신발을 쪼기에 '왁!'하고 소리를 질렀더니, 어디선가 '웡웡!' 짖는 소리와 함께 커다란 백구가 달려왔다.

"이건 무슨 동물 농장도 아니고."

승민은 투덜거리며 현관문을 닫아 버렸다. 백구는 가끔 들르는 승민의 얼굴을 알아보고는 박박박 현관문을 긁어댔다. 어디서 감히! 털을 날리며 들러붙는 개 따위는 질색이다.

아버지인 마 교수는 안방에 누워 있었다. 이 더운 여름에 두꺼운 솜이불을 턱 아래까지 끌어올리고 있는 아버지의 모습에 혀를 찼다.

"주무시는 척하는 거 다 압니다."

"콜록…… 콜록……."

"심장이 약하신데 기침은 왜 하십니까? 아버지 심장은 호흡까지 담당한답니까?"

"승민아……."

꾸며낸 것이 분명한, 죽어 가는 목소리로 마 교수가 승민을 불렀다. 승민은 한숨을 쉬면서도 마 교수의 옆에 무릎을 꿇고 앉았다.

"아버지, 제발 이런 일로 좀 부르지 마세요."

"이 애비가 죽기 전에 널 꼭 한번 보고 싶었다."

"2주 전에도 보셨잖아요! 남들이 보면 몇 년째 얼굴도 안 보여드리는 불효자로 알겠습니다! 그리고 이 손, 흙 묻은 걸 보니 지금까지 텃밭이라도 가꾸다가 들어오신 모양이네요. 상추는 잘 큰답니까?"

승민의 예리한 지적에 마 교수가 눈을 번쩍 떴다. 아픈 사람답지 않은 형형한 눈초리로 승민을 쏘아보던 마 교수가 차갑게 말했다.

"지금은 상추 철이 아냐! 그리고 넌 왜 팬티 바람이냐?"

"패션입니다! 강남에서 유행이라고요!"

"쯧쯧. 세상이 어찌 되려고…… 승민아, 너 그냥 여기로 내려와라. 아무리 유행이래도 그 꼴을 하고 살 수는 없잖냐. 사람들이 그런 몰골로 돌아다니는 곳에서 살고 싶으냐?"

"네, 아주 시원하고 좋기만 한데요."

"쯧쯧."

마 교수가 한심하다는 듯 고개를 저었다.

"여하튼 여기는 그 꼴로 돌아다니는 사람 없으니까 내 옷이라도 가져다 입어라. 남부끄러워서, 정말."

남부끄럽다니!

살면서 남에게 부끄러운 존재인 적이 단 한 번도 없었기에 아버지의 입에서 나온 '부끄럽다'는 말에 세상이 무너지는 듯한 충격을 받았다. 머리에 바윗돌이 떨어진 것처럼 띵한 것이, 아버지가 아니라 승민이 이부자리를 펴고 드러누워야 할 판이었다.

"건강은 괜찮으신 거죠?"

"아직은 살 만하다."

"서울로 올라오세요. 그럼 더 자주 찾아뵐 수 있잖아요. 좋은 병원도 많고."

"그 꼴로 다니는 사람들이랑 어떻게 같이 살아?"

"다들 이러고 다니는 건 아니에요."

"됐다. 공기도 좋고 조용하고 사람들도 좋고…… 난 여기가 좋아. 닭들 잘 크고 있는 거 봤지? 처음에 세 마리로 시작한 건데, 벌써 열 마리가 넘었다. 아침마다 먹는 달걀이 얼마나 신선한 줄 아냐?"

"닭은 서울에도 있어요. 전화만 걸면 잘 튀긴 닭을 집 앞까지 배달해 주죠. 취향에 따라 조린 것도, 끓인 것도 가능하고요."

"내 자식 같은 것들을 어떻게 잡아먹어?"

"전 자식도 아닙니까? 왜 이렇게 절 잡아 잡수려고 하세요? 한 달에 몇 번씩 이 시골구석에 찾아오는 거, 아주 힘듭니다. 저 바쁜 거 아시잖아요."

"바쁘긴 뭐가 바빠? 네 이름 걸고 나온 차도 한 대 없는데."

마 교수가 퉁명스럽게 내뱉은 말에 승민은 할 말을 찾을 수가 없었다.

마 교수의 말대로였다.

CM 시리즈는 처음부터 승민이 디자인해서 설계팀과 합심하여 만든 차였다. 차의 분위기와 모양을 생각하느라 뜬눈으로 밤을 새운 것도, 사람들의 취향을 조사하기 위해 발로 뛰어다닌 것도 전부 승민이었다.

그러나 대외적으로는 CM 시리즈의 디자이너가 승민의 한참 선배인 최민석이라고 알려져 있었다. 선배가 후배의 디자인을 가져다가 자신의 이름을 붙여서 내보내는 게 비일비재한 일이기는 했지만, CM의 세 번째 모델이 나올 때까지 그 상황이 이어질 줄은 몰랐다.

"상처받았냐? 응? 상처받았어?"

승민의 침울한 모습을 본 마 교수가 놀리듯이 물었다.

"……됐습니다."

"이런 걸로 상처 받아서 세상을 어떻게 살게? 말도 안 되는 관행 때문에 자기 거 뺏기면서 사는 사람들이 얼마나 많은 줄 알아? 우리 대학에만 해도 조교들이 쓴 논문을 이름만 바꿔서 제출한 교수 나부랭이들이 얼마나 많았는데! 다 그러면서 사는 거야."

"이런 얘기하시려고 여기까지 부르신 겁니까?"

"아니, 나는 아프니까 죽기 전에 우리 아들 얼굴이라도 보려고……."

"됐습니다."

승민의 표정이 어두워지자 마 교수가 한발 물러섰지만, 이미 가라앉을 대로 가라앉아 버린 승민의 기분은 나아지지 않았다.

20대 초반에만 해도 세상 모든 것들을 다 손에 쥐고 흔들 수 있을 줄 알았는데, 서른 넘은 지금은 손에 쥔 것도 뺏기고 있다. 나 잘났다고 하면서 다니기는 하지만 이 문제에 부딪힐 때마다 속이 답답해지는 건 어쩔 수 없었다.

"일단 좀 씻고 올게요."

시골에 있는 집이기는 하지만, 부모님이 이사 올 때 재건축을 한 덕에 내부는 편리하고 깨끗했다. 승민은 욕실에 들어가 옷을 벗고 차가운 물을 틀었다. 서울과는 달리 얼음처럼 차가운 물이 머리 위로 쏟아졌다. 심장이 멎을 정도로 찬물을 맞으면서도 부글부글 끓는 속은 쉬이 가라앉지 않았다.

마 교수는 승민에게 하명을 그만두라고 했다. 하명보다 조금 못한 기업이라도 들어가서 네 이름의 차를 만들라고 말했다. 하지만 그럴 수는 없었다. 더 나은 기업을 가도 모자랄 판에 더 못한 곳으로 가라니. 그게 좌천되는 것과 다를 게 뭐란 말인가.

하명은 자동차 산업에서만큼은 국내 최고다. 그런 곳을 포기할 수는 없었다.

이제 조금만, 조금만 더 인내하고 버티면 원하는 것을 가질 수 있을 것이다.

시간을 들여 씻고 나왔더니 최 여사가 바지를 준비해 놨다. 마 교수의 바지였다.

"이런 걸 어떻게 입어요?"

"그 꼴보다는 나아. 동네 부끄럽게 하지 말고 어서 입어."

"에이씨."

승민보다 키가 작은 마 교수의 바지를 입었더니 바지 끝이 복숭아뼈까지도 내려오지 않았다. 게다가 시골 시장에서 산 건지 촌티가 좔좔 흘러, 이런 옷을 입느니 팬티 차림인 게 낫겠다는 생각마저 들었다. 승민의 팬티는 한 장에 십만 원이 넘는 고급 브랜드의 팬티였다.

"허리가 커요."

"이걸로라도 졸라 매."

최 여사가 던져준 것은 요샌 찾아보기도 힘든 노란 고무줄이었다. 옛날, 어린애들에게 천 기저귀를 채울 때 사용하던 속이 비고 두꺼운 노란 고무줄.

"아, 어무니!"

"어무니는 뭘 그렇게 찾아대? 팬티보다는 낫잖아!"

"제 팬티가 얼마짜린 줄 아세요?"

"팬티 타령 좀 그만 해라. 듣기 싫다!"

"어머니가 먼저 시작하셨잖아요!"

"에잉! 아들이라고 하나 있는 녀석이……."

"제가 뭘요!"

하여간 오늘은 정말이지, 아침부터 징조가 좋지 않았다.

면도기가 고장 났을 때 깔끔하게 시골행을 포기할 걸 그랬다고 생각하며 승민은 노란 고무줄을 벨트 구멍에 넣어 바지를 졸라맸다. 그렇게 하고 거울 앞에 서니 영락없는 시골 총각이다. 닭을 쫓아다니며 까르르 웃어도 위화감이 없을 것 같은 모습에 한숨이 절로 나왔다.

이 마승민이 어쩌다가 이렇게 된 걸까.

복숭아뼈 위로 댕강 올라오는 바지 길이가 신경 쓰여서 견딜 수가 없었다.

풀밖에 없는 간소한 밥상으로 점심을 먹고 커다란 창문이 있는 거실에 누웠다. 창문으로 들어오는 햇살이 자리 잡은 고즈넉한 거실. 모르는 사람이 보면 더없이 편해 보였겠지만 승민의 머릿속은 여러 가지 생각들로 복잡한 상황이었다.

'박세찬이 발탁될 것 같단 말이지.'

서민을 위한 보급형 중형차 시리즈를 개발하기로 했다. 가격은 저렴하지만 외관은 고급스럽게 가자는 콘셉트. 그러려면 허영심을 채워줄 수 있는 디자인이 필요했다. 사내 디자이너들을 대상으로 신차 디자인 공모를 진행했고, 시리즈로 전개할 계획이니만큼 그에 따른 보상도 파격적이었다. 직급과 연봉 인상, 성과급, 게다가 신차의 이름을 직접 붙일 수 있는 자격까지.

현재 하명에서 가장 밀고 있는 CM의 정식 이름은 〈Car of Man〉. 승민 혼자서만 자신이 만들었다는 의미로 〈Car of Maseungmin〉이라 부르고 있었다. 마승민의 차, 미승민이 디자인한 차. 하지만 대외적으로는 '최민석이 디자인한 차'일 뿐, 마승민이 만들었다는 걸 알아주는 사람은 없었다.

하지만 그런 설움도 이제는 끝이다. 이번 공모에 채택되기만 한다면 그때야말로 마승민의 차를 만들 수 있을 거라고 생각했다.

'박세찬, 걔 디자인이 뭐 그리 대단하다고…….'

세찬은 승민의 한참 후배였다. 나이로 따지면 한 살밖에 차이가 안 나지만, 경력에 있어서는 거의 5년이나 아래다. 어린 나이에 하명 자동차 수석 디자이너의 눈에 들어 낙하산처럼 하명에 들어온 승민과 취업 지옥을 치르고 간신히 입사해 바닥부터 올라온 세찬은 시작부터가 달랐다. 그런데 세찬은 벌써 승민이 있는 자리까지 넘어오려 하고 있었다.

'뭐가 문제인 거야?'

초조함과 답답함이 사라지지 않았다.

천재라는 소리를 들으며 살아왔지만, 사회는 천재에게 그리 너그럽지 않았다. 아무리 천재면 뭐 하겠는가. 자기가 만든 차에 자기 이름을 붙일 수도 없는데. 그 차 이후에 다른 차를 만들지도 못하는데.

채영에게서 전화가 걸려온 건 끝내 찾아든 편두통 때문에 두통약을 찾고 있을 때였다.

[자기, 어디야?]

"본가에 왔어. 왜?"

[서울엔 언제 오는데?]

"오늘········· 아, 어쩌면 내일 갈지도 모르겠네."

현수가 수리에 하루 종일이 걸릴 거라고 했던 말을 떠올렸다.

[그래? 울적해서 술 한잔하려고 했더니······ 아쉽네.]

"왜 울적한데?"

[나도 이번에 공모했잖아. 그런데 세찬 씨가 홀랑 가져가게 생겼으니 울적하지. 내 이름 붙이고 싶었는데.]

동감이야, 라고 생각했지만 굳이 말하진 않았다. 약한 모습은 누구에게도 보일 수 없다. 하지만 한잔하고 싶은 건 승민도 마찬가지였다. 채영은 여자치고는 말이 잘 통하니까 얘기를 하다 보면 편두통이 조금은 가실지도 몰랐다.

"있어 봐. 시간 좀 알아보고 다시 연락할게."

[응, 기다릴게.]

전화를 끊자마자 기다렸다는 듯 또 휴대폰이 울렸다. 등록되지 않은 번호였다.

"네."

하고 전화를 받았더니,

[카센터입니다.]

라는 대답이 들려왔다. 수리를 끝냈으니 찾으러 오라는 전화였다. 여자답지 않게 툴툴거리는 듯한 말투가 마음에 안 들었다.

"30분까지 갈게."

그렇게 대답하고 곧바로 전화를 끊었다.

보통 여성과 통화를 할 때는 상대가 전화를 끊을 때까지 약간의 여유를 두지만, 지금은 그런 생각을 할 여유가 없었다. 잠시 잊고 있던 현수의 경멸 어린 시선이 생생하게 떠올랐기 때문이다.

콜택시를 부른 후, 채영에게 전화를 걸어 오늘 저녁 약속을 잡았다. 서둘러 올라가면 채영의 근무가 끝나기 전에 서울에 도착할 것이다.

"아버지, 어머니. 저 서울 올라갑니다."

부모님은 마당에서 백구를 쓰다듬으며 도란도란 대화를 나누는 중이었다.

"왜? 하루 자고 가지?"

"급한 일이 생겨서요. 곧 생신이시니까 그때 내려올게요."

"바지는 내놓고 가! 그거 내 외출복이야."

마 교수가 말했다.

그제야 승민은 잊고 있던 촌스러운 바지의 존재를 깨달았다. 껑

충한 바지 기장을 보니 새삼 한숨이 나왔지만, 이게 아니면 달리 입고 갈 옷이 없었다. 그렇다고 어머니의 몸뻬 바지를 입을 수도 없는 거고.

차에 바지가 있기는 했지만 순결을 잃은 바지였다. 그 바지를 입느니 이 바지가 나을 것 같다. 서울에 올라가자마자 백화점에 들러 옷을 사야겠다.

현수에게 이 모습을 보여 줘야 한다는 게 마음에 걸렸지만 곧 생각을 바꿨다. 어차피 이번에 보고 나면 두 번 다시 안 볼 사이다. 게다가 이미 팬티 차림까지 보여준 마당에 이제 와서 한껏 꾸민다고 뭐가 달라지겠는가.

"서울 가면 택배로 보내드릴게요."

"왜? 서울에선 팬티가 유행이라며?"

"제가 사는 곳은 강남이 아니라서요."

백구의 배웅을 뒤로하고 도로로 나갔다. 차가 다니는 도로까지 나가는 데만도 5분이 넘게 걸렸다. 버스 정류장이 있기는 했지만 1시간에 한 대씩 온다고 들었다. 이런 곳까지 오는 버스가 있다는 게 신기했다.

버스 정류장 앞에 서서 5분쯤 기다렸을 때 콜택시가 도착했다. 택시를 타고,

"다고쳐 카센터로 가주세요."

했더니,

"어이구, 우리 현수 친구야? 현수 귀엽지? 우리 며느리 삼고 싶다니까. 애가 야무지고 얼굴도 예쁘고."

라는 수다가 돌아왔다. 옆집 밥그릇 개수까지 아는 게 시골이라 더니, 중학생처럼 보이는 현수라는 여자도 이곳에서는 스타인 모양 이다.

아저씨, 강남에 한번 가봐. 그런 여자 널리고 널렸어.

얼마를 달려 도착한 카센터에는 현수만 있는 게 아니었다. 키도, 덩치도 큰 청년이 함께 있었다. 승민도 꽤나 큰 키였는데 현수 옆의 남자에 비하면 한참 작아 보였다.

"마승민 씨?"

청년이 다가왔다.

싱글싱글 웃는 얼굴이 나쁘지는 않았다. 차림새도 시골 청년답 지 않게 세련됐다.

"네, 그런데요."

"이거, 이거 반갑습니다. 전 현수 친구인 우진혁입니다. 우, 진, 혁이요."

궁금하지도 않은 이름을 또박또박 말하며 진혁은 승민이 피할 새도 없이 두 손으로 승민의 손을 붙잡아 위아래로 흔들었다. 덩치 에 어울리게 힘이 세서 간신히 손을 빼냈다. 손을 바지에 문지르며 노려봤지만 진혁은 기분 나쁜 기색 없이 웃으며 물었다.

"CM3의 주인 되신다고요?"

"그렇습니다만?"

"아주 좋아합니다. CM 시리즈."

"아아, 감사합니다."

이 시골구석에서 드디어 CM의 가치를 알아주는 사람을 만났다!

하지만 그 기쁨보다는 현수의 시선이 걸렸다. 진혁에 비해 상대적으로 너무 작아 보이는 현수는 차 옆에 서서 어이없다는 눈으로 두 사람을 지켜보고 있었다. 눈동자가 커서인지 현수의 눈에 담긴 감정이 고스란히 내비쳤다. 현수의 눈은 이렇게 말하고 있었다.

'멍청이들.'

"하명의 차 디자이너시던데요."

진혁의 목소리에 승민이 정신을 차렸다.

"네, 그걸 어떻게 아셨습니까?"

"죄송스럽게도 명함을 보고 말았습니다. 대단하시네요. 하명의 디자이너라니."

"네, 그런 말 많이 듣습니다."

"그래서 말인데요."

"네."

"어떻습니까, 우리 현수?"

또 듣는다. 우리 현수.

"뭐가요?"

"하명 자동차 디자이너의 신붓감으로요."

"네? 그게 무슨……?"

그 일은 승민이 경악하기도 전에 일어났다.

몇 걸음 떨어진 곳에 있던 현수가 갑자기 도움닫기를 하더니, 공중으로 도약해 그녀보다 두 배는 큰 진혁을 걷어차 쓰러뜨린 것이다. 불시의 공격으로 바닥에 엎어진 진혁의 등을 한 발로 밟고 선 현수를 보며, 승민은 표정 관리를 할 생각도 못 하고 입을 쩍 벌렸다.

성서에서나 나오는 다윗과 골리앗의 싸움을 실제로 목격한 기분이었다. 서쪽으로 기울어진 해가 현수의 바로 뒤쪽에서 빛나고 있었다. 마치 자체 발광을 하는 듯, 현수의 몸 가장자리를 따라 오렌지색 광채가 흘렀다.

"죽고 싶냐, 우진혁?"

현수가 거친 어조로 으르렁거렸다.

"이미 죽은 것 같다. 발 좀 치워 줘."

"치워 줄 테니까 입 딱 다물고 있어라? 엉?"

"알았어, 내가 졌어."

한 손으로 현수를 집어 들 수도 있게 생긴 진혁이 현수에게 발발기는 모습을 보니 어이가 없어서 웃음이 나왔다. 개선장군처럼 의기양양하게 발을 치워주는 현수를 보며 승민은 생각했다.

'저렇게 여자답지 않을 수가!'

지저분한 정비복에 거친 말투, 폭력적인 행동거지까지. 승민이 딱 싫어하는 인종이었다.

승민의 마음이야 어떠하든, 현수는 눈동자만 올려 승민을 똑바로 노려봤다. 승민은 자신도 걷어차일 것 같은 불안함에 주춤 뒤로 물러섰다.

"계산은 카드로 하실 겁니까, 현금으로 하실 겁니까?"

"뭐, 뭐가 좋은데?"

"아무거로나 하세요. 카드 수수료 좀 덜 낸다고 부자 되는 거 아니니까."

"그럼 카드로……."

승민은 지갑에서 카드를 꺼내 내밀었다. 현수는 공손하지 않은 태도로 카드를 받아 들고는 건물 안으로 들어갔다. 그제야 차 상태가 어떤지 확인해 보지 않았다는 생각이 들었다. 하지만 이젠 아무래도 상관없다. 현수에게서 몇 분이라도 빨리 멀어지고 싶은 생각밖에 없었다. 배우지도 못하고 거칠게 자란 시골 소녀의 야만스러움이 옮을까 봐 두려웠다.

"야생마 같은 여자죠."

호되게 걷어차인 진혁은 뭐가 그리 좋은지, 한가득 웃음을 머금곤 엉덩이를 문지르며 중얼거렸다. 승민은 대답하지 않았다.

"여기요, 와서 사인하세요."

현수가 문으로 얼굴을 불쑥 내밀고 말했다. 밀폐된 공간에 현수와 단둘이 있고 싶지 않아 진혁을 쳐다봤더니 진혁이 단정한 미소를 지으며 승민의 어깨를 살짝 밀었다.

"가 보세요."

어쩔 수 없이 느릿하게 걸어 건물 안으로 들어갔다. 건물 안은 의외로 시원하고 밝았다. 고문 도구가 잔뜩 있는 어두침침한 고성 같은 분위기일 거라고 생각했는데.

"바지 입었네요? 팬티가 유행이라더니."

승민이 사인하는 걸 지켜보던 현수가 중얼거렸다. 조롱하는 듯한 말투에 발끈했지만 못 들은 척 아무 반응도 하지 않았다.

"바지는 왜 그런 걸 입었대요? 고무줄까지 끼우고. 그것도 유행인가 보죠?"

아차!

사인을 하느라 허리를 굽히는 바람에 셔츠 아래 감춰져 있던 노란 고무줄의 존재가 드러나고 말았다. 이제 와서 추스른다면 오히려 없어 보일 것이다. 승민은 뻔뻔하게 대답했다.

"어, 압구정 유행."

"그러시겠죠. 차 상태 점검해 보실래요? 마음에 안 들면 다시 봐 드릴게요."

"됐어."

"그러시겠죠."

빈정거리는 대꾸. 한 번은 참아줬지만 두 번은 아니다. 다른 때라면 모르는 척했겠지만 현수의 툴툴거리는 말투는 묘하게 사람의 속을 긁는 구석이 있었다.

"그러시긴 뭐가 그러서?"

허리를 펴고 현수를 노려봤다. 승민의 사나운 눈빛에도 현수는 눈을 피하지 않았다.

"허영심에 가득 차서 고급 차만 좋아하고 차 상태 따위는 신경도 안 쓰잖아요. 잘 고쳐졌는지, 안전한지, 그런 건 아무래도 상관없겠죠. 손님에게는."

현수의 눈동자는 역시 너무 크다. 불빛 아래서 더욱 연하게 빛나는 갈색 눈동자가 승민을 집어삼킬 것 같았다. 승민은 이제껏 현수의 것처럼 맑고 투명한 눈동자를 본 적이 없었다. 인간의 손길이 닿은 적 없는 깨끗한 연갈색 호수. 그래서 오히려 건드리면 안 될 것 같은, 기묘한 두려움을 갖게 만드는 호수.

뭐라고 대꾸를 해 줄까 하다가 관뒀다. 어차피 또 볼 사이도 아닌데 오해하려면 오해하라지.

영수증을 받고 밖으로 나왔더니 진혁이 차에 딱 달라붙어 있었다. 흡혈 파리 같은 진혁을 떼어 내고 차에 올랐다. 이 시골구석에서 유일하게 서울 공기를 담은 차에 앉자 내 집에 온 듯한 편안함이 승민의 몸 구석구석을 파고들었다. 승민은 바로 시동을 걸고 '다고쳐 카센터'를 빠져나왔다.

촌스럽기는 해도 깨끗한 바지를 입고 있으니 올 때보다 훨씬 안정적으로 운전할 수 있었다. 도로가 거칠어서 흔들리기는 했지만 아침처럼 불쾌하진 않았다.

그래, 서울로 가자. 세련미가 넘치고 오염된 공기가 가득 찬 서울로.

달리고 달리다가 커브를 돌았을 때 정면에서 햇빛이 쏟아져 들어왔다. 저물기 직전의 주홍색 빛을 보자 갑자기 아까의 광경이 떠올랐다. 현대판 다윗과 골리앗. 광채가 흐르던 그녀의 당당한 모습. 그와 동시에 호수 같은 눈으로 승민을 노려보며 빈정거리던 목소리가 들려왔다.

—허영심에 가득 차서. 허영심에 가득 차서.

끼이이이이이익!

승민은 급정거를 하고 저물어가는 태양을 노려봤다. 태양은 마치 그녀의 눈동자 같았다.

"허영심이 뭐가 어때서! 허영심이 가득 찬 게 뭐가 어때서!"

아까는 없었던 분노와 짜증이 솟구쳐 올랐다. 마치 이 순간을 위해 기다리고 있었다는 듯 폭발적으로 터져 나왔다.

승민은 신경질적으로 휴대폰을 꺼내 채영에게 전화를 걸었다.

"약속 취소해. 나, 서울에 내일 올라간다!"

채영의 대답을 듣기도 전에 전화를 끊은 승민은 급커브를 해 '다고쳐 카센터'를 향해 달리기 시작했다.

"진짜 잘생겼더라."

승민이 떠난 후, 진혁은 계속 이 소리만 해댄다.

"와, CM3를 타려면 그 정도는 생겨야 하나 봐. 진짜 죽이더라."

뭐라도 반응을 보여 줘야 그만할 것 같기에 현수는 어쩔 수 없이 대꾸했다.

"잘생기긴 뭐가 잘생겨? 기집애처럼 생겼더만."

"요새는 그런 얼굴이 먹어 줘. 쌍꺼풀 없는 눈에 하얀 얼굴. 외까풀의 시대가 도래한 거 모르냐?"

"그럼 네가 사귀지 그랬냐?"

"그럴 수만 있으면 그러고 싶더라. 하마터면 덮칠 뻔했다니까?"

"내 앞에서는 관둬."

아버지는 오늘 안에 올 것 같지 않았다. 카센터를 비울 수는 없기 때문에 근처의 중국집에 전화해 자장면과 짬뽕을 시켰다. 현수와 친한 중국집 주인은 서비스로 물만두까지 보내 주었다.

달달한 물만두를 먹으며 사인을 하던 승민의 모습을 떠올렸다. 허리를 굽혔을 때 셔츠 아래로 비쭉 모습을 드러낸 노란 고무줄을 보고는 웃음을 터뜨릴 뻔했다.

도대체 그 남자는 무슨 생각일까? 생긴 건 멀쩡하던데.

"명함 가지고 있지?"

"버렸어."

"왜 버려! 갖고 있어야지! 꼬셔야지!"

"그 소리 좀 작작하라고. 아까 보니까 서울 쪽으로 가는 것 같던데, 또 볼 일이 있겠어?"

"너 서울 자주 가잖아. 내일도 서울 가지 않아?"

"그건 그거고."

"가는 김에 연락해. 길 잃어버렸는데 도움 청할 곳이 오빠밖에 생각나지 않았어요, 하면서."

"오빠는 개뿔."

팬티와 노란 고무줄을 패션이랍시고 입고 다니는 사람과는 오빠, 동생으로 지내고 싶지 않다.

그보다는 카센터 운영이 큰일이다. 몇 년 전까지만 해도 체험 농장이네, 계곡이네 해서 이 근처를 찾는 사람들이 많았다. 덕분에 카센터도 먹고 살 수 있을 정도로는 일이 들어왔다. 하지만 다른 휴양지와 엔터테인먼트가 많아지면서 방문객의 수가 줄어들었고, 최근에는 적자를 간신히 면하는 수준밖에 벌지 못했다. 그렇다고 큰 사고 한 번 일으켜 달라고 제사를 지낼 수도 없고.

"카센터를 접어야 하나?"

중얼거리는 말에 진혁이 바로 대답했다.

"어, 접어야지. 요샌 카센터도 브랜드야. 이런 카센터보다는 브랜드 이름을 건 곳을 찾는 게 당연하잖아. 서비스도 좋고."

"우리도 서비스 좋아. 실력도 좋고."

"좋지. 나도 알고 마을 사람들도 알아. 그런데 다른 마을 사람들은 모르잖아. 우리 마을 차만 고쳐서는 먹고 살기 힘들고."

"그건 그래. 중국집 아저씨도 그렇고, 택시 아저씨들도 그렇고…… 고장 나지도 않았는데 괜히 들러서 차 점검하고 고치고 그러시더라고. 괜히 폐 끼치는 것 같아서 죄송스러워."

"거야 그 양반들이 오지랖이 넓어서 그러는 건데 죄송스러울 것까진 없지."

"그래도."

정 때문에 와서 필요하지도 않은 정비를 하고 가는 마을 사람들에게는 고마웠다. 하지만 사람이 뭔가를 받으면 베풀 줄도 알아야 한다며, 받은 만큼 고스란히 마을 사람들에게 쓰고 다니는 아버지 덕에 결국은 마찬가지였다.

"그러게 서울 가자니까. 네 실력이면 뭐든 할 거다. 죽여주잖아. 소리만 듣고도 차의 이상을 알아냅니다."

"아, 나는 고향 떠나기 싫다니까."

"쌀 떨어지면 그 생각도 바뀔걸?"

"그럼 쌀 떨어졌을 때 다시 생각해 볼게."

"그때 가면 너무 늦지. 한 살이라도 젊을 때 생각해 보라니까. 서울이 대체 왜 싫다는 거야?"

"사람도 너무 많고 공기도 안 좋고 시끄러워. 복작복작해서 정신이 없더라. 길도 복잡하고 사람들도 복잡하고."

"그게 매력인 거지. 익숙해지면 그렇게 복잡하게 느껴지지도 않고."

"그런 거에 익숙해지기 싫어."

"그럼 아까 그 차 디자이너 꼬셔서……."

현수는 단무지를 집어 진혁의 입에 쑤셔 넣었다.

"그 소리 그만 하랬지?"

그러고 있을 때, 엔진 소리가 들렸다. 손님이 온 줄 알고 벌떡 일어나 밖으로 나간 현수는 카센터로 들어오는 차를 보고는 한숨을 쉬었다.

'저 인간이, 왜 또?'

승민의 차였다.

차를 세우자마자 내린 승민이 현수를 향해 성큼성큼 다가왔다. 현수는 가만히 서서 승민의 얼굴을 올려다봤다. 진혁은 승민이 잘생겼다고 했다. 하지만 현수는 똑바로 보는 지금도 그 말에 동의할 수가 없었다. 하얀 피부, 쌍꺼풀이 없는 갸름한 눈, 각이 조금도 없는 매끄러운 턱선.

'이게 뭐가 잘생겨? 영락없이 기집애구만. 아, 화장하면 예쁘긴 하겠네.'

승민의 외모를 이리저리 살피다 정신을 차리고 보니 승민은 어느새 현수의 코앞까지 와 있었다. 가까이 오면 무슨 말을 할 줄 알았는데, 승민은 말없이 현수를 내려다볼 뿐이었다. 갸름한 눈 안에 갇힌 검은 눈동자가 기이한 광채를 내뿜었다.

'이거…… 진짜 위험한 놈 아냐?'

번뜩이는 광채에 눌려 뒷걸음질 칠 뻔했지만 간신히 마음을 다잡았다.

"뭡니까? 차에 이상 생겼습니까?"

"이상 없어."

승민이 으르렁거리듯 억눌린 목소리로 대답했다.

"그럼요? 서비스에 비해 가격이 너무 비싼 것 같습니까?"

"안 비싸."

"그럼요?"

"아무리 생각해도 난……."

그때, 승민의 심각한 목소리를 끊으며 들려오는 소리가 하나 있었다.

꾸르르르르르륵!

풀떼기만 먹은 승민의 위장이 그새 소화를 끝내고 격하게 요동치고 있었다. 승민의 하얀 얼굴이 순식간에 붉어지는 것을 현수는 똑똑히 목격했다.

"나, 나는……."

위장의 비명 따위는 무시하고 제 할 말을 이어가려는 승민에게 현수는 퉁명스럽게 물었다.

"배고파요? 자장면 드실래요?"

"아니야, 나는……."

꾸르르르르르르륵!

팬티를 입고 반말이나 써 대는 사이코이기는 하지만, 벌건 얼굴로 부들부들 떠는 승민이 이제는 안쓰럽기까지 했다.

그래, 미워하지 말자. 이 사람이 뭐가 나쁘겠어. 이렇게 만들어 놓은 신이 잘못한 거지.

현수는 금방이라도 울음을 터뜨릴 것 같은 그를 올려다보며 말했다.

"됐으니까 고집부리지 말고 자장면 먹고 가요. 자장면 한 그릇 정도는 서비스로 줄 테니까."

현수의 뒤를 따라 주춤주춤 정비소 건물 안으로 들어온 승민을 보며 진혁이 놀란 듯 '우왓!' 하고 아는 체를 했다. 승민은 못 본 척하고 현수가 가리킨 자리에 앉았다. 현수는 이제껏 앉아 있던 자리가 아닌 진혁의 옆으로 자리를 옮겼다. 물만두부터 먼저 먹을 생각이었기에 자장면은 비벼두기만 한 상태였다.

"이거 먹어요."

자장면 그릇을 건넸더니 승민이 툴툴거렸다.

"난 남이 입 댄 거 안 먹어."

"공짜로 먹는 주제에 따지기는. 입 안 댄 겁니다. 비벼두기만 했지."

승민은 눈썹을 꿈틀거렸지만 별말 없이 자장면 그릇을 받아 들었다. 승민은 자장면이 무슨 스파게티쯤 되는 줄 아는지, 딱 한 입

크기씩만큼만 젓가락으로 돌돌 말아 조심스레 입에 넣었다.

'참, 보는 사람 밥맛 떨어지게 먹네.'

자장면은 입가에 묻혀 가면서 덥석덥석 먹는 거라고 가르쳐 주고 싶었다. 진혁은 흐뭇한 표정으로 승민을 보고 있었다. 왜 그런 눈으로 봐, 하고 눈으로 물었더니 진혁이 현수의 귀에 속삭였다.

"사실 내가 자장면 한 입 먹었어."

"……."

"일종의 간접 키스랄까?"

"닥쳐. 먹던 거 넘어오게 하지 말고."

"후후후후. 질투 나?"

현수는 생각했다.

왜 내 소꿉친구는 이렇게나 매타작을 좋아할까?

한 대 때려 주려고 올리는 손을 진혁이 꽉 잡아 자기 무릎 위로 끌어갔다. 그 모습을 본 승민이 한쪽 눈썹을 들어 올렸다.

"사람 앞에 두고 애정 표현은 적당히 하지? 모텔도 아닌데."

승민의 빈정거리는 말에 진혁이 유쾌하게 웃었다.

"하하하하. 형님은 모텔에서 손만 잡고 주무시는 모양입니다?"

"……난 모텔 따윈 안 가. 최고급 호텔을 이용하지."

"아, 그러세요? 그럼 우리 현수한테 그 최고급 호텔 구경 좀……."

진혁은 말을 끝내지 못했다. 현수가 진혁의 귀를 꽉 잡아 일으켜 세웠기 때문이다.

"으아아아아아! 아파!"

"따라와!"

승민이 자기 귀를 잡힌 것처럼 인상을 구기는 걸 뒤로 하고 현수는 진혁을 끌고 밖으로 나갔다.

"아파…….."

"너 진짜 왜 이래? 황천 건너고 싶냐?"

"황천이라니! 나는 황천보다 요단강을 믿는다."

소한테 경을 읽어 줘도 진혁보다는 찰떡같이 알아들을 것이다. 현수는 귀를 잡은 그대로 진혁의 이마를 찰싹찰싹 때렸다.

"한 번만 더하면 나 진짜로 화낸다?"

"알았어, 알았어."

"진짜로?"

"너…… 날 그렇게 못 믿냐?"

"어, 못 믿어. 내가 보이스피싱은 믿어도 너는 못 믿겠다."

"야, 말이 심하다!"

"심하긴 뭐가 심해? 너 같은 놈한테 이 정도면 감미로운 거지!"

"현수야, 현수야. 우리 탁 까놓고 말해 보자."

진혁이 현수의 양쪽 어깨에 손을 얹었다. 진혁이 현수의 이름을 두 번 반복해서 부를 땐, 쓸데없는 소리를 할 확률이 99퍼센트. 현수는 눈을 가늘게 뜨고 '쓸데없는 소리 마!'라는 무언의 경고를 보냈지만 진혁은 깨끗이 무시했다.

"너도 솔직히 관심 있으니까 자장면 한 그릇을 통째로 준 거 아냐. 자기 몫의 음식에는 절대로 손 못 대게 하는 네가! 자장면 한 젓가락만 달라고 해도 양파 한 쪽 안 주는 네가! 안 그래?"

웅변가처럼 말한 진혁이 허리춤에 양손을 올리고선 현수를 내려다봤다. '자, 내 말이 맞지?'라는 얄미운 표정을 지은 채로. 현수는 진혁에게 한심하단 눈빛을 보내며 대답했다.

"불쌍해서 줬다."

현수의 단호한 대답에 진혁은 잠시 말문이 막힌 듯 입을 다물었다가 곧 씩 웃었다.

"그 불쌍하다는 마음 자체가 관심이 없으면 생길 수가 없는 거지. 애정이 있으니 동정도 생기고, 동정을 하다 보면 그게 더 큰 애정이 되고. 원래 사랑이라는 게 그렇게 시작하는 거 아니겠냐?"

"네가 무슨 연애 심리학자라도 돼? 뭔데 그렇게 자신감이 흘러넘쳐?"

"이 형님이 너보다는 연애를 많이 해 봤거든. 우리 순둥이."

"됐다고."

그새 볼을 비벼오는 진혁을 간신히 떨어뜨렸다.

"아무튼 나는 저 남자한테 관심 없고, 자장면을 준 건 죄는 미워하되 사람은 미워하지 말라는 조상님들의 조언을 따르려고 한 것뿐이야. 그니까 안에 들어가면 이상한 소리 하지 말고 가만있어. 나이제 슬슬 진짜로 화나려고 하니까."

현수가 심각한 어조로 말하자 진혁이 고개를 끄덕였다. 순순히 고개를 끄덕이는 모습이 미심쩍기는 했지만 진혁을 믿는 수밖에 없었다.

"현수야."

앞장서서 들어가려는데 진혁이 현수를 불러 세웠다.

"왜?"

"좋은 시간 보내라."

"어?"

무슨 소리인가 해서 뒤를 돌아봤더니 진혁은 어느새 저 멀리 달려가고 있었다.

"야, 우진혁!"

버럭 외치자 진혁이 홀긋 현수를 돌아보며 음흉한 눈빛으로 엄지를 척 세워 보였다. 멀리 떨어져 있는데도 진혁의 눈에 담긴,

'둘만의 시간을 보내게 해 줄게. 잘되면 나중에 밥 쏴라.'

라는 무언의 말이 또렷하게 들리는 것 같았다.

"야!"

이대로 가게 둘 수는 없다.

현수는 진혁을 잡기 위해 땅을 박찼지만 체력적인 한계를 어찌할 순 없었다. 진혁은 현수보다 배는 빨랐고 현수가 진혁이 서 있던 곳에 도착했을 때, 진혁은 훨씬 더 멀리 달아난 후였다.

"너 진짜 꼭꼭 숨어라. 이따 내 눈에 띄면 죽을 테니까!"

현수의 협박에 진혁이 움찔한 듯했지만 그래도 달려가는 걸 멈추지 않았다. 씩씩거리며 진혁을 노려보던 현수는 가게에 승민만 남겨 뒀다는 것을 깨닫고 걸음을 돌렸다.

자장면을 다 먹고 도도하게 앉아 있던 승민은 현수가 들어오자 미간을 좁혔다.

"손님맞이가 형편없군. 이렇게 오랫동안 자리를 비우고."

네놈이 무슨 손님이야!

라는 말이 목구멍까지 튀어나왔지만 꿀꺽 삼켰다. 진혁의 자리

였던 곳에 대충 걸터앉아 진혁이 남긴 짬뽕을 먹기 시작했다.

후룩후룩.

면발을 잔뜩 집어 볼이 미어터지게 욱여넣고 우물거리는 현수를 승민이 혐오스럽다는 듯 쳐다봤다. 승민의 시선이 느껴지자 현수는 더 우악스럽게 짬뽕을 먹었다.

후루루룩. 후루루룩. 쩝쩝쩝.

그 바람에 짬뽕 국물이 사방으로 튀었다.

"아니, 여자가 왜 그렇게 조심성 없이 음식을 먹어?"

국물이 튈세라 몸을 뒤로 잔뜩 빼고 있던 승민이 결국 참지 못하고 외쳤다. 현수는 우물거리며 승민을 노려봤다.

"보태 준 거 있어요?"

"보태 준 거? 식사 예절 안 배웠어?"

"네, 안 배웠습니다. 그렇게 거슬리면 밥상머리 예절 교육이라도 시켜 주시든가요."

"음식 삼키고 얘기해."

"남이야 음식을 삼키고 말하든, 뱉으면서 말하든 뭔 상관이에요?"

승민은 입술을 달싹거렸지만 결국 더 이상 나무라지 않았다. 현수가 음식물을 입에 넣고 대답할까 봐 두려워서 그러는 게 틀림없었다.

현수는 짬뽕을 먹으며 승민의 자리를 살펴봤다. 밥상머리 예절을 운운하는 게 당연하다는 생각이 들 정도로, 승민의 자리는 깨끗했다. 자장면이라는 게 잘 튀는 음식인데도 흘린 자국이 하나도 없었고, 심지어 단무지조차도 자장면 양념 묻은 곳이 없었다.

'밥상머리 예절 더럽게 잘 배우셨나 보네.'

현수가 짬뽕을 다 먹을 때까지 승민은 가만히 앉아 있었다. 조용히 앉아 있는 승민의 모습은 봉구 오빠보다도 더 할 일 없어 보였다. 저렇게 한가하면서 어떻게 저런 비싼 차를 몰고 다니는 걸까?

'부모님이 부자인가? 누군지 몰라도 자식 농사 잘못 지었네. 마 교수님 댁 아들은 그렇게 잘났다던데.'

현수는 몇 년 전 이 마을로 이사 온 마 교수를 떠올렸다. 지식인답게 현명해 보이는 눈빛을 가진 마 교수. 대학 교수가 이사를 온다고 온 마을이 떠들썩했었다. 폐쇄적인 몇몇 사람들은 배운 것들은 배운 값을 한다며, 분명 거만을 떨어댈 거라고 우려했었다. 하지만 그들의 걱정과는 달리 마 교수는 거만을 떨기는커녕 오히려 굉장히 유쾌하고 소박한 사람이었다.

작년 겨울, 마 교수 집에서 단출한 연말 파티가 열렸다. 그곳에 초대받아 갔던 마을 사람들은 돌아오자마자 그 집 아들에 대해 시끄럽게 떠들어댔다. 아버지를 보러 온 그 집 아들내미가 굉장히 잘생겼다나, 뭐라나. 교수 아들답게 예의 바르고 단정해서 딸만 있으면 안겨 주고 싶더라고 입맛을 다셨다.

그런 사실들과는 무관하게 현수가 마 교수를 좋아하는 이유는 따로 있었다.

닭이 병아리를 깠다는 말에 구경을 간 적이 있는데 마 교수가 그런 얘기를 했다.

"넌 컴퍼스 콤플렉스구나."

"컴퍼스 콤플렉스요? 그게 뭔데요?"

"컴퍼스는 말이지, 아무리 벌리고 벌려도 딱 정해진 크기만큼의 원만 그릴 수가 있어. 컴퍼스의 최대 길이에 맞는 원. 대부분의 사람들이 자신의 컴퍼스를 가지고 있고 그 컴퍼스 안에 갇혀 있지."

"컴퍼스 안에요?"

"그래. 자신은 딱 그 정도의 원밖에 못 그린다고 생각하거든. 그것보다 큰 원을 그릴 수도 있는데 말이야."

"어떻게요?"

현수의 질문에 마 교수는 빙그레 웃으며 닭 모이를 주는 최 여사 쪽으로 고개를 돌렸다. 대답을 해 줄 줄 알았는데 마 교수는 아무 말도 하지 않았다.

컴퍼스 콤플렉스.

마 교수가 왜 자신에게 그런 말을 했는지 알 수 없었다. 그래서 집으로 돌아오자마자 컴퍼스 콤플렉스의 정확한 의미를 알기 위해 검색을 해 봤는데 그런 단어는 어디에도 나와 있지 않았다.

이튿날 다시 마 교수를 찾아가 그런 단어가 없더라고 말했더니, 마 교수는 껄껄 웃으며 장난스럽게 눈을 찌푸렸다.

"당연히 없지! 이 몸이 지어낸 말인데!"

"뭐예요, 그게?"

"하지만 현수야. 컴퍼스 콤플렉스는 있어."

"교수님도 있어요?"

"나도 있었지."

"지금은 없지만?"

"응, 지금은 없지만."

"저도 없는데요."

"허허허. 그런가? 우리 꼬마 아가씨한테는 없나?"

짓궂은 목소리가 '자각 못 했겠지만 너한텐 분명 컴퍼스 콤플렉스가 있을걸?'이라고 말하는 듯했지만, 현수는 도무지 자신의 '컴퍼스 콤플렉스'가 뭔지 알 수 없었다. 마 교수가 현수에게서 무엇을 발견했는지는 모르겠지만, 그때 말했던 '컴퍼스 콤플렉스'라는 말이 현수의 가슴에 묘하리만치 깊게 새겨졌다.

짬뽕과 자장면 그릇을 정리하는 동안 승민은 다리를 꼬고 앉아 가만히 현수가 움직이는 것을 지켜봤다. 건방진 사람 같으니. 밥상 머리 예절 운운하기 전에 밥 얻어먹은 사람의 예절이나 지켜줬으면 좋겠다. 얻어먹었으면 그릇 정리 정도는 도와줄 수도 있는 거 아닌가.

현수는 사람을 미워하지 말라는 말씀을 다시 한 번 되새기며 혼자서 그릇을 정리해 밖에 내다놨다. 그때까지도 승민은 움직일 기미가 없었다.

그런데 이 남자는 대체 여기 왜 온 거지?

"이봐요."

현수가 부르자 승민은 명상의 시간을 방해받은 사람처럼 인상을 찌푸리고 현수를 쏘아봤다.

아니, 여기 당신 집 아니잖아! 우리 집이라고! 명상을 하려면 다른 데 가서 해!

뻔뻔함의 끝을 보여 주는 승민의 태도에 현수는 울컥 화가 치밀었다. 하지만 현수는 화를 내는 대신 천천히 심호흡을 하며 승민에게 말했다.

"왜 온 겁니까? 배가 고프면 근처에 식당에라도 가실 것이지."

승민의 얼굴이 잠깐 붉어지는 것처럼 보였지만, 그건 아마도 눈의 착각일 것이다. 얼마 보지 않았어도 뻔뻔한 저 인간이 수치심이라는 걸 알 리가 없으니까.

"네가 먹으라며? 난 자장면 따위 안 좋아해."

"그런 사람치고는 양념까지 깨끗이 잘 드셨던데요."

"음식은 남기지 말라고 배웠거든. 나는 식사 예절을 아주 잘 배웠으니까."

"그쪽에게 식사 예절 가르쳐 준 분은 얻어먹는 주제에 너무 뻔뻔하게 굴면 안 된다는 것까진 가르쳐 주진 않았나 보네요. 아직 덜 배우셨어요. 다시 배우고 오시죠?"

승민이 주먹을 꽉 쥐었다.

"너…… 밉살맞다는 소리 자주 듣지?"

"그러는 그쪽은요? 남부끄럽다는 소리 자주 듣지 않으세요?"

"난 살면서……."

거기까지 말한 승민은 뭔가를 떠올렸는지 입을 다물었다. 또 얼굴이 붉어지는 것처럼 보였지만, 다시 원래의 색으로 돌아왔고 승민은 말을 이었다.

"그런 소리는 들은 적이 없어."

분명 그런 소리를 들은 적이 있는 거야.

현수는 팔짱을 끼고 눈을 가늘게 떴다. 승민은 현수를 아예 똑바로 쳐다보지도 않았다. 뭔가 기억이 난 듯 화가 난 표정이었는데, 그 상대가 현수가 아닌 것만은 분명했다.

"자장면 드시러 온 거 아니면 왜 온 겁니까?"

"알고 싶어?"

"네?"

"그렇게 알고 싶냐고?"

대체 저건 뭐지?

오늘 하루에만 황당함을 열 번쯤 느낀 것 같은데, 전부 저 인간과 관계된 일들이었다. 도대체 저 남자의 정체는 뭘까? 어쩌다 저 지경의 인간이 되어 버린 걸까?

"무슨 말인지 모르겠지만, 어쨌든 전혀 알고 싶지 않으니까 가세요. 바쁩니다."

현수의 말에 승민이 피식 웃으며 가게 안을 둘러봤다.

"별로 안 바빠 보이는데. 이렇게 손님이 없어서 먹고 살 수는 있나? 강남의 정비소들은 이런 시간에도 쉴 틈 없이 손님을 받고 있을 텐데."

명백히 조롱하는 말투였다.

"팬티만 입은 손님들 뒤치다꺼리하느니 쫄쫄 굶는 게 낫겠네요."

"그거 지금 나 들으라고 하는 소린가?"

"그렇게 들렸다면 그런 거겠죠. 전 촌스러워서 그런지 팬티 패션은 도무지 이해를 못 하겠거든요."

"그렇겠지. 원래 사람은 딱 자기가 본 만큼만 인정하는 법이니까."

"팬티 패션은 직접 봤는데도 그다지 인정할 수가 없네요."

원래 싸우는 걸 좋아하지 않아서 남의 말에 일일이 대꾸하는 성격은 아닌데 승민의 말투만큼은 영 거슬러서 참을 수가 없었다. 두 사람이 서로를 노려보고 있는데 밖이 시끌벅적해졌다.

"아니야, 이 사람아! 소주엔 역시 사이다를 타서 마셔야 제맛이라니까!"

껄껄껄 웃는 소리와 함께 현수의 아버지인 정가훈과 소 키우는 황소집 아저씨가 나란히 정비소 건물 안으로 들어왔다.

"아니지, 소주는 그 맛 그대로 마셔야 맛있는 거지! 뭐든 본래의 모습인 게 좋은 거 몰라?"

"본래의 모습이 좋다니! 지금은 변화의 시대야! 본래의 모습이 좋다면 닭도 생닭으로 먹어야지! 자넨 아까 펄펄 삶은 삼계탕을 잘만 먹더만!"

"내가 뭘 잘 먹었다고 그래! 내가 먹은 건 모가지 한 쪽밖에 없어!"

"뭘 모가지만 먹어? 자네가 두 다리 다 가져다가 꾸역꾸역 입에 처넣는 걸 내가 못 봤는지 알아? 사람이 양심이 있으면 다리 하나는 다른 사람한테 양보를 해야지! 왜 이렇게 이기적이야?"

"증거 있어?"

"그럴 줄 알고 내가 증거 사진을 딱 찍어 놨지. 이거 봐봐! 이거! 자네 접시에 다리가 두 개잖아!"

"뭐야, 이건 왜 이렇게 화질이 좋아?"

"얼마 전에 하나 장만했거든. 요샌 휴대폰이 디카보다 화질이 더 좋더라고."

도대체 주제가 뭔지 알 수 없는 대화를 나누는 두 사람을 현수와 승민은 멍하니 쳐다봤다.

저들은 대체 무슨 얘기를 하고 싶은 걸까?

계속해서 부딪치는 두 사람이지만 지금만큼은 한마음이었다.

최신 휴대폰을 부러워하던 정가훈과 현수의 눈이 딱 마주쳤다. 정가훈은 하나밖에 없는 딸을 발견하더니 환하게 웃으며 두 팔을 벌렸다.

"어이구, 우리 꼬맹이! 집 잘 지키고 있었어?"

"가까이 오지 마세요. 술 냄새나니까."

"나 술 안 마셨어!"

"방금까지 황소집 아저씨랑 술 얘기한 건 뭡니까?"

"술은 남자의 인생이지. 우린 인생 얘기를 한 거야!"

낯빛 하나 안 바꾸고 뻔뻔하게 거짓말을 하는 아버지를 물끄러미 바라보며 현수는 생각했다. 어쩌면 저 마승민이란 남자가 아버지의 숨겨둔 아들일지도 몰라.

황소집 아저씨가 놀라운 발언을 한 것은 현수가 같은 핏줄인 듯 똑같이 뻔뻔한 아버지와 승민을 의심스럽게 번갈아 보고 있을 때였다.

"이게 누구야? 마 교수님 댁 아드님 아니야? 나 기억나? 작년 연말에 만났잖아! 맞지?"

마 교수님 댁 아들이라고?

현수는 눈을 부릅뜨고 승민을 쳐다봤다. 승민은 미간을 좁히고 황소집 아저씨의 얼굴을 기억하려 애쓰는 중이었다.

저 뻔뻔한 변태가 그 점잖고 사람 좋은 마 교수님의 아들이라고? 말도 안 돼.

그러고 보니 승민도 '마'씨였던 것 같다. 흔치 않은 성이기는 하지만 마 교수와 달라도 너무 달라서 연관 지을 생각조차 안 하고 있었다.

"안녕하십니까."

승민이 정중하게 허리를 굽혀 인사했다. 좀 전까지 남의 자장면을 먹어놓곤 치우지도 않았던 사람과 동일 인물이 맞나 싶을 만큼 다른 태도였다. 이중인격을 의심해도 과하지 않을 변화에, 현수는 벌어진 입을 다물지 못했다.

"그래, 역시 마 교수님 아드님 맞지? 히야, 총각은 여전히 잘생겼네! 일은 잘되고?"

"네, 걱정해 주셔서 감사합니다."

저기서 감사 인사하는 저 인간, 대체 누구래?

현수는 어이가 없었다. 팬티만 입고 돌아다니는 남자가 마 교수의 아들이라니.

흘긋 아버지를 쳐다보니 승민을 보는 아버지의 눈에는 부러움이 가득 담겨 있었다.

아주 좋은 아버지이기는 하지만 때때로 아들 가진 사람을 부러워하는 모습을 보일 때면 가슴이 콕콕 쑤셨다. 여자로 태어난 건 현수의 잘못이 아닌데도 죄책감이 느껴졌다.

내가 진짜 남자였더라면, 아버지가 남의 아들을 보면서 저런 표정은 짓지 않았을 텐데.

아버지는 아들을 바랐지만 몸이 약한 현수의 어머니는 현수를 낳는 것만으로도 힘이 부쳐서 자칫 수술실에서 세상을 떠날 뻔했다. 그 와중에 또 아이를 갖는 건 자살 행위였기에 아버지는 아들을 낳을 때까지 아이를 갖자고 어머니를 닦달할 수가 없었다. 밖에서라도 아들을 낳아오겠다고 말할 만큼 나쁜 사람이 아닌 게 다행이라면 다행이었다.

물론 아버지가 직접 현수에게,

'넌 왜 아들이 아닌 거냐! 난 아들을 원했어!'

라고 말한 적은 없었다. 하지만 어릴 때부터 아들 가진 사람을 부럽다는 듯 쳐다보는 아버지의 모습이 깊이 각인되어 나이가 든 지금까지도 사라지질 않았다.

어머니가 돌아가셨을 때는 아버지가 아들을 낳아줄 건강한 여자와 재혼하겠다고 할까 봐 두려웠었다. 그런 한편, 재혼을 하더라도 아버지를 미워하지는 않겠다고 결심했다. 아들을 얼마나 원하는지 누구보다 잘 알고 있었으니까.

하지만 현수의 예상과 달리 아버지는 재혼을 하지 않았다.

유일하게 마음을 털어놓는 상대인 진혁에게 이런 얘기를 한 적이 있는데, 그때 진혁은 뭐가 이상하냐는 듯 어깨를 으쓱하며 말했다.

―네가 있는데 굳이 또 다른 자식이 필요할까? 애 키우려면 돈이 많이 들잖아.

그건 진혁이 아버지의 아들 사랑을 잘 몰라서 하는 말이다. 실제로 현수는 아버지가 어머니한테 하는 말도 들었다.

　—우리 현수는 왜 남자가 아닐까?

그 말에 어머니가 뭐라고 대답했는지는 모르겠다. 짐작만 하고 있던 아버지의 소망을 실제로 알게 되자 어린 마음에도 심장이 무너질 것 같아 도망치듯 집에서 뛰쳐나와 버렸기 때문이다. 그 후로도 아버지는 변함없이 현수를 대했지만 아버지를 보는 현수의 시선은 달라졌다. 아들을 갖고 싶어 하는, 아들 가진 사람을 부러워하는 아버지의 눈빛을 확신하게 되었다.

'저런 놈이라도 아들이라면 그저 좋은 걸까?'

진혁을 아들 삼고 싶다는 아버지의 말은 이해할 수 있었다. 진혁은 싹싹하고 유쾌하고, 심지어 똑똑하기까지 하니까. 그러니까 진혁 정도라면 이 집에 데리고 와도 괜찮을 것 같다고 생각했다. 그러나 승민은…….

'뻔뻔한 이중인격 변태일 뿐이잖아! 저런 것보다는 내가 낫다고!'

승민에게 진 것 같은 기분이 들어서 울컥했다. 문득 시선이 느껴져서 고개를 들었더니 황소집 아저씨의 칭찬을 듣던 승민이,

'이것 봐. 나 이런 남자야.'

라는 눈으로 현수를 보고 있었다.

그런 남자는 무슨 놈의 그런 남자. 당신은 그냥 변태야.

"승민 군, 아주 효자야, 효자. 그 멀리서 부모님 뵈려고 이 시골까

지 찾아오고. 아주 건실한 청년이라니까!"

황소집 아저씨의 칭찬은 계속됐다. 황소집 아저씨가 껄껄 웃으며 승민의 팔을 툭툭 칠 때마다 승민의 표정이 구겨졌다.

'건실은 개뿔. 저 표정 보세요. 저러다 아저씨 한 대 치겠습니다.'

입술을 비쭉거리던 현수의 뇌리에 한 가지 재미있는 사실이 스치고 지나갔다. 그걸 잘만 이용하면 승민의 거만한 낯짝을 잔뜩 일그러지게 만들어 줄 수 있을 것 같았다.

"마승민 씨, 정말 효자십니다. 마 교수님 뵈러 그 멀리서 온 거라고요? 그럼 같이 가죠. 저도 이제 일 없는 것 같으니까."

현수의 말에 승민이 눈을 부릅떴다.

"네가 거길 왜 같이 가?"

"어? 예의 바르고 정중한 효자 마승민 씨. 저희 언제 서로 말 놓기로 했던가요? 지금 말이 굉장히 짧은 것 같았는데…… 내 착각인가?"

현수가 굳이 계획을 실행에 옮길 것도 없이 승민의 얼굴은 일그러져 있었다. 진심으로 현수를 한 대 때리고 싶은 듯했지만 극한의 의지력을 발휘해 꾹 눌러 참는 게 현수의 눈에도 보였다.

두 사람 사이에 흐르는 묘한 기류에 황소집 아저씨와 정씨는 눈만 데굴데굴 굴리며 둘을 쳐다봤다.

"이거 실례했습니다. 정·현·수 씨."

현수의 이름을 부르는 승민의 입가가 파르르 떨렸다. 그러거나 말거나 현수는 싱글싱글 웃으며 승민을 쳐다봤다. 승민의 눈은 현수에게 존댓말을 써야 한다는 분노로 활활 타오르고 있었다.

"워낙 쬐 · 끄 · 매 · 서 성인인 줄 몰랐습니다. 어린 친구들한테 는 말을 편하게 하는지라."

뭐, 쬐끄맣다고? 이래 봬도 여자치고는 큰 키라고!

승민의 정강이를 발로 차주고 싶었지만 주먹을 꽉 쥐는 걸로 대 신했다. 얼마나 세게 쥐었는지 손톱이 손바닥 살을 파고들었다.

"이성에게 인기가 없는 모양입니다, 마승민 씨. 여자를 조금만 만나 보셨어도 키 166센티미터면 여자치고는 큰 키라는 걸 알 텐데 요."

"인기가 없다니요. 강남 여자들은 다들 키가 170센티미터가 넘 습니다. 와 본 적이 없어서 모르시겠지만."

알아! 가 본 적 많다고, 이 밴질밴질한 거짓말쟁이야!

황소 아저씨와 아버지는 아예 의자에 자리를 잡고 앉아 생수를 홀짝거리며 두 사람의 신경전을 구경했다. 흥미진진하게 구경하는 두 사람의 시선을 눈치채지 못할 만큼 승민과 현수는 서로에게 집 중하고 있었다.

"강남에선 여자들도 마승민 씨처럼 팬티만 입고 다닙니까?"

"뭐, 팬티?"

버럭 하는 외침은 승민이 아닌 정씨에게서 들려왔다. 난데없는 팬티 발언에 정씨는 벌겋게 달아오른 얼굴로 승민을 노려봤다.

"이 자식. 설마 네놈이 내 딸한테 팬티를 보인 거냐!"

정씨는 현수가 말릴 새도 없이 승민의 멱살을 움켜쥐었다. 현수 는 난감했다. 아버지의 존재를 새까맣게 잊고 있었다.

"네놈이 뭔데 내 딸한테 팬티를 보여 줘? 엉? 나도 안 보여 주는 팬티를 왜 네놈이 보여 주냐고!"

아버지도 밴질밴질 거짓말쟁이인 건 승민과 마찬가지였다. 겨울에도 집에서는 팬티만 입고 돌아다니시는 양반이 저런 거짓말을 하다니. 황소집 아저씨도 현수와 같은 생각을 하는 표정이었다.

젊을 적부터 육체노동을 해 온 정씨는 어깨가 떡 벌어지고 튼실한, 누구라도 함부로 대할 수 없는 몸을 가지고 있었다. 게다가 얼굴은 현수와 딴판으로 우락부락하게 생겨서, 어느 어느 조직의 간부라는 오해를 받아도 달리 할 말이 없을 정도였다. 그런 정씨가 성난 호랑이처럼 도끼눈을 하고 달려들자 승민은 하얗게 질린 얼굴로 입술만 달싹거릴 뿐, 벗어나려는 시도조차 하지 못했다.

"아버지, 그만 하세요."

얄미운 놈이기는 하지만 공포에 떠는 모습을 보니 불쌍해져서 현수가 나섰다.

"그만 하긴 뭘 그만 해! 그래, 팬티 본 사이라서 감싸 주겠다, 그거냐?"

"……얘기가 왜 거기로 튑니까? 팬티 몇 번 본 걸로 감싸 줄 이유가 없잖아요."

"몇 번? 몇 버어언? 한 번도, 두 번도 아니고, 몇 버어어언?"

"……아버지."

"안 되겠다! 네 이놈을 그냥……!"

"이보게, 정가."

보다 못한 황소집 아저씨가 지원 사격을 나섰다.

"마 교수 댁 아드님 아닌가. 뭔가 생각이 있어서 보여 준 거겠지.

안 그런가, 승민 군?"

황소집 아저씨가 다정한 표정으로 어서 팬티를 보여 준 사정을 말하라고 눈짓했다. 모두의 시선이 승민의 입술로 쏠렸다. 승민은 몇 번 입술을 여닫다가 힘겹게 말했다.

"강남…… 유행입니다."

"……."

"지금 이 바지는 압구정 유행이고요."

"……."

승민은 조수석에 앉아 씩씩 콧김을 내뿜는 정씨가 무서워서 죽을 것만 같았다. 저 손에 커다란 칼만 하나 쥐어 주면, 공포 영화에서나 볼 법한 그림이 나올 것 같았다. 어떻게 저런 남자에게서 저런 딸이 나왔을까? 다른 건 몰라도 외모만큼은 아버지를 닮지 않은 게 현수에게는 잘된 일이라고 생각했다.

여자 같지도 않은 현수에게 팬티 좀 보여줬다고 날뛰는 정씨의 행동을 이해할 수 없었다. 하지만 마 교수를 대면해야겠다고 외치는 정씨를 말릴 용기가 승민에게는 없었다. 그래서 결국 성난 정씨와 재미있어하는 이름 모를 아저씨, 그리고 얄미운 현수를 태우고 아버지 집으로 가게 되었다.

뒷자리에 앉은 현수는 백미러로 보이는 승민의 얼굴을 흘긋 살폈다.

승민은 여전히 질린 표정이었다. 어쩌면,

'이래서 시골 놈들은 안 돼.'

라는 생각을 하고 있을지도 모르겠다. 거기에 생각이 닿자 불쌍하다는 마음이 싹 가셨다. 시골 놈이 어디가 어때서? 시골에 사람 없으면 서울 놈들 먹고살 수 있을 줄 알아?

하여간 승민이 마 교수의 아들이라는 건 너무 충격이다.

"아저씨. 저번에 저한테 마 교수님 아들 잘생기고 예의 바르다고 하셨잖아요."

흥미진진한 표정을 숨기지 않고 있는 황소집 아저씨에게 현수가 물었다.

"응, 그랬지!"

"근데 저 사람은……."

"내가 뭘?"

승민이 뒤를 돌아보며 짜증을 내자 정씨가 외쳤다.

"내 딸 쳐다보지 마!"

"……."

마 교수의 집에 도착할 때까지는 아버지의 성질을 건드리지 않는 게 좋을 것 같다는 생각에 현수는 입을 다물고 창밖을 쳐다봤다.

차가 포장되지 않은 좁은 길을 올라가 마 교수의 집 앞에 멈췄다. 빨간 기와를 얹은 깨끗한 집이었다.

네 사람이 차에서 내리자 마 교수 댁 백구가 기가 막히게 눈치채고 달려왔다. 털이 복슬복슬한 백구는 현수가 아까 승민에게 같이 오자고 했던 이유였다.

"승민아!"

현수의 부름에 승민이 현수를 쳐다봤다.

"어디서 남의 이름을……."

하지만 승민은 말을 끝맺지 못했다. 현수가 백구를 끌어안고,

"승민아! 보고 싶었어!"

라고 말했기 때문이다.

"우리 승민이, 잘 지냈어? 누나 보고 싶었지? 똥은 잘 가리고 있는 거야?"

승민이 앞에서 벌어지는 광경을 믿을 수 없다는 듯 눈을 휘둥그레 떴다. 등 뒤로 느껴지는 승민의 시선에 회심의 미소를 흘리며 현수는 계속해서 말했다.

"승민아. 똥 아무 데나 싸면 혼난다? 닭장 안에 똥 싸고 그러면 안 돼! 다 컸는데 왜 똥을 아무 데나 싸? 닭들이랑 친하게 지내고 그래야지. 똥 어디에 싸야 하는지도 안 배운 거야?"

승민의 얼굴이 붉게 물들기 시작했다.

"승민이, 쉬야도 잘 가려야 된다? 집 안에 막 싸고 돌아다니면 안 돼. 승민이 너 저번에도 교수님 이불에 오줌 쌌다면서?"

주먹 쥔 승민의 팔이 부들부들 떨렸다. 승민은 자신과 같은 이름을 가진 백구와 그 백구를 나무라는 현수를 잡아먹을 듯 노려봤다. 속이 부글부글 끓어도 현수에게 화를 낼 수 없는 이유는 저 똥강아지의 이름이 진짜 '승민'일지도 모르겠다는 불안감 때문이었다. 아들 놀리기 좋아하는 마 교수라면 그런 이름을 붙일 만도 했다.

"승민아. 너 그리고 돌아다니면서 아무거나 주워 먹고 그러면 안

돼. 너 거지 아니잖아. 승민이 네가 거지야? 응?"

군이 말할 때마다 꼬박꼬박 덧붙이지 않아도 될 이름을 일부러 남발하는 현수의 행동에 승민은 결국 참지 못하고 입을 열었다.

"야, 왜 남의 이름을……."

"야, 왜 내 딸 자꾸 쳐다봐! 보지 말랬지?"

뭐라고 따끔히 한마디 하려는데, 정씨의 부릅뜬 눈이 승민의 시야를 가렸다. 승민은 찔끔하며 뒤로 물러났다.

밖의 소란에 마 교수가 대문 밖으로 나왔다.

"어이구. 반가운 얼굴들이 잔뜩 있네."

마 교수가 반가워하며 다가왔다.

"승민이는 거기서 뭐 하냐?"

"아버지……."

이 사태에 대해 설명하려 승민이 입을 달싹였지만, 정작 마 교수의 눈이 향해 있는 건 아들 승민이 아닌, 백구 '승민'이었다.

"하여간 우리 승민이는 여자를 너무 밝혀. 여자 손님만 오면 저렇게 엉겨 붙는다니까. 그렇게 현수가 좋으냐?"

"원래 개들이 다 그렇죠, 뭐."

사이좋게 마주 쭈그려 앉은 채 백구 승민이의 털을 쓰다듬으며 '개' 운운하는 두 사람의 모습에 승민의 인내심이 바닥났다.

"아버지! 아들 이름을 개한테 붙여 주는 사람이 어디 있습니까?"

마 교수는 그제야 아들의 존재를 눈치챈 듯 고개를 들어 승민을 쳐다봤다.

"넌 서울 간다는 녀석이 여긴 또 왜 왔냐?"

"제가 부모님 댁에 한 번 오든, 두 번 오든 비난받을 일은 아니잖습니까! 그보다는 대체 왜 개한테 제 이름을 붙이셨냐고요!"

승민을 빤히 쳐다보던 마 교수가 갑자기 불쌍한 표정을 지었다.

"그거야…… 하나밖에 없는 아들놈이 너무 보고 싶어서…… 이렇게라도 마음을 달래려고…… 요새는 이 녀석이 아들 대신이야……."

"교수님……."

"마 교수님……."

마 교수는 동정표를 한몸에 받았다.

"대체 왜 그러세요, 아버지! 아버지가 부르면 오고, 가라면 가지 않습니까! 일주일에 몇 번씩 찾아뵙는데 그걸로도 모자란단 말씀입니까! 대체 제가 얼마나 더……!"

픽!

불쌍하게 움츠린 마 교수에게 버럭버럭 소리를 질러대는 승민의 엉덩이를 정씨의 솥뚜껑만 한 손이 호되게 후려쳤다. 승민은 눈을 번쩍 뜨고 정씨를 노려봤지만 그 험상궂은 외모에 놀라 금세 눈을 내리깔았다.

"어디서 아버지께 소리를 버럭버럭 질러! 버르장머리 없는 놈!"

나보다는 오늘 처음 보는 성인 남자 엉덩이를 때리는 당신이 더 버르장머리 없다고 말해 주고 싶었지만, 눈도 못 마주칠 만큼 위협적인 정씨에게 반발을 할 수가 없었다. 그래서 승민은 마 교수에게,

'아빠, 이 아저씨가 나 때렸어요. 너무 아팠어요.'

라는 시선을 보냈다. 그래도 제 자식이라는 생각에 화가 났는지,

마 교수가 벌떡 일어나 정씨에게 다가갔다. 그리고 부리부리한 눈으로 정씨를 쏘아보며 말했다.

"말 잘했네, 정씨! 내가 자식 농사를 잘못 지었어! 저놈도 우리 현수처럼 싹싹하고 예의 바르면 좋을 텐데 말이야!"

믿었던 아버지마저 '우리 현수'라니.

승민은 깨달았다.

이곳엔 자신의 편이 아무도 없다는 것을.

침묵이 흘렀다. 최 여사가 내온 차가 식어가고 있었지만 입을 여는 사람은 없었다. 마 교수와 최 여사의 맞은편에 정씨와 황소집 아저씨가 나란히 앉아 있었다. 승민과 현수는 얘기가 끝날 때까지 마당에서 기다리라고 해 두었다.

"승민이가…… 우리 현수한테까지 팬티를 보여 줬단 말인가?"

마 교수가 더는 침묵할 수 없다고 생각했는지 조심스레 물었다. 그 일을 생각하기만 해도 가슴이 답답해지는 정씨 대신, 옆에 있던 황소집 아저씨가 증언했다.

"네. 분명 그렇게 말했어요, 교수님. 승민 군도 인정했고요."

"이런!"

"하아……."

마 교수와 최 여사가 동시에 비탄에 젖은 신음을 내뱉었다. 천천히 심호흡만 하던 정씨가 입을 열었다.

"제가 마 교수님 봐서 참으려고 하긴 했지만…… 소중한 딸내미 아닙니까? 제 팬티도 한 번 안 보여 주고 금이야 옥이야 기른 딸이란 말입니다."

"그래, 그렇겠지. 지난번에 우리 집에서 술 마시다가 옷 다 벗어 던지고 노래를 부른 건 그 자리에 현수가 없으니까 한 행동이겠지."

"그럼요, 마 교수님. 알아 주셔서 감사합니다!"

"내가 왜 자네 마음을 모르겠나. 우리 아들이 그런 꼴을 보였다는데도 가만둔 자네한테 고맙기만 하네."

"마 교수님 아들인데 제가 어찌 손을 대겠습니까? 참아야지요. 이 가슴이, 이 가슴이 타들어가도 참아야지요!"

가슴을 부여잡고 괴로움을 토해내는 정씨에게 마 교수가 안쓰럽단 시선을 던졌다. 최 여사는 아들의 기행에 도무지 할 말을 찾지 못하고 식은 차만 연거푸 들이켰다.

"대체 어찌하는 게 좋겠나, 정씨? 어떻게 해야 자네 마음이 풀어질까?"

"교수님께서 잘못하신 것도 아닌데 그렇게 미안해하지 않으셔도 됩니다. 자식 일이라는 게 원체 부모 마음대로 되지 않는 거 아닙니까."

정씨의 넓은 마음 씀씀이에 마 교수의 눈에 눈물이 고였다.

"정씨, 자네란 사람은 정말……."

"교수님, 저는 교수님의 인품을 믿고 있습니다. 절대로 교수님께 문제가 있어서 승민 군이 제 딸에게 팬티를 보여 줬다고는 생각하지 않아요."

"정씨……!"

"교수님……!"

두 사람은 결국 서로를 부여안고 눈물을 터뜨렸다. 이 감동적인 화해 장면에 눈시울을 붉히지 않은 사람이 없었다. 코를 훌쩍이며 둘을 지켜보던 황소집 아저씨가 말했다.

"그럼…… 이왕지사 이렇게 된 거, 서로 사돈을 맺는 거 어떻습니까? 정씨와 마 교수님 사이에는 문제가 없고, 승민 군이 팬티를 보여줘서 우리 현수의 순결을 더럽혔으니…… 이런 식으로 책임지면 되지 않을까요?"

눈물을 닦던 두 남자가 눈을 희번덕하게 뜨고 황소집 아저씨를 쳐다봤다. 마 교수가 먼저 정씨를 쳐다봤고, 그다음에 정씨가 마 교수와 눈을 맞췄다. 그 후 둘은 원래 앉아 있던 자리로 돌아갔다.

마 교수가 손을 내밀자 정씨가 그 손을 맞잡았다. 그리고 최 여사도 찻잔을 내려놓고 그 위에 손을 겹쳤다. 세 사람은 서로를 쳐다보며, 누가 먼저랄 것도 없이 말했다.

"사돈 맺읍시다, 우리."

안에서 무슨 일이 벌어지는지 알 길 없는 승민과 현수는 마당에 놓인 편편한 바위에 나란히 앉아 있었다. 현수의 발치에는 여자를 좋아하는 백구 '승민'이 혀를 쭉 빼물고 누워 있었다.

"무슨 생각 하냐?"

현수를 흘끔흘끔 쳐다보던 승민이 물었다. 현수는 승민을 돌아보지 않고 대꾸했다.

"왜 또 말이 짧아지셨습니까, 마승민 씨."

"……너 몇 살이야?"

"스물다섯입니다."

"난 서른하나야."

"나이 많이 잡수셔서 좋으시겠네요. 그것참 부럽습니다."

"너, 어릴 적부터 이렇게 밉살맞았냐?"

"남이야 밉살맞든, 사랑스럽든 뭔 상관이십니까. 두 번 볼 사이도 아닌데."

"그래, 두 번 볼 사이도 아니지."

그 말을 끝으로 고요가 찾아왔다.

닭들이 간헐적으로 꼬꼬 하고 우는 소리와 바람이 무성한 나뭇잎을 파고드는 쏴아아 소리가 아니었다면, 진공 공간이라고 생각할 만큼 조용한 곳이었다.

승민은 다시 현수를 쳐다봤다. 현수는 질리지도 않는지 아까부터 지금까지 백구를 내려다보고 있었다. 귀여워 죽겠다는 눈빛이었다. 복숭아색 도톰한 입술에 살며시 떠오른 미소가 조금은 귀여웠다. 말만 안 하면 나쁘진 않은 외모다.

그런 생각을 하는 자신에게 놀라 황급히 시선을 떼는데, '와하하하하하하!' 하는 웃음소리가 들리더니 닫혀 있던 현관문이 열렸다. 마 교수와 최 여사, 정씨가 기분 좋은 표정으로 밖으로 나오고 있었다. 승민과 현수는 동시에 일어나 그들에게 다가갔다.

"아버지, 끝났으면 얼른 집에 가요."

"아버지, 끝났으면 전 서울에 가 보겠습니다."

비슷한 속도로 말하는 두 사람을 보며 정씨와 마 교수는 흐뭇한 미소를 지었다.

"잠깐. 아직 너희들에게 할 이야기가 남았다. 어떻게, 정씨가 얘기하겠나?"

"아닙니다, 교수님. 교수님이 형님이신데 교수님께서 말씀하셔야지요."

"허허허. 그럼 내가 전할까?"

현수와 승민은 불안한 눈빛으로 마 교수를 쳐다봤다. 흠흠, 목을 가다듬은 마 교수가 말했다.

"정씨랑 오랫동안 상의한 결과…… 너희 둘을 맺어 주기로 했다!"

처음엔 그 말을 알아듣지 못했다. 맺어 줘? 그게 뭔데?

"최대한 빨리 식을 올리도록 하자."

두 번째도 역시 알아듣지 못했다. 식을 올려? 식이 뭔데?

멍한 표정으로 쳐다보는 승민과 현수에게 마 교수가 답답하다는 듯 고개를 젓다가 단호하게 말했다.

"너희 두 사람, 결혼해라."

"네?"

"결혼이요?"

"도대체 왜요?"

"아버지, 무슨 말씀이십니까?"

"아니, 왜 갑자기 결혼 얘기가 나와요?"

"전 아직 결혼 생각 없을뿐더러, 이런 여자는 싫습니다!"

현수와 승민이 제각각 비명처럼 외쳐댔지만 마 교수와 정씨의 표정은 변하지 않았다.

"네 녀석이 현수한테 팬티를 보여줬다면서? 그러면 책임을 져야지!"

"팬티 좀 봤다고 결혼해야 되면 전 진혁이랑도 결혼하고 봉구 오빠랑도 결혼해야겠네요! 어릴 적엔 툭하면 동네 애들이랑 팬티만 입고 물놀이했었는데, 그 애들만 쳐도 지금 제 옆에 남편이 한 열 명은 있어야겠습니다! 무슨 일처다부제라도 주장하실 생각입니까?"

"아버지, 팬티 좀 보여줬다고 결혼해야 되면 제 팬티 본 여자들 널리고 널렸습니다. 다 데리고 와볼까요?"

현수와 승민이 서로 지지 않고 목소리를 높였다. 현수의 외침에는 귀엽다는 눈빛을 보내던 마 교수가 승민의 고백에 도끼눈을 하고 달려들었다.

"이놈이! 여자들한테 팬티 보여 준 게 뭐가 자랑이라고 크게 떠들어? 그냥 입 딱 닫고 이 애비가 시키는 대로 해! 우리 현수 같은 여자 만나기가 쉬운 줄 알아?"

"네, 쉽지 않겠죠. 저런 여자, 세상에 둘 있으면 난리 날 테니까요! 제 여자는 제가 알아서 구할 테니까 이런 황당한 짓 좀 그만두세요! 아버지 장난에 놀아나는 것도 아주 지칩니다, 지쳐요!"

승민은 정말로 화가 나는지 차갑게 내뱉고는 잠을 새도 없이 대문 밖으로 나가 버렸다.

"아버지, 저 아직 스물다섯이고요. 이렇게 아버지 장난에 휘둘려서 결혼 같은 거 하기 싫습니다. 세상에 자기 딸 결혼 얘기를 장난으로 하는 분이 어디 있습니까? 마 교수님도 그렇게 안 봤는데, 실망입니다!"

현수 역시 격하게 외치고 돌아섰다.

아들딸이 의도와 다르게 행동하는데도 마 교수와 정씨는 당황한 표정이 아니었다. 오히려 '내 저럴 줄 알았지.'라는 표정으로 대문을 쳐다보다가 서로를 마주보며 씩 웃었다.

현수가 밖으로 나갔을 때, 승민의 차는 아직 떠나지 않고 그 자리 그대로였다. 시동만이 걸려 있는 상태였다.

'짜증 나.'

하여간 저 인간을 마주친 오늘 하루, 좋은 일이 하나도 없다. 아니, 좋은 일까진 바라지 않더라도 어떻게 이 지경이 될 수 있단 말인가. 단지 저 인간 하나 때문에.

차에 침이라도 뱉어 줄까 하다가 차가 무슨 죄냐 싶어서 잠자코 그 옆을 지나가려는데, 차창을 내린 승민이 현수를 불러 세웠다.

"어이, 정현수."

저건 왜 자꾸 반말이야?

현수는 짜증스럽게 뒤를 돌아 승민을 노려봤다.

"왜요?"

"타."

"네?"

"타라고."

"왜…… 왜요?"

승민이 생각지 못한 행동을 보이자 현수는 당황해서 뒤로 물러났다. 그 모습에 승민이 인상을 찌푸렸지만 침착하게 말했다.

"이 차 타고 왔잖아. 뭐 타고 돌아가게?"

"버, 버스요."

"여기 버스 1시간에 한 대 올까 말까라면서? 타."

"갑자기 왜 이러십니까? 마승민 씨랑 결혼할 생각 없거든요?"

승민이 기가 막힌 듯 웃었다.

"나도 그쪽이랑 결혼할 생각 없네요. 여자는 혼자 보내는 거 아니라고 배웠어. 얼른 타."

"……굳이 여자 취급해 줄 필요 없거든요? 됐으니까 그냥 가세요."

"아아, 뭐야? 여자 취급받기 싫어서 일부러 그러고 다니는 거였어?"

승민이 정곡을 찌르는 바람에 현수는 대꾸할 기회를 놓쳤다. 그래서 별다른 말없이 아랫입술을 깨물고 승민을 노려봤다. 승민은 아무래도 좋다는 듯 어깨를 으쓱했다.

"어린애 혼자 보내는 것도 아니라고 배웠어. 타."

"나 어린애…….."

"나보다 어리잖아. 계속 여기 있을 거야? 저 양반들이 뛰어나와서 우리 손 붙잡고 식장에 끌고 가는 꼴 당하고 싶어?"

조금 전, 마 교수와 정씨의 눈에는 광기가 서려 있었다. 승민이 말대로 하지 않으리란 보장이 없었다. 현수는 현관문을 흘끗 쳐다

보고는 어쩔 수 없이 승민의 차에 올랐다. 부드러운 고급 가죽 시트
는 몸을 포근하게 감쌌고, 달리는 중에도 덜컹거리지 않아 승차감
이 좋았다.

"승차감은 좋네요."

승민이 백미러로 현수를 쳐다봤다.

"승차감만?"

"디자인은 별롭니다."

"뭐? 디자인이 왜? 이 매끈한 차체가 안 보이냐? 금방이라도 하늘
로 날아오를 듯한 날렵함이 안 보여?"

"차가 땅을 달려야지 하늘은 왜 납니까?"

"네가 보는 눈이 없는 거야. 이런 데서만 살았으니 뭘 알겠어?"

"알 건 다 압니다. 그러는 마승민 씨는 뭘 아는데요? 상추 철이
언제인지 알기나 합니까?"

"상추 철? 그런 걸 알아서 뭐 해?"

"차가 날아오를 것 같이 생겼다는 걸 제가 알아서 뭐 합니까?"

반박할 말이 없어진 승민이 인상을 찌푸렸다.

"그래요, 뭐…… 예쁘게는 생겼어요. 가벼워 보이고."

"역시 그렇지?"

승민의 표정이 순식간에 밝아졌다. 현수는 승민이 참 알기 쉬운
사람이라고 생각했다.

"네. 그런데 안전해 보이지가 않아요."

"안전? 이거 안전 검사 다 끝난 차야."

"하지만 저거요."

현수가 앞유리로 보이는 엠블럼을 가리켰다. 보닛 위에 비쭉 솟아나온, 날아오를 것 같은 독수리 모양의 엠블럼이었다.

"저게 왜? CM만의 자부심인데."

"그 자부심이 사람을 다치게 하니까 문제죠."

"저게 뭔 힘이 있다고 사람을 다치게 해?"

"사고가 났다고 칩시다. 빨리 달리다가 보행자를 치면 보행자 몸이 붕 뜨겠죠. 그리고 보닛 위로 떨어질 가능성이 높아요. 그때, 저 엠블럼에 피부가 찢길 수도 있다는 거죠."

"하? 사고를 안 내면 되지."

"차 사고라는 게 마음대로 됩니까? 운전자가 아무리 조심해도 보행자가 갑자기 튀어나오면 사고가 나는 겁니다. 그리고 에어백도 문젭니다. 저번에 실험 영상 봤는데 가관이더군요."

"뭐가 가관이라는 거야?"

"에어백 때문에 목 부러지겠던데요."

"에어백이 다 그렇지. 안 그런 에어백이 어디 있냐?"

"그렇죠. 에어백이 다 그렇죠. 하지만 그렇지 않게 만들도록 노력할 수는 있잖습니까. 외관에 신경 쓸 시간에 안전에 좀 더 신경 쓰는 게 낫지 않아요?"

"외관도 중요해. 너 같으면 이 CM 놔두고 티벨이나 파로코 같은 자동차를 선택하겠냐?"

티벨이나 파로코는 투박한 외관의 중형차였다.

"전 외관은 아무래도 좋습니다. 안전하고 연비 좋고 가격 저렴하면 티벨을 선택하겠죠. 실제로도 티벨이 연비도 훨씬 좋고 가격은

이 차의 반의반도 안 되니까요."

"하? 이 예쁜 걸 놔두고 티벨을 택하겠다고?"

"네. 근데 왜 그렇게 화를 내세요? 이 차, 마승민 씨가 디자인한 것도 아니잖습니까."

"……그래, 아니지."

그걸로 대화가 끊겼다. 뭐라 치고 나올 줄 알았던 승민이 입을 다물어 버리자 현수는 민망했다. 하지 말아야 할 말을 한 걸까? 자신이 했던 말을 돌이켜 봤지만 딱히 하면 안 되는 말을 한 기억은 없다.

백구를 승민이라고 부르면서 놀릴 때도, 팬티 바람이 어쩌고 하면서 변태로 몰아붙일 때도 승민은 불쾌한 표정을 지었을지언정, 이렇듯 상심한 표정은 짓지 않았다. 그런데 지금의 승민은 소금에 절인 배추처럼 풀이 죽었다.

'자기 회사 차를 너무 욕해서 그런가? 하긴…… 그래도 이 사람이 자부심을 갖고 일하는 곳일 텐데 내가 심했네.'

현수는 미안한 마음에 승민의 눈치를 봤지만, 풀죽은 승민에게 쉽게 말을 걸 수가 없었다. 안절부절못하는 와중에 차가 정비소 앞에 도착했다. 차에서 내리면서 현수는 용기를 냈다.

"저…… 그래도 CM1은 좋았어요."

정면만 보고 있던 승민이 천천히 고개를 돌렸다. 갸름한 눈 안에 갇힌 검은 눈동자가 더 해 보라는 듯 현수를 채근했다.

"CM1은 딱 봐도 안정적이고 그냥 보기만 해도 기분이 좋았거든요. 연비는 좀 안 좋아도, 비쌀 만하다고 생각한 차였어요."

"……CM3는 안정적으로 안 보이나 보지?"

"마승민 씨가 일하는 회사에서 나온 차에 대해 자꾸 이렇게 말씀드려서 죄송하지만…… CM3는 불안해요. 이걸 디자인한 사람이 많이 초조했나 봅니다. CM2랑 달라진 것도 별로 없고, 좀 조잡스러워졌거든요. 특히 이 도어 부분 디자인은…… 진짜 갑자기 왜 들어간 건지도 모르겠고요. 게다가 차체의 높이를 올렸는데 굳이 그랬어야 할 이유를 모르겠습니다. 새로운 이미지가 생각이 안 나니까 높이라도 좀 올려보자, 이런 마음에 올린 걸로밖에 생각이 안 되네요. 그리고 아까 보닛 열었을 때 확인한 건데 퓨즈………."

"알겠으니까 그만 하고 문 닫아라."

"……데려다 줘서 감사합니다. 조심해서 가세요."

자기가 물어봐 놓고 심드렁한 태도를 보이는 승민 때문에 기분이 상했지만 어쨌든 태워다 줬으니 감사 인사는 했다. 문을 닫자마자 승민은 쌩하니 사라졌다. 시골 냄새 묻을까 봐 걱정하는 듯한 그 행동에 현수는 멀어지는 차를 노려보며 외쳤다.

"다시는 오지 마, 이 뻔뻔한 변태야!"

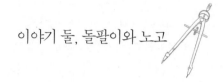

이야기 둘, 돌팔이와 노고

승민은 미간을 누르며 모니터를 노려봤다. 이번 신차 공모전에
낸 디자인의 3D 영상을 확인하는 중이었다. 이미 심사가 진행되는
중이고 내일이면 발표가 날 것이다. 이제 와서 확인한다고 디자인
화를 바꿀 수 있는 것도 아닌데 현수의 말이 가시처럼 마음에 걸렸
다.

　―CM3는 불안해요. 이걸 디자인한 사람이 많이 초조했
　나 봅니다.

현수와의 만남으로부터 며칠이 지났건만 툴툴거리는 그녀의 말
투가 생생하게 떠올랐다.
네가 뭘 알아?

초조함 따위는 없었다. 어차피 다른 놈 이름으로 나갈 거란 생각에 불쾌하긴 했지만, 그래도 초조하진 않았다. 최고의 기업에서 최고로 대우를 받으며 일을 하는데 불안할 것이 뭐가 있겠는가. 자신의 이름을 걸 수 없다는 것은 아주 작은 문제일 뿐이었다. 이런 일은 어딜 가나 비일비재하게 일어나니까.

그런데도 디자인화를 다시 확인하게 되는 건, 현수가 말했던 초조함이 새로운 디자인에도 깃든 게 아닐까 걱정이 됐기 때문이다.

서민을 위한 보급형 자동차.

누구나 손에 넣고 싶어 할 만큼 세련된 디자인이지만 가격만큼은 저렴한 자동차를 디자인했다. 세단형으로, 4개의 도어가 있는 차의 앞부분을 매끄럽게 올려 공기 저항력을 낮췄다. 그래 봤자 얼마나 낮춰지겠느냐마는 매끄러운 디자인으로 인해 기존의 세단에 비해 훨씬 값비싼 느낌을 주었다. 특히 라디에이터 그릴을 최대한 작게 만들어 공기의 저항을 줄이고, 약간 둥글게 처리했다. 그리고 라디에이터 그릴의 가장자리를 따라 은색의 테두리를 둘러 고급스러움을 강조했다.

내부의 대시보드 높이를 조금 낮추고, 계기판과 센터페시아를 21세기 미래형으로 꾸몄다. 하지만 겉보기에만 미래형일 뿐, 사용하는 데 있어서는 기존 운전자의 편의를 고려해 직관적이고 편리하게 디자인했다.

모양으로만 본다면 보급형 차가 아니라 CM 시리즈와 견주어도 될 법했다.

승민은 한참 동안 디자인화를 노려보며 '초조함'이 느껴지는 부분이 있는지 확인했다. 현수의 지적 탓에 보닛 앞부분에 비쭉 솟은 엠블럼이 마음에 걸렸지만, 저것을 빼거나 스티커 형식으로 부착해 버린다면 하명 자동차만의 특징이 사라질 것이다. 게다가 엠블럼은 자고로 동상 형태가 최고 아닌가.

다시 한 번 재고해 볼 여지는 없었다. 이 디자인은 완벽하다. 어느 누구도 지적할 수 없을 만큼.

디자인화를 끄려던 승민은 다시 손을 멈추고 디자인화를 살펴봤다.

'아니, 보닛 부분을 좀 더 매끄럽게 올릴 걸 그랬나?'

지금껏 디자인을 하면서 '내 디자인에 문제가 있어.'라는 생각을 해 본 적이 없다. 한 번에 쓱쓱쓱 그려서 완성하면 그걸로 끝. 하명 자동차 중 최고 판매액을 자랑하는 CM 시리즈도 단 한 번의 펜질로 나온 디자인이었다.

승민은 디자인이란 고뇌 끝에 나오는 것이 아닌, 머릿속에서 번뜩이는 무언가가 떠올랐을 때 나오는 거라고 믿고 있었다. 실제로도 그래 왔고. 때문에 한 번 그린 디자인화는 두 번 다시 돌아보지 않았다. 폐기할지언정 고치지는 않는 게 승민의 버릇이자 자부심이다.

'그런데 내가 왜 그 여자 때문에 이미 낸 디자인화를 계속 보고 있어야 하냐고!'

어느새 상체가 모니터 안에 들어갈 듯 앞으로 기울어져 있는 걸 깨닫고 느긋한 척 등을 의자에 기댔다. 그리고 다리를 꼬고 앉아 여유롭게 머리를 쓸어 넘겼다. 희고 매끄러운 피부와 잘 어울리는 흑

단 같은 머리카락이 손가락을 따라 스르륵 움직이자, 남몰래 승민을 쳐다보던 여사원들이 군침을 삼켰다. 하지만 승민은 그들의 시선과 감탄을 눈치채지 못할 만큼 깊이 고민에 빠져 있었다.

며칠 전에 만난, 두 번 다시 만날 일 없는 별 볼 일 없는 정비공의 말 때문에 평소의 습관과 자부심을 버리는 행위를 하는 자신을 이해할 수가 없었다.

"자기, 어디 아파?"

뒤에서 들려오는 부드러운 음성에 승민은 고개를 돌렸다. 언제 왔는지 채영이 승민의 뒤에서 달콤한 미소를 짓고 있었다.

170센티미터 정도 되는 키, 풍만한 가슴과 잘록한 허리, 긴 다리가 매력적인 채영은 오늘도 허벅지를 간신히 가리는 짧은 치마 정장을 입고 있었다. 딱 맞는 상의 덕분에 허리와 큰 가슴이 돋보였다.

채영은 짧은 단발머리를 귀 뒤로 넘기며 싱긋 웃었다.

"너무 초췌한데?"

"그런가?"

승민은 한 손으로 얼굴을 쓸었다.

"쉬엄쉬엄해. 걱정돼서 죽겠어, 아주."

채영의 차가운 손이 승민의 뺨을 쓰다듬었다. 채영의 뒤쪽으로 몇 명의 여사원이 채영에게 질투 어린 시선을 던지는 게 보였다.

여자들은 여전하군.

회사 안에서 여자들을 보면 가끔 동물의 왕국을 보는 기분이 든다. 힘과 권력과 매력이 있는 여왕 사자, 그리고 그 여왕 사자를 경외하면서도 어떻게든 짓밟으려는 일반 사자들.

채영은 여왕 사자였다.

"열나는 것 같네."

"그냥 두통이야."

승민은 거칠지 않게 채영의 손을 걷어냈다.

"그냥 두통이 아닌 것 같은데? 살도 빠졌고. 이따 잠깐 병원에 가. 태워다 줄게."

"나도 운전할 줄 알아."

"뭐야, 자기 힘없는 틈을 타서 덮칠까 봐 그래? 왜 이래? 나 경우를 아는 여자야. 아픈 사람은 안 덮쳐."

"그거 유감이군."

건성으로 대꾸하자 채영이 요염하게 웃으며 의자를 끌고 와 승민의 옆에 앉았다. 다리를 꼬자 치마가 올라가며 매끄러운 허벅지가 드러났다.

"덮쳐 주길 바라는 거야?"

채영의 눈빛이 유혹적으로 빛났다.

"아쉽지만 이번엔 사양하지. 그럴 기분 아냐."

승민은 깨끗이 거절했다.

"누차 얘기하지만 난 자기라면 언제든 환영이야."

채영이 작게 속삭였다.

승민은 아예 돌아앉아 자신의 옛 연인인 채영을 물끄러미 응시했다. 채영은 부끄러운 것 없다는 듯 승민을 똑바로 바라봤다.

자신감에 찬 당당한 눈빛과 성숙한 외모가 참 좋았다. 자신감이 있는 만큼 자신이 맡은 일은 확실히 해냈다. 아름다운 외모를 무기로 삼는 행동은 하지 않았다. 누군가에게 도움을 받는 순간, 그만큼의 가치가 떨어진다고 생각하는 그녀의 사상은 승민과 같았다.

여성스럽지만 당당한 채영을 보고 있노라니 조금도 여자답지 않았던 현수가 떠올랐다.

'아니, 그 여자는 너무 과했지.'

자기 친구를 때려서 쓰러뜨리는 걸로도 모자라 그 등을 밟고 섰던 현수의 모습이 생생하게 기억났다. 추접스럽게 소리를 내며 식사를 하던 모습도 함께. 여자다운 구석이라고는 조금도 없었고, 하물며 남자라 해도 그런 행동은 승민에게 있어서 아웃! 현수는 자신감을 '무뢰배 같은 행동'의 동의어로 착각하고 있는 듯했다.

'근데 내가 왜 또 그 여자를 떠올리고 있는 거야!'

행동 거칠고 여자답지 않은 촌뜨기에 대한 기억은 시골을 벗어나는 고속도로에 던져두고 왔다. 아니, 적어도 그랬을 거라고 생각했다.

그런데 요 며칠 간, 무슨 일만 생기면 자꾸 그 촌뜨기 생각을 하게 된다. 얼마 전에는 소파에 앉아 책을 읽다가 기억 속의 촌뜨기에게 별명까지 붙여줬다.

'돌팔.'

흔히 말하는 그 돌팔이가 아니었다. 골리앗을 돌팔매질로 쓰러뜨린 다윗을 연상케 했으니, '돌팔'이란 별명이 어울릴 것 같았다.

'그러니까! 내가 왜! 그 여자! 별명 따위를! 지어 줘야 하냐고!'

두 번 다시는 볼 일도 없고, 멀리서나마 마주칠 일도 없고, 별명을 부를 일은 더더욱 없었다. 그런데도 머릿속을 떠도는 '돌팔이'란, 입에 착착 달라붙는 별명을 떨쳐내기 힘들었다.

당장이라도 시골에 달려가 그녀의 반반한 얼굴을 노려보며 외쳐주고 싶었다. 야, 이 돌팔이야!

'그러니까 내가 그 여자를 보러 시골까지 갈 이유가 없다니까 그러네!'

이성을 배반하는 감정 때문에 승민은 혼란스러웠다. 왜 자꾸 이 몸은 시골에 뛰어갈 생각을 하고 있는 거지? 닭똥 냄새 풍부한 그 시골 바닥에 뭘 볼 게 있다고.

"자기, 정말 괜찮은 거 맞아?"

채영의 음성에 정신을 차렸다. 이곳이 회사라는 것도, 채영이 바로 앞에 앉아 있다는 것도 잠시 잊고 있었다. 채영의 걱정스러운 눈을 보며 승민은 고개를 끄덕였다.

"어. 어떤 돌팔이 때문에……."

"돌팔이? 왜, 담당의가 별로야?"

"담당의는 무슨……."

"그런데…… 이게 자기가 이번에 낸 디자인이야? 예쁘네. 자긴 정말 대단하다."

채영이 모니터의 디자인화로 시선을 옮기며 말했다. 질투가 약간 섞인 칭찬에 승민은 기분이 좋아졌다.

그래, 나는 대단하다고!

"특히 이 라디에이터 그릴이 괜찮다. 이거 정말 예쁘게 빼냈네. 어떻게 이런 디자인을 생각했대?"

"몸체도 괜찮지?"

"응, 부드러워 보여. 이게 CM보다 나은 것 같은데? 물론 CM도 최고이긴 하지만."

채영은 CM 시리즈의 디자인이 원래 승민의 것이었다는 걸 아는 몇 안 되는 사람 중 하나였다.

"이 정도 디자인이 안 될 정도면…… 세찬 씨는 대체 어떤 디자인을 한 거지?"

조금 나아졌던 기분이 이어진 그녀의 말 때문에 확 수그러들었다. 하지만 그 불쾌함을 겉으로 드러내진 않았다. 승민은 무표정을 유지한 채 대꾸했다.

"잘했겠지. 유망주니까."

"자기는 샘도 안 나? 하긴…… 천재는 우리랑 다르니까."

"천재는 무슨."

천재라는 말을 들었던 시기도 있었지. 지금은 아니지만.

하마터면 이곳이 회사라는 것도 잊고 쓴웃음을 흘릴 뻔했다.

"어쩌면 공동 수상할지도 모르겠네. 자기 건 정말 버리기 아까우니까."

"네 건 어떤데?"

"난 이번엔 안 될 것 같아. 애초에 생각을 잘못했어. 보급형 자동차니까 저비용, 고효율, 그리고 고이득이라는 세 가지 포인트를 무엇보다 염두에 두었어야 하는데 일단…… 제작비가 장난이 아닐 것 같아. 게다가 투 도어라서 가정용으로 사용하기도 힘들고. 딱 젊은 여성층에 맞췄거든."

채영의 문제 중 하나였다. 채영은 여성이 좋아할 만한 디자인을 선호했다. 수송용 트럭의 디자인을 할 때도 여성이 좋아할 모양의 트럭을 그리는 바람에 상사에게 한소리 들은 적도 있었다. 자신도 그 부분에 대해서는 인정을 했고 고치고 싶은 모양이지만, 손에 익숙한 그림을 바꾸는 게 힘든 것 같았다.

"어, 세찬 씨. 이제 출근해?"

채영이 승민의 뒤쪽을 쳐다보며 밝은 목소리로 인사했다. 승민은 시간을 확인했다. 출근 시간인 9시가 되기 직전이었다. 언제나 출근 시간 3분 전에 딱 맞춰 사무실에 들어오는 건 세찬의 기이한 능력 중 하나였다.

"안녕하십니까."

나이에 맞지 않는 묵직한 음성. 세찬이 승민의 자리를 향해 걸어오는 소리가 들렸다.

오지 마.

승민은 세찬이 거북했다.

"선배님, 어디 아프십니까?"

세찬도 승민의 얼굴을 보더니 채영과 같은 반응을 보였다. 그제야 승민은 자신이 진짜 수척해 보일지도 모른다는 생각이 들어 탁상 거울에 얼굴을 비췄다.

화장실의 노란 불빛 아래서 볼 때는 몰랐는데, 사무실의 흰 형광등 아래에서 보니 확실히 해쓱했다. 안 그래도 별로 없는 볼살이 빠져서 턱선이 더 날카로워 보였고, 눈 아래가 퀭했다.

신차 디자인 공모를 생각했던 것보다 더 많이 신경 쓰고 있었던 모양이다. 어떤 일에도 의연한 사람처럼 보이고 싶은데 이래서야 수능 전날의 삼수생과 다를 게 없다.

민망함을 감추기 위해 한 손으로 볼을 문질렀다.

"너 때문에 스트레스 받아서 그런가 보다."

툭 던진 말에 세찬이 작게 웃었다.

"못난 후배라서 죄송합니다."

성격 좋은 녀석 같으니.

세찬의 성격이 좋다는 건 인정할 수밖에 없다. 고작 한 살 차이인데도 꼬박꼬박 경칭을 사용하며 승민을 선배 대접해 주고, 작은 농담에도 웃어 주는 센스가 있다.

"이건 선배님 작품입니까?"

세찬이 승민의 디자인화에 관심을 보였다. 이번 공모에 당선되다시피 한 녀석에게 디자인화를 보여 주고 싶지 않았지만, 이제 와서 대놓고 모니터를 끌 수도 없는 노릇이다. 승민은 건성으로 고개를 끄덕였다.

"멋지네요."

세찬은 그 속에 들어가기도 하려는 듯, 승민의 옆에서 허리를 거의 90도로 굽히고 모니터를 들여다봤다.

"역시 선배님은 대단합니다. 어떻게 라디에이터 그릴을 저런 식으로 빼내셨죠?"

"내 말이. 저거 정말 예쁘지 않아? 잘하면 하명 자동차에서 특허 낼 수도 있겠어."

채영이 끼어들었다.

"그러게요. 이번 공모전엔 승민 선배님 디자인이 채택되겠네요."

승민은 눈을 가늘게 뜨고 세찬의 어깨를 노려봤다. 세찬의 디자인이 채택될 거라는 건 공공연하게 알려진 사실이었다. 어제 만난 엔지니어들까지도,

"후배한테 밀렸네."

라며 비아냥거렸던 걸 생각하면 알만 한 사람은 다 알고 있는 게 틀림없었다. 그런데 세찬이 무슨 생각으로 저런 소리를 하는지 모르겠다. 놀리려는 걸까?

하지만 세찬은 저런 식으로 남을 놀리는 녀석이 아니었다. 싫은 녀석이긴 하지만 성격이 좋은 것만큼은 확실하다.

채영도 승민과 같은 생각인지 승민을 쳐다보며 어깨를 으쓱했다. 승민은 시선을 거두고 세찬의 허리를 가볍게 밀어냈다.

"가서 일이나 해. 귀찮게 하지 말고."

강남 고속버스 터미널에서 내린 현수는 바로 박 교수의 집으로 갈까 하다가 생각을 바꿨다. 박 교수는 편하게 찾아오라고 했지만 방문할 때마다 먹을 것을 챙겨 주는데 매번 빈손으로 갈 수는 없었다.

버스를 타고 압구정에서 내려 거리를 거닐었다. 젊게 사는 분이니까 이왕이면 센스 있는 선물을 고르는 게 좋을 것 같았다. 한참을 걷다가 발견한 옷 가게에 들어가 야구 모자를 하나 집어 들었다. 언

젠가 박 교수가,

"컨버터블을 탈 때는 역시 야구 모자지. 챙이 달린 카우보이모자도 좋고."

라고 말했던 게 떠올랐기 때문이다. 카우보이모자는 다음에 사 드려야지.

남색 바탕에 흰색 영어 필기체로 CAP이라고 쓰여 있었다. 박 교수는 현수에게 있어서 여러 가지 의미로 'cap'이었기 때문에 딱 맞는 모자를 골랐다는 생각에 기분이 좋았다.

박 교수의 집은 압구정에서 좀 떨어진 곳에 있었지만 걸어갈 수 있는 거리였다.

'30분 정도 걸리겠네.'

음악을 들으며 걷다가 문득 승민의 고무줄 패션이 떠올랐다.

'압구정 패션은 무슨.'

짤막한 바지에 노란 고무줄을 끼워서 입는 사람은 어디를 봐도 눈에 띄지 않았다. 당연하다. 요즘 같은 시대에, 아니, 과거에도 그런 패션을 선호하는 사람은 없었을 것이다.

'아, 내가 왜 그 변태 생각을 하고 있지?'

날도 더운데 승민의 밴질밴질한 얼굴이 그려지자 짜증이 났다. 간신히 승민에 대한 생각을 지워 버렸는데 저 앞에서 9부 바지를 입고 걸어오는 남자를 발견하자 다시 생각이 나버렸다. 승민이 입었던 바지는 저 바지보다 조금 더 짤막했다.

'아니, 내가 왜 그 인간 바지 길이 따위를 생각하고 있냐고! 아무리 좋게 봐줘도 그냥 변태일 뿐인데!'

현수는 고개를 휘휘 저어 머릿속에 들러붙는 승민의 얼굴을 저 멀리 던져 버렸다. 스쳐 지나가던 남자가 이상하다는 눈빛으로 현수를 쳐다봤다.

자꾸만 생각나는 승민의 웃기는 꼴을 떨쳐내며 걷다 보니 어느새 박 교수의 집 앞이었다. 조용한 고급 주택가에 자리 잡은 박 교수의 집은 강남 땅값을 생각하면 터무니없이 넓었다. 시작하는 담 끝에서 끝나는 담이 어디인지 가늠하기 힘들 정도였다.

높은 담은 타인의 접근을 일절 막아내겠다는 듯 위세 등등했다. 집 바로 앞에 경비 초소가 있는데, 담 위에도 무슨 무슨 콤이라는 경비 시스템이 장착되어 있다고 들었다. 여기저기에 CCTV도 설치되어 있어서 이곳에 몰래 드나들려면 '미션 임파서블'에 나오는 '톰 크루즈' 정도는 되어야 할 것 같았다.

딩동.

초인종을 누르자 이런 철옹성 같은 설비가 무색하게도 누구냐는 질문도 없이 문이 열렸다. 삑 소리와 함께 열린 문 안으로 들어갔다. 이제는 익숙해진 넓은 마당과 잘 가꾼 잔디, 깨끗한 2층짜리 건물이 보였다. 그리고 2층 주택의 맞은편으로 크게 만든 창고가 있었다. 현수가 하루가 멀다고 박 교수의 집을 방문하는 이유가 바로 그 창고였다.

박 교수는 정원에 나와 현수를 기다리고 있었다.

"누군지 물어보지도 않고 문 열어 줄 거면 문은 왜 달아놨습니까?"

현수의 말에 박 교수가 유쾌하게 웃었다.

"이눔아. 너 올 줄 아니까 안 물어본 거다. 평소에는 신상 정보 캐묻고 각막 인식까지 하는 거 몰라?"

"……사기도 적당히 치세요. 이거 선물입니다."

현수가 모자를 내밀었다. 박 교수는 얼굴 전면에 환한 미소를 지으며 모자를 받자마자 머리에 푹 눌러썼다. 모자 양옆으로 박 교수의 희끗희끗한 머리카락이 삐져나왔는데 그게 아주 멋스러웠다.

"어때?"

"그냥 그래요."

"네가 사 준 거잖아!"

"제가 사드린 거니까 그냥 그렇게라도 보이는 거죠."

"요 녀석이!"

옥신각신하는 것 같지만 정작 박 교수는 현수가 사랑스러워서 견딜 수 없다는 표정이었다. 박 교수의 부인인 김 여사가 주스를 들고 나왔다.

"안녕하세요, 여사님."

현수가 꾸벅 인사를 하자, 박 교수가 서운하다는 듯 혀를 찼다.

"요 녀석 좀 보게. 나한테는 인사도 안 하더니."

"안녕하세요, 교수님."

현수가 한발 늦게 인사하자 박 교수가 현수의 머리를 쓱쓱 쓰다듬었다.

"또 차 보러 왔어?"

박 교수 못지않게 젊게 사는 김 여사가 물었다. 김 여사는 벌써 50대 중반이었지만, 겉보기에는 갓 마흔이나 넘었을까 싶은 정도

다. 그녀가 늘씬한 몸매를 유지하는 비법은 요가라고 들었다.

"네, 여기밖에 없으니까요."

"정말 지극 정성이야. 왜 내 주위에는 다 자동차 오타쿠들밖에 없지?"

"오타쿠라니요. 저는 그저 자동차를 사랑하고 아끼는 것뿐입니다. 오타쿠는 박 교수님이죠."

"에이. 나보다는 우리 현수가 더 심하지. 여보, 얘가 창고 들어가면 뭘 제일 먼저 하는 줄 알아? 들어가자마자 차를 끌어안고 얼굴을 비벼대. 차랑 연애를 하는 것 같다니까."

박 교수가 일러바쳤지만 효과는 미비했다.

"당신도 차랑 연애하는 것처럼 보이거든요? 아무튼 연애 잘하다가 저녁 먹고 가. 오늘 저녁은 립으로 할 거거든."

"네, 감사합니다."

김 여사가 들어간 후, 현수와 박 교수는 창고로 향했다. 벌써 몇십 번도 넘게 방문했지만 창고를 향해 걸어갈 때면 늘 처음인 것처럼 가슴이 설레었다. 저 문이 열리면 새로운 세계가 펼쳐질 것이다.

이 순간만큼은 며칠 동안 불쑥불쑥 현수의 뇌를 건드렸던 승민의 노란 고무줄조차 끼어들지 못했다. 현수의 눈은 오롯이 창고로 향해 있었다.

눈을 반짝반짝 빛내는 현수를 보며 박 교수가 미소를 지었다. 박 교수는 현수가 애타지 않도록 서둘러 창고의 문을 열었다. 최신식 방범 시스템이 장착된 자물쇠의 번호를 누르고 지문을 찍자 덜컹, 하는 소리와 함께 문이 두 팔을 벌렸다.

창고 안은 어두웠다. 하지만 두 사람이 들어가자 자동으로 불이 켜졌다. 그리고 그들이 모습을 드러냈다.

커다란 창고 안을 가득 채운, 한 시대를 풍미했던 자동차들.

이제는 단종되어 구할 수 없는 자동차도 있었고, 세계에 몇 대뿐이라는 희귀한 자동차도 있었다. 그렇다고 모두가 값비싼 차인 것은 아니었다. 자동차 박물관처럼 가격에 상관없이, 이제는 볼 수 없는 자동차들이 한자리에 모여 있는 것이 좋았다.

현수는 창고 안을 쭉 둘러보며 크게 심호흡을 했다. 그렇게 하면 이곳에 있는 자동차의 기운을 모조리 가슴에 담을 수 있다는 듯이. 그렇게 한참 동안 심호흡을 하다가 가장 구석에 있는 자동차를 향해 달려갔다.

'르분'이라는 이름이 붙은 자동차였다.

르분은 비싼 자동차가 아니었다. 지금은 십만 원을 주고 판다고 해도 살 사람이 없는, 이십몇 년 전에 나왔던 보급형 자동차. 성능도 모양도 그저 그래서 돈 없는 소시민들 사이에서 잠깐 유행하다가 사라진 자동차였다.

하지만 현수는 르분이 좋았다. 언젠가 본 오래된 흑백 사진 속에 르분이 있었다. 그리고 그 앞에는 촌스러운 복장의 젊은 아버지와 젊은 어머니가 어색하게 손을 잡고 서서 웃고 있었다. 아버지가 젊을 적에 가장 처음으로 갖게 된 자동차였고, 그 차에 제일 먼저 태운 사람이 어머니였다고 했다.

부모님이 사랑을 키워 나가던 시절을 함께했던 자동차. 그래서 현수는 르분을 사랑할 수밖에 없었다. 부모님이 탔던 게 이 차는 아니지만 현수는 르분을 보면 어머니를 느꼈다.

아버지가 그랬다. 현수가 태어났을 때, 산부인과에서부터 집까지 이 차를 타고 돌아왔다고.

　　─생각해 보면 걔가 새 사람 오는 줄 알고 기를 쓰고 버틴
　　게 아닌가 싶어. 너 딱 데리고 오던 그 날 집까지 오고 나서
　　시동이 꺼지더니, 더 이상 움직일 수가 없게 됐거든.

막 태어난 현수가 집에 오던 날, 차가 고장이 나는 바람에 현수가 르분을 탈 기회는 두 번 다시 없었다고 한다.

"그렇게 좋으냐?"

르분을 끌어안듯 두 팔을 벌려 보닛 위에 얹고 얼굴을 대고 있는 현수의 옆으로 박 교수가 다가왔다.

"네, 좋아요. 따뜻한 느낌이 들어요."

"시동 건 적도 없다."

"그래도요."

박 교수는 현수를 다정한 눈으로 지켜봤다. 한참 르분을 끌어안고 있던 현수는 충분히 즐긴 후에야 몸을 바로 세웠다. 그리고 박 교수와 함께 여러 자동차 사이를 누비면서 차의 유래와 기능에 대해 이야기를 나누었다. 벌써 몇 번이나 반복한 대화이지만 질리지

않았다.

그렇게 노닥거리다 보니 어느새 시간이 많이 지났다. 슬슬 저녁 시간이 되어 간다는 것도 잊고 있었는데 창고 문이 열리는 소리가 들렸다. 차 디자이너 누치오 베르토네에 대해 한창 이야기하던 두 사람은 대화를 멈추고 뒤를 돌아봤다.

"또 여기 계셨습니까?"

묵직한 저음이 창고 안에 울렸다.

"오, 아들 왔냐?"

"네. 어머니가 저녁 준비 다 됐다고 전해드리래요. 현수야, 넌 지 겹지도 않냐?"

"네, 전 재밌습니다."

현수는 꾸벅 인사를 하고 세찬에게 다가갔다. 박 교수의 아들인 세찬과는 박 교수의 집을 오가다가 만나게 되었다. 훤칠한 키와 짙은 눈썹이 매력적인 남자였다. 아주 잘생긴 얼굴은 아니지만 얼굴의 윤곽을 이룬 굵직굵직한 선이 마음에 들었다. 그와 잘 어울리는 나직한 목소리도. 세찬은 허투루 장난을 치거나 거짓말을 할 것 같지 않은 사람이었다.

셋은 창고에서 나와 집으로 향했다. 집 안에는 잘 구운 립의 짭조름한 향기가 가득 차 있었다. 창고 안에 있을 때는 허기도 잊고 있었는데 맛있는 냄새를 맡자 위장이 요동쳤다. 문득 정비소에 찾아와 진지한 얼굴로 무슨 말을 하려던, 그러나 위장의 비명에 말을 멈췄던 승민이 떠올라 웃음이 나왔다.

아무 일도 없는데 씩 웃는 현수에게 세찬이 물었다.

"무슨 재미있는 일 있어?"

"아니요. 별로요."

재미있는 일이 아니라 짜증 나는 일이었지, 라고 생각하면서도 웃음이 나오는 걸 막을 수 없었다. 그날, 어울리지 않게 얼굴을 붉혔던 승민의 모습이 연달아 떠올랐기 때문이다. 그 남자, 귓불까지 빨개졌었다.

'아니, 내가 왜 자꾸 그 인간 생각을 하냐고! 얼굴 빨개지는 게 그 남자랑 어울리는지, 안 어울리는지를 내가 어떻게 안다고!'

현수는 다시 고개를 휘휘 저어 승민의 얼굴을 떨쳐냈다. 그런 현수를 세찬이 이상하다는 듯 쳐다봤다.

저녁 식사는 호화로웠다. 요리를 좋아하는 김 여사가 만든 음식은 모양도 좋고, 향도 좋았다. 커다란 접시에 가득 담긴 립은 갈색으로 보기 좋게 구워져 윤기가 흘렀고, 볼에 담긴 감자 샐러드와 해산물 샐러드가 식욕을 자극했다. 현수는 당연하게 세찬의 옆자리에 앉았다. 원래는 세찬의 누나 자리였던 그곳이 이제는 현수의 자리가 되어 버렸다.

짧게 서로의 근황을 묻고 자동차에 대한 이런저런 대화를 나누다 세찬의 회사 이야기로 넘어갔다.

"회사에 안 좋은 일이 있었습니다."

세찬의 말을 듣고서야 현수는 아직 세찬이 어느 회사에 다니는지도 모른다는 데 생각이 미쳤다. 세찬과 저녁을 먹는 일이 별로 없는 데다가, 간혹 같이 밥을 먹을 때도 세찬은 거의 말을 하지 않는 편이었다.

"무슨 일인데?"

박 교수가 물었다.

"이번에 신차 디자인 공모가 있다고 했잖아요. 거기서 문제가 생겼어요. 승민 선배가 디자인을 낸 게 있는데, 그걸 도용당한 것 같습니다. 그리고 그게 당선이 됐고요."

"흐음."

박 교수는 별로 놀란 눈치가 아니었다. 하지만 현수는 입이 쩍 벌어질 정도로 놀랐다.

'신차 디자인? 승민? 설마…… 잘못 들은 건 아니겠지? 그래, 차 디자이너 중에 승민이라는 이름이 하나만 있는 건 아니잖아.'

현수가 굳었다는 걸 눈치채지 못한 세찬은 계속해서 말했다.

"최민석 과장이 승민 선배 디자인을 베낀 것 같아요. 승민 선배는 세단형으로 만들었는데, 그걸 쿠페 투 도어로 교묘하게 바꿔서 냈더라고요. 특히 라디에이터 그릴 부분이 승민 선배가 디자인한 거랑 똑같았어요. 그거 정말 센스 있게 잘 빼냈거든요. 도용이 확실해요."

"승민이가 도용했을지도 모르지."

"아뇨, 승민 선배가 도용한 건 아니에요. 발표되고 나서 승민 선배 반응이……."

"어땠는데?"

"워낙 점잖은 사람이니 티를 내진 않았지만…… 눈빛이 확 달라지더라고요. 믿을 수 없다는 눈빛이기도 하고, 절망한 것 같기도 하고…… 승민 선배, 드러내진 않았어도 기대를 많이 했던 것 같던데······."

거기서 현수는 세찬이 말하는 승민과 자신이 아는 승민이 다른 인물이라는 걸 확신했다. 점잖다니. 그건 현수가 아는 승민에게는 전혀 어울리지 않는 말이었다.

"이러다가 승민 선배가 회사를 그만둘까 봐 걱정입니다."

"걱정은 뭐가 걱정이야? 자동차 회사가 하명만 있는 것도 아닌데."

박 교수의 말에 현수는 들고 있던 포크를 떨어뜨렸다.

쨍그랑.

포크가 바닥에 부딪히는 소리에 박 교수와 세찬이 동시에 현수를 돌아봤다. 현수는 두 사람의 시선을 느끼지도 못할 만큼 놀라서 멍하니 박 교수의 입술만 쳐다보고 있었다.

내가 잘못 들은 거 아니지? 하명이라고?

"왜 그러냐?"

박 교수가 한쪽 눈썹을 찡그리며 물었다.

"아······ 저······ 혹시······."

현수는 간신히 박 교수에게서 눈을 떼고 세찬을 쳐다봤다.

"혹시······ 하명 자동차······ 다니······세요······?"

세찬이 어깨를 으쓱했다.

"응, 내가 말 안 했나?"

"······!"

"왜?"

"아, 아니요······."

현수가 고개를 절레절레 저으며 포크를 집으려 하자, 김 여사가 서둘러 말리고는 새 포크를 가져다주었다. 그동안 세찬과 박 교수는 다시 하던 대화로 돌아갔다.

"승민 선배가 하명에 남아 줬으면 좋겠어요. 워낙 성실하고 아량도 넓은 데다가 배울 것도 많은 분이니까요. 그리고 디자인 센스가 장난이 아니잖아요. 승민 선배를 볼 때마다 천재라는 소리를 듣는 사람은 다 이유가 있다는 생각이 듭니다. 그런 만큼 사람이 여유도 있고."

세찬은 승민을 정말 좋아하는 듯 어린애처럼 신난 표정으로 이야기했다. 늘 봐 오던 어른스럽고 진지한 모습은 온데간데없었다. 하지만 현수는 세찬의 변화보다는 그가 말하는 내용 때문에 놀랐다.

도대체 저건 누굴 얘기하는 거래?

세찬의 이야기 속에 나오는 '승민 선배'는 아무리 들어도 현수가 아는 '마승민'과는 달랐다. 성실하고 아량 넓고 배울 게 많은 사람이라니. 남의 자장면 얻어먹은 주제에 고맙다는 말 한마디 안 하는 그 남자에게 '아량 넓다.'라는 칭찬은 너무 과분하다 못해 닭살이 돋을 만큼 어울리지 않았다.

그래서 현수는 결론을 내렸다.

'그래, 하명 자동차에 동명이인의 디자이너가 있는 게 분명해! 마 씨가 아니라 다른 성을 갖고 있겠지. 성은 아직 안 나왔잖아.'

그렇게 결론을 내리고 안도의 한숨을 쉬고 있을 때, 박 교수가 말했다.

"원래 마씨가 참을성이 좋다더라."

현수는 고개를 번쩍 들고 박 교수를 쳐다봤다. 박 교수가 왜 그러냐는 듯 고개를 갸우뚱했지만 현수는 그걸 눈치채지 못하고 중얼거렸다.

"마……승민……."

"응, 마승민. 성 특이하지? 아, 별로 그렇지도 않은가?"

남의 속도 모르는 세찬이 싱긋 웃으며 말했다. 좋아하는 '승민'의 성마저도 좋아죽겠다는 표정이었다.

"혹시…… 하명 자동차에…… 마승민이란 디자이너가 두 명 있습니까?"

"아니, 한 명인데? 마씨가 아주 흔한 건 아니잖아. 두 명일 리 없지."

"……아아, 네에."

혹시나 했지만 세찬의 이야기에 나오는 아량 넓고 배울 거 많은 승민은 현수가 아는 '마승민'이 맞았다. 현수는 믿을 수가 없었다. 현수의 기억 속에 남아 있는 마승민은 밴질밴질하고 성실은 무슨, 거만하기 짝이 없고, 남 무시하는 데 일가견이 있는 데다가 성질만 내는 '변태'였다.

자꾸만 깜짝깜짝 놀라는 현수 때문에 이상해하면서도 세찬은 말을 이었다.

"아무래도 최 과장이 승민 선배 찍어 누르기를 하고 있는 것 같아요."

"흠……."

"유독 승민 선배 걸 뺏어가잖아요. 재능도 없는 주제에 사장 사위라는 이유로 기세등등해서는…… 아무리 사장 사위라도 그렇지, 너무 봐주는 거 아닙니까. CM 시리즈도 사실은 승민 선배가 디자인한 거잖아요. 상부에선 그걸 다 알고 있을 텐데 이번에도 똑같은 일을 당하게 하고. 그러다가 승민 선배가 다른 데로 가 버리면 어쩌려고."

"원래 그런 거야. 최민석이는 처세술이 좋은 데다가 디자이너들은 널리고 널렸거든. 승민이가 다른 데에 간다고 해서 하명 자동차가 타격을 입을 일은 없지."

"하지만 승민 선배는 그냥 디자이너가 아닙니다. 아버지보다 나아요."

"나보다 나을 수도 있겠지. 하지만 그냥 디자이너일 뿐이야. 아무리 멋진 차를 디자인해도 국산 차인 이상 외제 차를 뛰어넘는 건 불가능해. 하명 자동차는 폭스바겐 사를 이길 수 없어. 최고의 친환경 전기 엔진을 만들어 달아도 결국 사람들이 탄성을 지르게 만들어 주는 건 람보르기니야. 거기서 일하다가 온 디자이너가 하명에서 디자인을 했다고 해도 한순간의 이슈가 될 뿐, 큰 메리트는 없어. 국산 차의 한계가 명확한 이런 상황에 이름도 알려지지 않은, 그것도 그쪽 업계에서만 천재인 디자이너가 하명을 떠난다고 해서 하명이 아쉬울 건 아무것도 없다는 거지."

자기 일처럼 분개하는 세찬과 달리 박 교수는 담담하게 말했다. 세찬은 분한 표정이었지만 박 교수에게 반박할 말을 찾을 수가 없었다.

두 사람의 대화를 들으며 현수는 다른 생각을 하고 있었다.

'CM 시리즈가 마승민이 디자인한 차였다고?'

그래서였나 보다. CM 시리즈의 차에 대해 말할 때마다 승민의 표정이 시시각각 변했던 건. 그렇다면 헤어지기 전의 퉁명스러운 태도도 납득이 갔다. 자기가 디자인한 만큼 애착이 클 텐데 거기에 대고 쓴소리를 해 댔으니.

"그럼 승민 선배는 계속 이렇게 당해야만 하는 겁니까? 이번에 디자인을 뺏겨서 상심해 있는데 거기에 대고 모터쇼에 낼 자동차나 준비하라고 하더라고요. 사람들 눈이 휘둥그레질 만한, 뭔가 좀 있어 보이는 근사한 자동차면 된다고. 어차피 보여 주고 끝낼 차일 텐데……."

"어쩔 수 없지. 승민이가 할 수 있는 건 기회를 잡을 때까지 계속 참든가, 아니면 하명 자동차를 때려치우고 나오든가. 둘 중 하나야."

"참으면 기회가 생길까요?"

질문한 건 세찬이 아닌 현수였다. 갑자기 끼어든 현수 때문에 박 교수는 놀란 듯했지만 곧 미소를 지으며 말했다.

"글쎄. 그것도 둘 중 하나지. 기회는 늘 생기니까 그걸 잡든가, 아니면 놓치든가."

"내가 쏠게. 한잔하고 가자."

승민은 퇴근 시간을 넘긴 지 한참이 지났는데도 모니터를 노려보며 꼼짝도 않고 있었다. 이대로 석상이 되어 버린 것 같았다. 보다 못한 채영이 승민의 옆으로 다가와서 말을 걸었지만 승민은 듣지 못했다.

'또냐?'

믿을 수가 없었다.

이번에 당선된 최민석의 디자인은 승민의 것과 완전히 똑같았다. 다른 게 있다면 투 도어의 쿠페라는 것뿐. 애초에 서민을 위한 보급형 자동차 디자인으로 투 도어가 뽑히는 게 말이 안 됐다. 투 도어는 가정용으로 적합하지 않았다. 가족을 태우고 다니는 차에 문짝이 두 개밖에 없으면 불편해서 누가 사려고 하겠는가. 솔로인 몇몇 사람들에게는 인기가 있을지 몰라도, 대부분의 가장들은 투 도어를 선택하지 않을 것이다.

최민석의 속셈은 안 봐도 뻔했다. 일단 디자인이 비슷하기는 해도 자기 것은 투 도어 쿠페라는 점을 강조해서 전혀 다른 디자인임을 어필한 후, 나중에 제작 과정에서 포 도어가 나을 것 같아 변경하기로 했다고 발표할 것이다. 최민석도 바보가 아니니 보급형 자동차엔 투 도어보다 포 도어가 낫다는 것쯤은 알고 있을 테니까.

'디자인이 대체 어디서 새어 나간 거지?'

공모전에 디자인을 내기 전에는 아무에게도 디자인을 보여 주지 않았다. 발표가 있을 오늘 몇몇 디자이너들에게 보여 준 게 전부였다. 물론 회사 컴퓨터에 3D 디자인화를 저장시켜 놨으니 누군가 보려고 마음을 먹었다면 볼 수는 있었을 것이다. 하지만 아무리 최민석이라도 부하 직원의 컴퓨터를 마음대로 뒤지진 못한다.

'박세찬인가?'

상사라면 모르겠지만 같은 사원이라면 이런저런 핑계를 대면서 컴퓨터를 확인할 수 있었을 것이다.

'아니, 박세찬은 아닌 것 같아.'

얄미운 녀석이기는 하지만 발표 결과에 놀란 표정은 가식이 아니었다. 세찬도 최민석의 디자인이 승민의 것과 완전히 똑같다는 사실에 엄청나게 놀란 것 같았다.

"자기, 나 무시하는 거야?"

채영이 다시 한 번 채근한 후에야 승민은 정신을 차렸다. 채영이 팔짱을 끼고 서서 쓴웃음을 짓고 있었다.

"아아. 미안."

승민은 컴퓨터를 껐다.

"그래, 좀 미안해해야 돼. 여자를 기다리게 만들다니."

"그러게."

"한잔하러 가자. 내가 쏠게. 괜찮은 바가 있어. 조용하기도 하고."

혼자 있고 싶은 기분이었지만 승민은 채영의 제안을 거절하지 않았다. 혼자 있어 봐야 어두운 생각만 잔뜩 들 것 같았고, 오랜만에 채영과 술자리를 갖고 싶기도 했다. 센스 있는 채영이 선택한 바라면 분위기도 상당히 괜찮을 것이다.

채영과 함께 사무실을 나오다가 복도에서 최민석과 마주쳤다. 최민석의 싱글벙글 웃는 얼굴을 보며 승민은 '웃는 얼굴에 침 못 뱉는다.'라는 속담은 세상 행복하게만 살아온 사람이 만들어낸 게 분명하다는 생각을 했다.

"어이구, 우리 후배님들. 이제야 퇴근하시나? 후배님들처럼 열심히 해 주는 사원들이 있어서 마음이 아주 든든해."

최민석은 회사가 제 것이라도 되는 듯 말했다. 뻔뻔한 놈.

"과장님도 이제 퇴근하세요?"

채영이 부드러운 목소리로 물었다.

"응. 이번 신차 때문에 의논을 하다 보니까 벌써 이 시간이 됐네. 예전 같으면 밤을 새워서라도 일을 했을 텐데, 이 나이 되니까 밤샘 작업이 쉽지가 않아."

뻔뻔하고 또 뻔뻔한 놈.

디자인을 도용한 주제에 자기 앞에서 태연히 신차 이야기를 꺼내는 최민석의 뻔뻔함에 승민은 속으로 혀를 내둘렀다. 생긴 건 곰처럼 둔하게 생겼는데 속은 아주 능구렁이다. 승민의 앞에서 신차 이야기를 꺼냄으로써 자신은 거리낄 것이 전혀 없다는 것을 보이기 위한 행동인 게 분명했다.

"승민 씨, 표정이 안 좋네. 그래, 이해해. 이번에 공모 결과가 안 좋아서 그러는 거지?"

최민석의 시선이 승민에게로 향했다. 승민은 무표정하게 최민석을 응시했다. 최민석은 승민의 눈빛에 찔끔해서 시선을 돌렸지만 계속해서 주절거렸다.

"괜찮아, 괜찮아. 승민 씨는 아직 젊잖아. 젊을 때 실패도 경험해 보고 그래야 그만큼 더 성장을 하는 거거든. 나도 젊을 때는 어휴,

말도 마. 솔직히 승민 씨보다 더 못했지. 그런데 지금 봐. 누구나 인정하는 디자이너가 됐잖아."

최민석이 누구나 인정하는 디자이너가 된 건 승민 덕분이었다. 최민석의 초창기 작품은 모래가 될 때까지 까이고 까이기만 했었다. CM 시리즈에 이름을 내걸면서부터 자동차 디자이너로서의 최민석이라는 이름이 재평가받게 된 것이다.

그런 사실은 전혀 없었다는 듯, 온전히 자신의 역량으로 여기까지 올라왔다는 듯 말하는 최민석의 턱을 한 방 날려 주고 싶었다. 하지만 승민은 그렇게 하는 대신 옅은 미소를 지으며 가볍게 고개를 숙였다.

"명심하겠습니다."

"그래, 그래. 넌 정말 잘될 거야. 선배 말도 제대로 알아들을 줄 알고. 요새 젊은 애들 보면 자기가 제일 잘난 줄 알고 날뛰는 꼴이 꼭 꼴뚜기 같단 말이지! 하하하하하!"

웃으라고 한 소린가?

승민과 채영은 서로 눈을 마주친 후 어색하게 웃었다. 최민석의 큰 문제 중 하나가 바로 이 농담이었다. 최민석은 자기가 굉장히 재미있는 사람이라고 착각하고 있었다.

"지하 삼 층에 세워 뒀나? 난 지하 일 층에 주차해 둬서 여기서 내려야겠네."

지하 1층은 회사 중역들을 위한 주차 공간이었다. 최민석은 은근슬쩍 자신의 지위를 강조한 후 지하 1층에서 내렸다. 엘리베이터 문이 닫히자마자 채영이 온화한 미소를 지으며 말했다.

"개자식."

"동감이야."

"왜 안 죽나 몰라. 뒤룩뒤룩 찐 살을 보면 동맥경화로 쓰러질 법
도 한데."

"그러게 말이다."

"사고나 콱 나버려라."

채영이 이를 갈았다. 승민은 피식 웃으며 엘리베이터에서 내렸
다. 후덥지근한 공기가 훅 밀려들어왔다.

"사장님한테 말해 보지그래? 사장님이 자기 좋아하잖아."

"자기 딸 남편만큼 좋아하진 않겠지. 게다가 사장님이 좋아하는
건 박 디자이너님이었지, 내가 아니야."

"하지만 자기는 박 디자이너님의 총애를 받는 사람이잖아."

"총애는 무슨. 어디에서 어떻게 사는지 알려 주지도 않는데."

"자긴 정말 성격도 좋아. 어떻게 참아? CM 시리즈만 해도……."

"그 얘기는 그만 하자. 네 차로 갈까?"

"그래. 자기 기분도 더러울 텐데, 오늘은 내가 우아하게 모실게."

"땡큐."

채영의 차는 채영이 디자인에 참가한 붉은 스포츠카였다. 여성
을 타깃으로 한 한정판 차였는데 결과는 그리 좋지 않았다. 하지만
채영은 이 차만 3년째 몰고 있다.

채영의 차를 탈 때마다 느끼는 건데, 이 차가 망한 이유가 있지
싶다. 겉모양이나 유지비는 둘째 치고, 승차감이 좋지 않았다. 하지
만 구태여 말해 주진 않았다. 본인이 디자인한 차에 대해 지적을 하

는 건 같은 디자이너로서 못할 짓이었다.

'돌팔이라면 거리낌 없이 지적질을 해대겠지.'

CM3에 대해 거침없이 욕을 하던 현수가 떠올랐다. 만약 승민이 CM3를 디자인했다는 걸 알았어도 욕을 했을까? 답은 예스. 만약 그 사실을 알았더라면 현수는 더 매몰차게 평가를 했을 것이다.

'아, 또 그 여자 생각을 하고 있군.'

현수와는 비교도 할 수 없을 만큼, 아니, 비교하는 것 자체가 말이 안 되는 채영이 옆에서 운전을 하고 있었다. 그런데도 딴 여자 생각을 하는 자신을 이해할 수가 없었다.

'이건 다 돌팔이 때문이야.'

솔직히 말해서 자기보다 훨씬 큰 청년을 쓰러뜨린 현수는 꽤나 인상 깊었다. 좋은 쪽으로의 인상은 아니었지만.

"무슨 생각해?"

콧노래를 흥얼거리며 운전하던 채영이 물었다.

"돌팔이."

"돌팔이? 아까도 그러더니. 병원에서 무슨 일 있었어?"

"글쎄."

자동차를 고쳐 주는 곳이니 병원이라면 병원이겠지.

"걱정되네. 술 마셔도 되는 거야? 집에 가서 쉴래?"

"아니."

승민은 차창 밖을 노려봤다.

아름다운 여인이 옆에 있는데도 현수 생각이 난다면 혼자 있을 때는 더할 것이다. 정현수라는 여자를 생각하고 싶지 않다. 그 여자가 한 이야기들을 생각하면 생각할수록 자존심이 갈기갈기 찢어져 걸레가 될 것 같으니까.

"술 마시러 가. 너랑 분위기 좀 잡고 싶다."

현수는 세찬의 차를 타고 있었다. 세찬의 차를 타는 건 처음이었기에 현수는 어색해서 볼을 부풀렸다가 쪼그리기를 반복했다.

더우니까 터미널까지 데려다 준다는 세찬의 제안을 덥석 받아들인 건 잘못이었던 것 같다. 걸어올 때 너무 더웠던 게 떠올라 염치없이 태워 달라고는 했지만, 생각해 보니 세찬과 단둘이 있어 본 적이 한 번도 없었다. 심지어 세찬은 과묵하기까지 했다!

'도망치고 싶어!'

에어컨을 빵빵하게 틀어 놓긴 했지만 저 바깥이 더 시원할 것 같다. 저 밖에는 자유가 있으니까. 자유, 프리덤, 평화. 얼마나 좋은 말인가.

"어색하지?"

갑작스러운 세찬의 목소리에 뭐라도 훔쳐 먹다 들킨 사람처럼 놀랐다.

"아, 아닙니다."

이미 늦었다. 놀란 모습을 너무 고스란히 보여줬다. 예상대로 세찬은 전혀 믿지 않는 표정으로 옅은 미소를 지었다.

"내가 남중, 남고를 나와서 여자 대하는 게 익숙하지가 않아."

"아, 그냥 남자라고 생각하세요. 여자처럼 대하지 않으셔도 됩니다."

"그래도 넌 여자잖아."

"그거야 그렇지만 굳이 여자처럼 대하지는 않아도 돼요. 그런 대접, 익숙하지도 않고요."

"그래?"

"네. 편한 게 좋습니다."

다시 대화가 끊겼다. 숨 막히는 침묵에 현수는 창밖을 내다보며 생각했다. 아, 저 하늘로 날아가고 싶다.

"아버지한테 들었는데……."

침묵을 깬 건 세찬이었다. 어떻게든 대화를 이어가려는 세찬의 배려가 느껴졌다.

"너, 소리만 듣고도 어디에 이상이 생겼는지 안다면서?"

"아아, 그거요? 어릴 적부터 차랑 같이 살면 그렇게 되더라고요."

"그래도 쉬운 일이 아닐 텐데…… 이 차에는 이상 없어?"

"네, 괜찮네요. 관리를 잘하시나 봐요. 꽤 오래된 차인 것 같은데. 한 오 년, 아니다. 육 년 정도 됐죠?"

"와, 대단한데? 어떻게 알지?"

깜짝 놀라는 세찬의 순진한 모습에 현수는 씩 웃었다.

"이 차가 나온 지 육 년 됐으니까요."

"뭐야, 그런 거였어?"

"네. 몇 년 몰았는지 소리만 듣고 어떻게 알겠어요?"

둘은 서로를 마주보고 잠깐 웃었다. 그러자 분위기가 조금 부드러워졌다.

"같이 일하면 좋겠다. 엔지니어로 일해 볼 생각 없어?"

"네. 전 정비소에서 일하는 게 좋습니다."

"강원도에 산다고 했지?"

"네, 뭐…… 먹고살 만해요."

"쭉 거기서 살 생각이고?"

"네. 공기 좋고 물 좋은 곳이잖아요. 사람들도 좋고."

"아쉽지 않아? 소리만 듣고도 이상을 알아채는 건 일종의 천재라는 건데…… 정식으로 엔지니어 교육도 받았다고 들었고."

"네. 더 잘 고치고 싶어서 받았습니다. 그뿐이에요. 자동차 회사에서 일하고 싶진 않아요."

현수가 딱 잘라 거절하자 세찬이 민망한 듯 웃었다.

"아쉬운데? 실력 좋은 엔지니어랑 일하는 게 어떤 건지 느껴보고 싶었는데."

"지금 일하는 분들도 다들 실력이 좋겠죠. 실력 없으면 어떻게 하명에 들어갔겠어요?"

"그거야 그렇지만…… 그 사람들 중에서 소리만 듣고도 이상을 알아채는 사람은 없거든."

현수는 고개를 돌려 세찬의 옆얼굴을 빤히 쳐다봤다.

"되게 친절하시네요."

"응?"

"교수님한테 들은 거죠?"

"……"

"우리 아버지, 암에 걸렸었다는 거."

현수의 아버지인 정가훈은 건강해 보이기는 했지만, 이전에 암 치료를 받은 적이 있었다. 몸이 건강한 만큼 암세포의 성장도 빨랐는데, 다행히 치료를 잘 받아서 암세포를 제거할 수 있었다. 그러나 암은 재발 가능성이 높은 병이었다.

다들 콕 집어 말하지는 않아도 현수가 서울에서 다른 일을 하도록 하려는 이유는, 아마도 정가훈의 병 때문일 것이다. 언제 다시 재발할지 모르는 암이라는 악마. 정비소 일만 해서는 암 치료에 드는 비용을 감당할 수 없다. 그리고 그런 일은 생각하고 싶지 않지만 정가훈이 사망했을 때, 현수 혼자 정비소를 꾸려 가는 것도 쉬운 일은 아닐 것이다.

"신경 써 주셔서 감사합니다. 그런데 아버지 병은 재발하지 않을 거예요. 건강한 분이니까. 그리고…… 정비소 일, 좋아합니다. 돈을 많이 벌진 못해도 즐거워요."

"우리 회사에서 일하는 것도 즐거울 거야. 네가 좋아하는 차도 잔뜩 만질 수 있고."

"제가 아무 차나 좋아하는 건 아닙니다."

현수는 그렇게 말하곤 세찬에게서 눈을 뗐다.

생각하지 않으려고 했는데 주위에서 이럴 때마다 아버지가 걸렸던 병이 떠올라 마음이 무거웠다. 초기 발견이라 겉으로 볼 때는 큰 증상이 없었지만, 하마터면 큰일 날 뻔했다는 생각만으로도 심장이 멎는 줄 알았었다. 현수에게는 든든한 나무 같은 존재이다. 어릴 적 돌아가신 어머니의 몫까지 현수를 챙겨 주었던 아버지. 아버지가 없는 삶은 상상도 할 수 없었다.

　진혁에게서 전화가 걸려온 건 또다시 시작된 무거운 침묵 때문에 자유를 갈망하고 있을 때였다.

　[쑤, 쑤! 아직 서울이지?]

　"나 서울 온 건 어떻게 알았냐? 스토킹하냐?"

　[언제 내려가?]

　"지금 터미널 가는 길이야."

　[써운하게 이 형님도 안 보고 가는 거냐? 잠깐 얼굴 보자. 내가 술 쏠게.]

　"됐어. 늦었어."

　[마시고 자고 가. 내가 진짜 죽여주는 바를 발견했거든. 와라, 응?]

　"난 너랑 달리 할 일이 있는 사람이란다."

　[아저씨한테는 허락받아 뒀어. 어차피 내일 정비소 쉴 거라더라.]

　"벌써 아버지랑 통화했어?"

　[엉. 여기 강남에 있는 테이크라는 바거든. 택시 타고 와. 기사 아저씨는 알 거야. 내가 택시비 줄게.]

　"야, 안 갈 거라니까."

　[그럼 기다린다! 꼭 오기야!]

　진혁이 제 할 말만 하고 전화를 끊었다. 현수가 다시 전화를 걸었지만 그새 전원을 꺼버렸는지 연결이 되지 않았다. 기다리겠다고 하면 밤새도록 기다릴 녀석이니 가는 수밖에 달리 도리가 없다.

　현수가 돌아보자 세찬이 싱긋 웃었다.

"알아. 강남 테이크."

"아, 저 여기서 택시 타고 가면 돼요."

"아냐, 데려다 줄게. 어차피 집에 가는 길이니까."

"아뇨, 진짜로……."

"괜찮아, 괜찮아."

세찬의 차는 멈출 생각을 하지 않았기에 현수는 세찬의 차를 탄 채로 강남으로 향했다. 무거운 공기 속에서 현수는 생각했다.

'우진혁, 이 자식. 그 빌어먹게 큰 목소리를 두 번 다시 못 내게 해 주마.'

기사 아저씨가 알 거라고 해서 굉장히 큰 간판과 호화로운 외관 을 예상했다. 하지만 테이크는 강남역에서도 한참 떨어진 골목길 에 있었고, 간판도 아주 작게 'bar take'라고만 쓰여 있어서 모르는 사람은 찾기 힘들 것 같았다.

내부도 허름한 외관과 다를 게 없었다. 다만 오래된 서부 영화를 떠오르게 하는 인테리어와 은은하게 울리는 재즈 선율. 흐릿한 조 명과 바 특유의 냄새가 시간과 공간을 건너뛴 듯한 분위기를 자아 냈다.

진혁이 '죽여주는 바'라고 평가한 이유를 알 것도 같았지만 그보 다 더 신경을 건드리는 게 하나 있었다. 바로 진혁의 건너편으로 보 이는, 이런 곳에서 볼 줄 몰랐던 그 남자였다. 마승민이라는 이름을 가진, 두 얼굴의 사나이.

어두운 조명 아래에서 그 남자의 얼굴만 또렷하게 보인 이유를 알 수 없었다. 오랜 친구인 진혁보다도 승민의 얼굴이 더 빠르게 현수의 시각을 자극했다.

'제길.'

진혁이 다급하게 현수를 부른 이유가 뭔지 알 것 같았다. 아마도 바에 놀러 왔다가 우연찮게 승민을 발견했고, 현수를 부르면 재미있을 것 같아서 현수에게 전화를 건 걸 것이다. 25년 동안 징글징글하게 봐온 진혁은 그러고도 남을 놈이었다.

혼자였다면 승민을 발견하자마자 미련 없이 돌아섰을 것이다. 하지만 현수는 혼자가 아니었다. 이곳까지 모셔다 준 세찬에게 미안한 마음이 들어서 함께 올라가자고, 사람 만나는 거 좋아하는 친구니까 소개시켜 주겠다고 하고 데리고 올라왔던 것이다.

'그래, 저 인간이 먼저 아는 척하진 않겠지. 나만 조심하면 저 인간이랑 부딪칠 일은 없을 거야. 게다가…… 여자랑 같이 온 것 같은데 괜찮겠지, 뭐.'

승민의 옆에는 동행인 듯한 여자가 있었다. 강남 패션 따지는 승민이 좋아할 것 같은 세련된 여자였다. 두 사람은 꽤나 친근해 보였고, 둘만의 대화에 빠져 다른 곳을 볼 여유가 없는 것 같았다. 다행이다.

진혁은 바가 아닌 테이블 좌석에 혼자 앉아서 음악을 즐기는 듯 눈을 감고 고개를 끄덕거리고 있었다. 현수는 세찬과 함께 진혁의 테이블로 걸어갔다. 승민에게 발견되지 않도록 세찬의 오른쪽에 딱 붙어서.

현수와 세찬이 테이블에 도착하기 전 진혁이 눈을 번쩍 떴다. 현수를 발견하고 인사하려던 진혁의 눈이 바짝 붙어 서 있는 세찬을 발견하자 휘둥그레 커졌다. 진혁은 믿을 수 없다는 듯 세찬과 현수를 번갈아 쳐다봤는데, 그제야 현수는 자신이 세찬에게 너무 가까이 붙어 있다는 것을 깨달았다.

"아, 죄송합니다."

"괜찮아."

당황한 현수의 사과에 세찬이 매너 좋게 대답했다. 둘은 진혁의 맞은편에 앉았다.

"제 소꿉친구예요. 우진혁이요. 인사해. 박 교수님 아드님이셔. 성함은 박 자, 세 자, 찬 자."

적당한 호칭을 찾을 수가 없어서 부모님 성함 말하듯 소개를 했더니 세찬과 진혁이 동시에 웃음을 터뜨렸다. 두 남자의 웃음소리는 생각보다 컸고, 그 바람에 승민이 뒤를 돌아볼까 봐 현수는 전전긍긍했다. 다행히도 승민은 여전히 여자와의 대화에 푹 빠져 있었다.

"안녕하십니까, 형님. 우진혁입니다."

"반갑습니다. 박세찬입니다."

"에이, 말 편하게 하세요. 박 자, 세 자, 찬 자로 소개한 걸 보면 연세가 꽤 되시는 것 같은데."

"아직 서른입니다."

"어이쿠. 죄송합니다. 제 친구가 생긴 것처럼 모자란 구석이 있어서 젊은 형님을 졸지에 노인네로 만들어 버렸네요."

"괜찮습니다. 오빠라고 편하게 불러 주면 좋을 텐데, 나이 서른에 노인 대접 받으니 신선하고 좋습니다."

둘은 죽이 척척 맞았다. 현수는 세찬을 데리고 온 걸 마음 깊이 후회했다. 그나마 다행인 것은 진혁이 승민에게서 관심을 끊었다는 점이었다. 진혁의 관심은 오로지 세찬에게로 향해 있었다.

"형님이 박 교수님 아드님이시군요. 말씀 많이 들었습니다."

거짓말쟁이!

"아주 건실하고 멋진 분이라고 그렇게 칭찬을 하더라고요. 게다가 얼굴도 남자답고 잘생기셨다고……."

"아, 그랬어요?"

세찬이 현수를 흘끗 쳐다봤다.

그런 적은 단 한 번도 없다. 심지어 박 교수에게 아들이 있다는 말조차 한 적이 없지만 현수는 그저 웃었다. 현수의 머릿속은 후회로 가득 차 있었다. 진혁의 옆자리에 앉았어야 했던 건데. 그래야 저 머리통을 호되게 때려 줄 수 있었을 텐데.

"현수 말대로 정말 멋지십니다. 현수가 남의 칭찬을 잘 하질 않아서 어떤 분인지 정말 궁금했거든요."

"아아, 그래요?"

세찬이 빙그레 웃었다. 진혁이 과장한다는 걸 눈치챈 듯한 미소였지만, 진혁의 머리를 때려 줄 생각으로 가득 찬 현수는 세찬을 쳐다보기가 민망하기만 했다.

"그런데 형님은 무슨 일을 하십니까?"

"아아, 나는 하……."

"하는 일 없이 놀아."

현수가 세찬의 말을 잘랐다.

세찬에게는 미안한 일이지만 어쩔 수 없었다. 세찬이 하명 자동차의 디자이너라는 걸 알게 되면 진혁은 지금보다 더 미치광이처럼 행동할 것이다. 지난번 승민의 앞에서 했던 그 행동을 또다시 반복하게 놔둘 수는 없었다.

세찬이 깜짝 놀란 표정으로 현수를 쳐다봤지만 현수는 세찬을 마주보지 않았다. 세찬을 볼 낯이 없었다.

"하는 일 없이 노신다고요? 그럼…… 백숩니까?"

진혁이 인상을 찌푸렸다.

"아, 네…… 뭐, 그렇다고 해 두죠……."

세찬이 떨떠름한 목소리로나마 현수의 장단을 맞춰 주었다. 현수는 어쩌면 세찬이 성인군자일지도 모른다는 생각을 했다. 이 좋은 사람 같으니. 다음에 박 교수 집에 방문할 때는 세찬을 위한 선물을 잔뜩 사 들고 가야겠다. 몸에 좋은 신선한 달걀과 막 잡은 소고기도 가져다줘야지.

"이런 이런. 그건 곤란한데요, 형님. 전 우리 현수, 아무것도 안 하고 노는 남자에게 보내려고 이렇게 예쁘게 키운 게 아닙니다."

"야, 우진혁……."

"넌 가만히 있어! 어른 말씀하시는데!"

아버지 놀이에 푹 빠져든 진혁이 끼어드는 현수를 나무랐다. 현수는 기가 막혀서 헛웃음만 나왔다. 이 자식이 진짜로 요단 강 건너고 싶어졌나?

"예쁘긴 예쁩니다만……."

세찬이 말했다.

"난 아직 결혼 생각이 없네요."

"결혼 생각이 없다고요?"

진혁의 표정이 더욱 험악해졌다.

"그럼 지금 우리 현수를 장난감처럼 데리고 놀다가 버릴 생각으로 만나는 중이란 말씀입니까?"

"아니, 그게……."

세찬은 진퇴양난에 빠졌다. 그도 그럴 것이, 진혁은 남을 엮어놓는 데 탁월한 재주를 갖고 있었다. 미리 주의를 줬어야 했던 건데. 진혁이 '백수 남친 데리고 온 딸 가진 아버지 놀이'에 푹 빠질 줄 알았으면 그냥 세찬의 직업을 말해 줄 걸 그랬나 보다.

"그런 생각으로 말한 건 아닙니다."

정신을 차린 세찬이 단호하게 대답했다. 맞는 말이다. 세찬과 현수는 아무 사이도 아니니까. 하지만 진혁은 흐뭇한 미소를 지으며 고개를 끄덕였다.

"그렇죠. 우리 현수처럼 매력적인 아이를 장난으로 만날 수는 없겠죠. 그러나!"

"……."

"백수는 안 됩니다. 요새 여성의 지위가 상승하면서 직장 여성이 많아지고 있다고는 하지만, 돈 버는 여자에게 빌붙어 편하게 놀고 먹으려는 남자는 인정할 수 없습니다."

"그런 생각은 한 적 없습니다."

"정말입니까?"

"네. 돈은 벌 생각입니다."

"뭘 해서 먹고살 생각입니까?"

"글쎄요. 그림 쪽을 해 볼까 하는데……."

"그림! 그거 좋죠. 좋습니다. 하지만 형님, 예술이라는 게 말입니다. 그렇게 녹록한 길이 아닙니다. 특출 난 무언가가 없으면 살아남기 힘든 세계죠. 세상에 인정받기 전까지는 현수가 많이 고생하게 될 텐데, 그건 어쩔 생각입니까?"

"글쎄요……. 아르바이트라도 해서 고생시키지 않는 방향으로 해야겠죠?"

더 큰 문제는 세찬이 진혁의 장난질에 성실하게 대답한다는 점이었다. 세찬이 진지하게 대답하면 대답할수록 진혁의 오해도 깊어져 갔고, 현수는 진짜로 백수 남친 데리고 온 딸의 기분이 되어서 어쩔 줄을 모르게 되었다.

대체 왜들 이래!

"아르바이트로 현수가 고생하지 않게 해 줄 수 있겠습니까?"

"적어도 내 여자 하나는 행복하게 해 줄 자신이 있습니다. 내 여자 행복하게 해 주지 못하면 그게 남잡니까?"

"좋은 자셉니다! 백수라는 건 마음에 안 들지만 생각은 바르시군요. 아주 마음에 듭니다. 그러나! 아직 이 결혼은 허락할 수 없습니다. 형님이 그림으로 성공할 때까지 결혼은 보류해 두는 걸로 하죠."

"그거 다행이군요."

어쨌든 이야기가 적당히 마무리되었다. 현수는 안도의 한숨을 내쉬었다. 세찬과 진혁의 인연은 이걸로 끝이다. 두 번 다시 두 사람이 만나는 일은 없을 것이다.

분위기 좋은 바의 분위기를 즐길 여유 따위는 없었다. 현수의 머릿속에는 칵테일을 얼른 마시고 집으로 돌아가야만 한다는 생각뿐이었다. 남의 결혼을 마음대로 주물럭거리는 사람들이랑 함께하고 싶지 않았다.

그러다 문득 결혼이라는 대목에서 기시감이 느껴졌다. 왜 그런지 곰곰이 생각해 보니, 불과 며칠 전에도 이런 일이 있었다. 마 교수와 아버지가 내린 어이없는 결론.

다행히도 아버지는 그날 이후로 결혼 이야기를 꺼내지 않았지만 혹시나 싶어 마 교수의 집에는 방문을 자제했다. 팬티를 패션이라고 하는 남자와의 결혼이라니, 죽어도 사양이다. 승민 같은 남자보다는 세찬이 훨씬 낫다.

승민의 생각을 했기 때문일까.

"박세찬?"

승민의 목소리가 들려왔다.

세찬과 진혁의 행각에 휘말려 바 안에 승민도 있다는 것을 새까맣게 잊고 있던 현수는 소스라치게 놀라 고개를 들었다. 어느새 이쪽 테이블로 다가온 승민과 그의 동행녀가 신기하다는 표정으로 세 사람을 쳐다보고 있었다.

"세찬 씨, 이런 데서 다 보네."

여자가 우아하게 웃으며 말했다.

"아, 선배님."

세찬이 예의 바르게 일어났다.

"뭐 해?"

그 순간 승민의 시선은 세찬이 아닌 현수에게 향하고 있었다. 현수는 멍하니 승민을 쳐다볼 뿐, 대답하진 않았다.

"술을 한잔하고 있었습니다. 선배님은 가시는 겁니까?"

현수 대신 세찬이 대답했다. 승민의 미간이 살짝 좁아졌다. 어두운 조명 아래에 있어서인지 승민의 피부가 전보다 파리해 보였다.

"응, 가야지. 내일 출근하려면. 그런데…… 저건 누구야?"

승민의 손가락이 정확하게 현수를 가리켰다. 세찬은 멀뚱히 앉아 있는 현수를 흘끗 돌아보고는 잠시 고민하다가 답했다.

"음…… 저랑…… 결혼을 보류하고 있는 사람입니다."

세찬의 대답이 가지고 온 파장은 컸다.

승민은 눈이 커졌다가 가늘어졌다가 찌푸려졌고, 승민의 여자는 '어머.' 하며 입을 가렸으며, 진혁은 흐뭇하게 고개를 끄덕였고, 현수는 잘못 움직여서 칵테일이 담긴 잔을 엎질렀다. 테이블에 쏟아진 칵테일이 흘러내려 현수의 옷까지 적실 뻔했지만, 그전에 세찬이 현수의 손목을 잡아 일으켰다. 세찬의 힘이 셌기 때문에 끌려간 현수는 세찬의 어깨에 기대는 모습이 되었다. 그걸 본 승민의 얼굴이 한결 더 일그러졌다.

"돌팔이랑…… 결혼할 사이라고?"

"아니요. 결혼을 보류……."

세찬이 대답을 하려는데 잊혀졌던 진혁이 벌떡 일어나 세찬에게 물었다.

"형님. 승민 형님한테 선배님이라고 한 걸 보면…… 혹시…… 형님도 하명 자동차 다니십니까?"

진혁의 날카로운 질문에 세찬은 잠시 당황했지만 곧 고개를 끄덕였다.

"네, 뭐…… 그렇게 됐습니다."

"허락합니다."

"네?"

"이 결혼 허락한다고요. 우리 현수, 행복하게 해 주세요. 형님만 믿겠습니다."

진혁의 말에 세찬이 싱긋 웃으며 승민을 돌아봤다.

"다시 소개드려야겠네요. 결혼 승낙까지 받은 사이입니다."

"뭐야, 세찬 씨. 여자한테 관심 없는 척하더니 이렇게 귀여운 분이랑 사귀고 있던 거였어? 세찬 씨는 귀여운 타입을 좋아하는구나. 반가워요, 세찬 씨랑 같이 일하는 채영이에요. 김채영."

승민의 여자가 시원한 미소를 지으며 현수에게 인사를 건넸지만 현수는 받아줄 여력이 없어서 멍하니 서 있었다.

이 인간들, 도대체 나한테 왜 이러는 걸까? 여긴 어디고 나는 누구지? 왜 여기서 내 결혼이 진행되고 있는 거지?

승민은 조용히 현수를 노려보고 있었다. 현수는 승민이 자신을 왜 이렇게 노려보는 건지도 알 수 없었다. 뭐가 어찌 됐든, 이곳에서 사라지고 싶을 뿐이었다.

"잠깐 얘기 좀 하지."

이윽고 승민이 입을 열었다.

"아, 네."

세찬의 대답에 승민이 고개를 젓더니, 누가 뭐라 할 새도 없이 현수의 자유로운 쪽 손목을 붙잡아 끌어당겼다.

"너 말고, 이 여자."

승민에게 끌려 나가는 멍한 현수의 귀에 진혁의 호쾌한 목소리가 들려왔다.

"우리 현수가 이렇게 인기가 많다니까요, 글쎄!"

승민에게 이끌려 밖으로 나올 때까지 현수는 아무 생각도 하지 못했다. 그저 혼란스러울 뿐이었다. 세찬은 도대체 왜 그런 오해받을 소리를 한 걸까? 결혼할 여자가 있다는 소문이 일하는 회사에 돌면 접근하는 여자도 사라질 텐데. 남자라면 원래 사귀는 여자가 있어도 없는 척하는 생물이 아니던가.

"야, 돌팔이."

승민의 목소리를 들어도 정신을 차리지 못했다.

"어이. 뭔 생각해?"

승민의 손가락이 현수의 이마를 콕콕 찌른 후에야 현수는 눈을 들어 승민을 쳐다봤다.

"내가 왜 돌팔입니까?"

"돌팔이잖아, 너."

"하? 자기는 노란 고무줄 주제에."

"뭐?"

"노란 고무줄이요, 노란 고무줄. 줄여서 노고라고 불러드릴까요?"

"야, 그건……."

"패션이란 소리는 하지도 마세요. 강남, 압구정 다 돌아다녀도 그런 패션 아무 데도 없던데요."

"……원래 유행은 빨리 바뀌는 법이지."

"어련하시겠어요. 하여튼, 뭔 얘기를 하고 싶으신데요?"

"네가 왜 박세찬이랑 결혼을 하는데?"

"왜요? 시골구석 정비소에서 일하는 여자는 대기업 다니는 남자랑 결혼 좀 하면 안 됩니까?"

"세찬이 녀석 뜯어먹으려는 거냐?"

"뜯어먹기에는 살도 별로 없는 것 같던데요, 뭐. 살집이나 있어야 먹든가 말든가 하죠."

"……벌써 그런 사이냐?"

"네?"

"남자 팬티 한 번 본 적 없는 척하더니."

승민이 뭔가 단단히 오해하고 있는 게 분명했지만 현수는 설명할 힘도 없었다.

"얘기할 거 없으면 들어가겠습니다."

현수가 승민의 팔을 뿌리치려 했다. 하지만 승민은 단단히 잡고 놔주지 않았다.

"왜 이래요?"

"정말로 박세찬이랑 결혼할 사이냐?"

"남이야 누구랑 결혼하든 마승민 씨가 왜 상관하는데요?"

"그거야……."

승민이 아랫입술을 깨물었다. 현수는 승민을 노려보며 대답을 기다렸다. 한참 동안 곰곰이 생각하던 승민이 입을 열었다.

"넌 나랑 결혼하게 되어 있잖아."

그렇게 오랫동안 생각해서 나온 말이 저건가?

현수는 기가 막혔다.

"마승민 씨, 나랑 결혼하고 싶어요?"

"그럴 리가 있냐!"

"그런데 왜 그래요? 내가 다른 남자랑 결혼한다고 하면 좋아해야 되는 거 아닙니까?"

"그거야…… 그렇지?"

"그렇죠."

"그래, 네가 다른 남자랑 결혼하면 우리 아버지도 더는 뭐라고 못할 테니까."

"네, 그런 거죠."

"그런데 왜……."

뒷말은 웅얼거려서 제대로 듣지 못했다. 승민은 곤란하다는 표정으로 턱을 문질렀고, 현수는 비딱하게 서서 승민을 지켜보다가 잡힌 손목을 살짝 흔들며 말했다.

"아무튼 납득하셨으면 이 팔 좀 놔주시죠?"

"아, 미안."

그제야 승민이 현수의 팔을 놔줬다. 승민이 정말로 미안한 표정이라서 어쩐지 마음이 약해졌다.

"저기요."

"어."

"CM 시리즈, 나쁘지 않아요."

"뭐?"

갑자기 튀어나온 CM 이야기에 승민이 미간을 좁혔다.

"CM 시리즈 나쁘지 않다고요. 꽤 수작이에요. 생각해 보면 외제차보다 값도 저렴한 편이고."

"……세찬이한테 무슨 소리를 들은 거야?"

"그 시리즈, 사실은 마승민 씨가 디자인했다는 소리요."

"하? 박세찬, 입도 싸군."

"아뇨. 박세찬 씨 입은 싼 입이 아니에요. 마승민 씨를 걱정하는 입이었으니까요. 마승민 씨 걱정하는 후배 입이 그렇게 싼 게 되는 건가요?"

"……후배 걱정을 받을 만큼 죽진 않았어."

"그런 것치고는 마승민 씨 이름으로 나온 차도 하나 없잖아요."

"꼭 내 이름으로 나와야 되는 건 아니잖아."

"왜 아닌데요? CM 시리즈가 마승민 씨 이름으로 나왔으면 '카 오브 맨'이라는 웃기는 이름 대신 '카 오브 마승민'이라고 부를 수도 있었던 거잖아요. 그러면 CM이 단종되는 몇십 년 후에도 CM 시리즈를 좋아하는 마니아들은 카 오브 마승민을 기억할 거고요."

또다시 뭐라고 할 줄 알았다. 하지만 승민은 대꾸하지 않았다.

조용히 현수를 응시하는 검은 눈동자에는 지금껏 본 적 없는 강렬한 무언가가 담겨 있었다. 승민처럼 가벼운 남자가 갖고 있을 거라고는 생각도 못 한, 묵직한 무언가. 그것은 소망일 수도 있고, 열정일 수도 있고, 분노일 수도 있었다. 그것이 무엇이든, 놀라울 정도로 강렬한 눈빛에 현수는 매료되었다.

이런 눈빛도 할 수 있는 남자구나. 변태 패션만 선호하는 남자인 줄 알았는데.

"그렇게 생각해?"

"뭐가요?"

"카 오브 마승민……."

"네. 마승민 씨가 만들었다면서요? 그럼 마승민의 차죠. 최민석 디자이너가 만들었다고 알려진 건 좀 그렇겠지만, 적어도 나한테는 마승민의 차인데요."

"그래……?"

"그렇다니까요. 나이 드니까 귀가 잘 안 들리세요? 좀 더 크게 말해드릴까요?"

이번에도 승민은 화를 내는 대신 고개를 끄덕였다.

"응, 좀 더 크게 말해 봐."

"카 오브 마승민."

승민이 울적해 보였기 때문에 현수는 승민을 위해 이 정도는 해주기로 했다. 싫은 사람이기는 하지만 그래도 마 교수의 아들이니까.

"좀 더 크게."

"카 오브 마승민."

"좀 더."

이 사람은 부끄럽지도 않을까?

아무리 외진 곳이라도 강남 골목이다. 오가는 사람들이 있었고 현수의 목소리는 꽤 큰 편이었다. 사람들이 흘끗흘끗 쳐다봤고, 저쪽 길에서 담배를 피우던 사람들은 아예 대놓고 두 사람을 구경하고 있었다. 하지만 승민은 말했다. 더 크게 해 달라고.

현수는 어쩔까 하다가 한 번쯤은 더 원하는 대로 해 주기로 했다.

"카! 오브! 마승민!"

현수의 외침을 느끼려는 듯 승민이 눈을 감았다. 부드럽게 미소 짓는 승민을 보며 현수는 생각했다.

'허세 작렬 자의식 과잉 같으니.'

눈을 뜬 승민이 현수를 향해 미소 지었다.

승민이 웃는 건 처음 봤다. 바로 앞에서 보는 미소는 꽤나 달콤하고 매력적이었다. 얼굴 전면에 퍼지는 부드러운 미소는 자신감에 차 있었고, 그건 승민을 남자처럼 보이게 했다. 현수는 처음으로 승민이 남자라는 것을 실감했다.

승민이 현수를 똑바로 응시하며 말했다.

"최고의 차를 만들어 주지."

현수는 피식 웃었다.

"관심 없거든요?"

"야, 돌팔이. 너는 사람이 기운 차리고 힘을 내겠다고 하는데 응원은 못 할망정, 그렇게 밉살맞게 말해야겠냐?"

"이봐요, 노고 씨. 남이야 밉살맞든 상냥하든 신경 끄시죠? 그리고 노고 씨 연기 잘하죠?"

"난 원래 못 하는 거 없어."

"그렇겠죠. 세찬 씨한테 들어 보니까 회사에서는 성실한 척하는 모양인데, 완전 두 얼굴의 사나이네요. 약간 정신병 있으신 거 아니에요? 다중인격 같은 거."

"성실함이 내 근본이야."

"참도 그러시겠네요."

"그 밉살맞은 말투 좀 관두지 못해?"

"그럼 내 앞에서도 회사에서처럼 멋진 모습을 보여 주시든가요."

현수의 제안에 승민이 어이없단 표정으로 중얼거렸다.

"황당하네. 아니, 이보다 더 멋진 모습을 어떻게 보여?"

내가 더 황당하다, 이 인간아.

진혁의 친화력은 어디까지일까?

현수는 오랜 친우를 보며 새삼스럽게 생각했다.

현수와 승민이 긴 대화를 끝내고 돌아왔을 때, 남아 있던 세 사람은 이미 절친이 되어 있었다. 그들은 현수와 승민이 아는 사이였다는 것에도 그다지 관심을 두지 않고 저들끼리 수다를 떠느라 바빴다.

대화의 내용은 대부분 세찬과 현수의 결혼과 회사에서의 승민의 멋진 모습에 대한 것들이었다. 현수 자신도 꿈에서조차 생각해 본 적 없던 결혼을 왜 생뚱맞은 세 사람이 꿈꾸고 있는 건지 모르겠지만, 현수는 그냥 놔두기로 했다.

그래, 멋대로들 떠드셔.

재미있는 건 승민의 표정이었다. 승민은 세 사람의 대화에 끼진 않지만 그들의 대화를 들으며 시시때때로 변화하는 표정의 다양함을 보여 주었다. 자기 칭찬이 나올 때는 흐뭇하면서도 자랑스러운 표정을, 세찬과 현수의 결혼 이야기가 나올 때는 오만상을 찌푸리는 험상궂은 표정을.

저러니까 두 얼굴의 사나이로 살아갈 수 있는 거겠지. 현수는 내심 감탄했다.

"그런데…… 두 분은 무슨 사이십니까?"

진혁의 질문에 승민과 채영이 서로를 쳐다봤다. 두 사람 대신 세찬이 대답했다.

"사내 커플입니다. 거의 제가 입사할 때부터 사귀고 계셨던 것 같은데."

"오오, 그래요? 진짜 잘 어울리십니다."

현수와 세찬의 결혼을 승낙한 진혁은 더 이상 승민에게 관심이 없는 듯 둘의 사이를 축복해 주었다. 현수는 비스듬히 앉아 승민과 채영을 살펴봤다. 오랜 연인 사이가 그렇듯 둘은 함께인 것이 편안해 보였고, 또 아주 잘 어울렸다.

'괜찮은 커플이네.'

현수는 연애에 있어서 무엇보다 중요한 것은 '편안함'이라고 생각했다. 안 그래도 지치고 힘든 일상에서 연애까지 힘들고 긴장해야 한다면, 군이 연애라는 걸 할 필요가 없다. 그런 면에서 둘은 아주 괜찮아 보였다.

'저 인간은 허세를 좋아하니까 결혼식은 엄청 호화롭게 하겠지? 하지만 김채영 씨는 딱 부러지고 돈 관리 잘할 것처럼 생겼는데.'

그런 생각을 하며 하품을 하자 세찬이 물었다.

"피곤해?"

"네, 보통은 이 시간에 자니까요."

"그럼 그만 들어가야겠네."

"애인 챙기는 건 남친밖에 없네. 무뚝뚝한 줄 알았는데 연인한테는 다정하구나."

채영의 말에 세찬이 쑥스러운 듯 웃었다. 진혁은 흐뭇하게 고개를 끄덕였고, 현수는 진혁을 매우 때려 주고 싶은 충동을 참아야만 했다.

"세찬 형님이 우리 현수를 얼마나 아끼는지. 아까는 글쎄, 내 여자 하나는 행복하게 해 줄 자신 있다고 호언장담을 하시지 뭡니까."

"그래? 와, 세찬 씨. 진짜 매력 있다. 현수 씨는 좋겠네."

현수는 그저 웃었다.

"그럼 슬슬 가자. 저희 먼저 일어나겠습니다. 누님, 즐거웠습니다. 승민 형님도 오랜만에 봬서 좋았습니다."

진혁이 꾸벅 인사하자 채영이 귀엽다는 듯 웃었고 승민은 모르는 척을 했다.

"오늘은 천생 너네 집에서 자고 가야겠다. 너네 집까지 뭐 타고 가?"

"늦었으니까 택시 타야지."

"택시비 많이 나오잖아."

"그럼 걸어가냐?"

"그러게 이 시간까지 처마시래? 그리고 너, 집에 가면 아주 죽었어."

"내가 데려다 줄게."

현수와 진혁이 투닥거리자 세찬이 말했다.

"에이, 아닙니다. 오늘 여기까지도 데려다 주셨는데 제가 너무 죄송해서. 내일 출근도 하셔야 되잖아요."

"괜찮아. 괜히 돈 쓰는 것보다는 낫지."

"그런 생각, 아주 좋습니다, 형님. 내 여자의 한 푼이라도 아끼는 그 자세. 저, 그런 거 아주 좋아합니다."

"택시비, 네가 내게 할 생각이었거든?"

현수는 '살인 충동'이라는 단어에 생각이 미치기에 이르렀다.

"그래. 내 여자의 한 푼, 내가 아껴줘야지. 더 늦기 전에 가자."

"지금 무슨 소리들을 하는 거야?"

팔짱을 끼고 앉아 이야기를 듣던 승민이 낮은 목소리로 물었다.

"돌팔…… 아니, 정현수 씨가 왜 골리앗…… 아니, 우진혁 씨 집으로 가는 건데?"

"아, 현수 서울 오면 가끔 우리 집에서 자거든요. 방이 두 개라……."

"방이 두 개인 게 문제가 아니지. 돌…… 아니, 정현수 씨는 세찬이랑 결혼을 할 사인데 다른 남자 집에서 잠을 잔단 말이야? 박세찬, 넌 그런 걸 납득하는 거냐?"

"네? 아…… 듣고 보니 그러네요. 그럼 현수야, 우리 집에서 잘까?"

이 인간들이 진짜!

"아니, 그건 또 아니지. 돌…… 아니, 정현수 씨가 아무리 꼬락서니…… 아니, 입은 차림이 저래도 여자인데, 결혼 전에 남자 집에서 자는 게 말이 안 되잖아. 정현수 씨는 자기가 그렇게 문란한 여자로 보여도 좋아?"

지는 팬티만 입고 다니는 주제에.

목구멍까지 튀어나온 말을 간신히 참았다. 회사 사람들 앞이니까 체면은 지켜 줘야 한다는 생각 때문이었다.

"그럼 어떡합니까? 이 시간에 강원도까지 갈 수도 없고."

"하아. 진짜 사람 곤란하게 만드는 여자네."

"뭐요?"

"일어나. 데려다 줄게. 마침 술도 마시기 전이고."

"네?"

"데려다 준다고."

"아니, 마승민 씨가 뭔데 날 집까지 데려다 줍니까?"

"정현수 씨. 뭔가 오해하는 모양인데, 난 원래 오늘 본가에 갈 생각이었고, 가는 김에 정현수 씨도 태워다 주겠다는 거야."

"됐습니다. 그쪽 차 타고 가느니 그냥 걸어가는 게 낫겠네요."

"괜한 고집 피워서 사람 곤란하게 하지 마."

"곤란하게 하는 건 마승민 씨거든요? 괜한 짓 하실 거 없습니다. 진혁이랑은 어차피 볼 거, 못 볼 거 다 보고 자란 사이고, 쟤네 집에서 자는 거 아버지도 허락해 주셨고…….”

“그걸 허락해 주는 아버지 마음이 얼마나 찢어졌겠어? 방탕한 여자 같으니.”

“이봐요.”

“어때? 우진혁 씨, 박세찬. 설마 니들도 결혼 안 한 여자가 니들 둘 중 한 명 집에서 자기를 바라는 건 아니겠지?”

바란다고 하면 그게 이상한 거다.

진혁과 세찬은 승민의 기세에 눌려 황급히 고개를 저었다. 승민이 이것 보라는 듯 현수를 쳐다봤다.

“네 편 없어.”

“편 나누기 할 생각도 없었거든요? 됐습니다. 그냥 심야 버스 타고 가죠.”

“고유가 시대야.”

“근데요?”

“굳이 기름 낭비해 가며 환경오염을 자초할 이유가 없잖아.”

“디젤 엔진 끌고 다니는 사람치고는 꽤나 환경 보호 협회 회원 같은 말씀을 하시네요. 그런 걸 보고 칼과 방패라고 하죠.”

“뭐?”

“모순이요, 모순.”

승민과 현수는 서로를 노려봤다. 잊힌 세 사람은 흥미진진하게 둘의 싸움을 지켜봤다.

“고집 적당히 부리고 내 차 타. 여자 혼자 집에 보내는 거 아니라고 배웠어.”

"마승민 씨한테 여자 대접받을 생각 없습니다."

"나, 정현수 씨 별로 여자로 보진 않아. 누가 봐도 남자 같잖아. 그런데 어떡해? 성별이 여자인 건 변하지 않는데. 정현수 씨, 여기서 웃통 깔 수 있어? 난 깔 수 있거든."

"……도대체 마승민 씨는 왜 이렇게 훌렁훌렁 벗는 걸 좋아하는 겁니까? 노출증 있습니까? 머리, 괜찮은 거예요?"

"난 네 머리가 더 걱정되는데? 아무리 소꿉친구여도 그렇지, 여자가 남자 집에서 잘 생각을 해? 머리가 어떻게 된 거 아냐?"

현수는 이 싸움이 끝나지 않으리라는 걸 직감했다. 형형한 눈빛을 한 승민은 물러설 생각이 전혀 없는 듯 보였다. 밤새도록 이곳에서 싸움을 하며 구경거리가 될 생각은 없으니 현수가 한발 물러서는 수밖에 없었다.

그래, 참자.

"마승민 씨 여자 친구 데려다 주셔야죠."

"난 차 가지고 왔어."

채영이 생긋 웃으며 말했다. 조금 전까지 참 예뻐 보이던 얼굴이 몹시도 얄밉게 느껴졌다. 현수는 크게 한숨을 쉬었다. 이제 와서 깨달은 건데 승민을 만날 때마다 깊은 한숨을 쉬는 일이 많아지는 것 같다. 한숨 많이 쉬면 건강에 안 좋다던데.

"알겠습니다. 그럼 데려다 주세요. 단!"

"단?"

"바지 벗지 마세요. 난 팬티 패션 혐오자니까요."

"……"

현수와 승민이 끊임없는 말다툼을 하며 바를 나간 후, 세찬이 채영에게 걱정스레 물었다.

　"선배님, 괜찮으십니까?"

　"응? 뭐가?"

　"승민 선배가 다른 여자를 챙겨 주는 게……."

　"아아, 괜찮아. 승민 씨도 자기 생활이 있는 건데. 세찬 씨는 정말 상냥하네. 세찬 씨야말로 괜찮은 거야? 애인이 저렇게 가버려서."

　"아뇨, 저는 뭐…… 승민 선배 말씀이 맞으니까요. 결혼 안 한 여성을 아무 데서나 재울 수는 없죠."

　"이해심도 많네. 그럼 우린 어떻게 할까? 진혁 군은 빨리 들어가야 돼? 내일 수업 있나?"

　"아뇨, 누님. 누님과 함께라면 이 밤을 불사를 수도 있습니다."

　진혁이 대단한 각오를 보이자 채영이 만족스러운 미소를 지었다. 이미 절친이 된 세 사람은 서로 시선을 나눈 후, 동시에 손을 들어 바텐더를 불렀다.

　현수는 하고 싶은 말이 무진장 많았지만 꾹 눌러 참았다.

　하고 싶은 말은 바를 벗어났을 때부터 생기기 시작했다. 바에서 나온 직후, 승민이 차를 회사에 두고 왔다고 말했기 때문이다. 우리

나라 최고의 구타 유발자는 우진혁일 거라고 생각했는데 그 생각이 바뀌었다. 세상은 역시 넓었고 구타유발자는 놀랍도록 많았다. 사실은 아까 잠깐이지만 세찬도 때리고 싶은 생각이 들었었다.

어쩔 수 없이 택시를 타고 승민의 회사로 향했다. 현수는 이럴 거면 그냥 택시 타고 터미널로 가 고속버스를 이용하겠다고 했지만 승민은 막무가내였다. 거침없이 손목을 잡아끄는 승민의 행동 때문에 짜증은 났지만, 한편으론 승민이 이런 식으로 아무렇지 않게 접촉을 하는 건 현수를 여자로 보지 않기 때문이라는 생각이 들어 안심이 되기도 했다.

승민의 차를 타고 달리는 동안 승민은 다행히 바지를 벗진 않았다. 다만, 끊임없이 툴툴거렸다. 세상에서 가장 말 많은 남자는 우진혁일 거라고 생각했는데 그 생각 역시 바뀌었다. 세상은 역시 넓었고, 수다맨은 놀랍도록 많았다. 사실은 아까 세찬도 꽤 말이 많았다.

이제는 가물가물하지만 며칠 전까지만 해도 조용하고 평화로운 삶을 살았던 적이 있었다. 노출증 변태도 없고, 결혼을 강요하는 사람들도 없는 일상. 때로는 심심하게도 느껴졌었는데, 그 심심함이 얼마나 소중한 것인지 이제야 알게 되었다.

어째서 이런 일이 벌어지는 걸까?

역시 그날 아침, 새끼 새 한 마리가 떨어져 죽은 걸 발견했을 때부터 조짐이 심상치 않았다. 같은 날 승민, 아니, 노란 고무줄을 만났고 하루로 끝날 줄 알았던 인연이 이런 식으로 이어질 줄은 몰랐다.

"저기요."

승민의 투덜거림을 계속 듣다가는 미칠지도 몰라서 조심스레 그의 말을 끊었다.

"왜? 마렵냐?"

"……아니요. 그 입 좀 다물어 주세요."

"넌 대체 여자애가 말투가 왜 그 모양이냐?"

"남자애면 이런 말투 써도 됩니까?"

"남자든 여자든 그런 말투는 매력 없어."

"노고 씨한테 매력적으로 보이고 싶은 생각 없는데요."

"눈이 안 좋은가 보다, 너. 뭐가 문젠데? 나 인기 많거든?"

"……."

"왜 대답을 안 해? 못 믿겠다는 거야?"

"노고 씨 주위 여자들은 어떨지 몰라도 난 말 많은 남자 싫어합니다."

"왜 이래? 나 과묵하다는 소리 듣는 남자야!"

"알았어요."

저도 느끼는 게 있는지 승민은 입을 다물었다. 하지만 평화로운 침묵은 아주 잠시. 고요함을 견디다 못한 승민이 다시 현수를 괴롭히기 시작했다.

"나 좀 재미있게 해 봐."

"난 개그맨 아닙니다."

"넌 차만 좋아하지, 조수석 매너는 없냐?"

"그건 또 뭡니까?"

"조수석에 앉은 사람은 운전자 졸리지 않게 애교도 부리고 개그도 쳐서 잠 깨워 줘야 하는 거 몰라?"

"졸립니까?"

"그래, 엄청."

"그럼 바꿔요. 내가 운전할게요."

"술 마셨잖아."

"무알콜 칵테일 마셨습니다. 그런데 노고 씨야말로 정말 술 안 드셨습니까?"

"한 톨도 안 마셨어. 난 술 마시면 절대로 운전 안 하거든."

"그럼 바에서는 계속 뭘 하신 겁니까? 김채영 씨랑 술 마시는 줄 알았는데요."

"얘기를 했지."

"얘기요?"

승민이 투덜거리는 걸 듣는 것보다는 대화를 하는 게 나을 것 같아서 관심을 보이는 척했다. 하지만 지금껏 시끄럽게 떠들어 대던 승민은 막상 대화를 하려고 하니 입을 다물었다.

현수는 창밖을 보던 시선을 거둬 승민에게로 향했다. 승민은 검게 침잠된 눈으로 정면을 노려보고 있었다. 그곳에 물리쳐야 할 적이 있다는 듯이.

그건 현수를 향할 때의 짜증 섞인 눈빛과는 달랐다. 현수를 대할 때의 그 눈빛이 빠르게 치솟았다가 사라지는 파도와 같다면, 지금의 것은 고요하게, 그러나 꺼지지 않고 일렁이는 용암과 비슷했다.

현수의 시선을 느꼈는지 승민이 물었다.

"왜? 배고프냐?"

눈빛이 다시 원래대로 돌아왔다.

"내가 노고 씨 같은 줄 압니까?"

"내가 뭘?"

"남의 일터에 와서 꾸루룩거렸잖아요."

"야, 그건……!"

"강남에선 다들 남의 일터에 가서 꾸루룩거리며 밥 뺏어 먹는 게 유행인가 보죠?"

"……그렇다고 해 두지."

약점을 건드리자 한 풀 접고 들어가는 모습이 아주 조금은 귀여웠다. 현수는 피식 웃으며 머리를 카시트에 기댔다. 확실히 승차감은 좋다. 디자인할 때 좌석에 신경을 많이 썼다는 걸 알 수 있었다.

고급 재질의 가죽과 탑승자를 편안하게 감싸는 형태 덕분에 앉아 있어도 누워 있는 것처럼 편안했고, 엉덩이가 아프지 않았다. 엔진 소리가 작고 흔들림이 거의 없어서 가끔씩 정차할 때만 아니라면 집에 있는 커다란 소파에 누워 있는 듯한 느낌이었다. 차창 밖에서 작게 들려오는 바람 스치는 소리가 자장가 같았다.

서울에 오느라 제대로 못 자고 새벽에 일어나서 그런지 눈꺼풀이 무거웠다. 눈이 뻑뻑하니까 잠깐만 감고 있어야지, 라는 생각으로 눈을 감은 현수는 몇 초 지나지 않아 그대로 잠이 들고 말았다.

새근새근 고른 숨소리에 슬쩍 옆을 보니 현수가 자고 있었다. 시골 사람들은 잠을 일찍 잔다는 말이 맞긴 한가 보다. 아직 새벽 2시밖에 안 됐는데 푹 잠든 걸 보면. 밤샘 작업을 밥 먹듯이 하는 승민에게는 아직 초저녁이었다.

불현듯 비집고 올라오는 '술 안 마시길 잘했네.'라는 생각을 서둘러 지워 버렸다. 잘하긴 뭘 잘해? 저 여자를 집까지 데려다 주고 싶다고 생각할 리 없잖아!

술을 안 마신 이유는 고통이나 분노를 술기운으로 잊으려고 하는 건 바보 같은 짓이란 생각이 들었기 때문이었다. 억울함도, 증오도, 분노도, 스스로의 힘으로 이겨 내는 게 옳다. 타인의 힘을 빌리는 것도 싫은데, 무생물인 술의 힘을 빌리는 건 그야말로 어리석은 짓. 그래서 술 대신 진저에일을 마셨다.

'나는 왜 그 시골구석을 찾아가고 있는 걸까?'

부모님을 뵈러 갈 예정 따위는 없었다. 팬티만 입고 왔던 아들이 부끄러운 건지, 이번 주에는 부모님이 승민을 찾지 않았다. 아쉬울 게 없는 승민은 계속 연락이 안 오면 추석 때나 내려갈 생각이었다.

그런데 있지도 않은 본가에 내려갈 계획을 들먹거리며 현수를 태우고 시골로 향하는 자신의 행동을, 승민은 도저히 이해할 수가 없었다.

"내가 왜!"

자신도 모르게 버럭 소리를 지르려다가 현수가 자고 있다는 것을 깨닫고는 입을 다물었다. 현수는 '으응…….' 하고 한 번 뒤척였을 뿐 다행히 깨지 않았다.

'아니, 그러니까 그게 왜 다행이냐고. 저런 돌팔이가 잠을 설치든, 푹 자든 나랑은 상관없잖아.'

그렇게 생각하면서도 승민은 소리를 죽이고 더 조심히 차를 몰았다.

의문은 이것 하나가 아니었다.

'박세찬이랑 결혼한다고?'

현수와 세찬이 어떻게 아는 사이인지는 큰 문제가 아니었다. 다만 현수와 세찬이 결혼을 약속했다는 사실을 받아들이기가 힘들었다.

세찬은 얄밉기는 해도 객관적으로 봤을 때는 썩 괜찮은 남자였다. 키도 크고 몸매도 좋고 패션 센스도 좋다. 단정한 헤어스타일과 진지한 표정, 과묵함 덕분에 인기도 좋았다. 회사에서 몇몇 여사원들이 세찬에 대한 이야기를 하며 키득거리는 것을 들은 적도 많다.

그런 남자가 뭐가 아쉬워서 현수 같은 여자랑 결혼을 결심한 건지 알 수 없었다. 마음만 먹는다면 집안도 좋고 능력도 좋고 여성스럽기까지 한 여자를 얼마든지 만날 수 있을 텐데.

하지만 가장 궁금한 것은 세찬이 왜 현수를 선택했는지 따위가 아니었다. 바로 승민 자신의 문제였다.

'나는 왜 기분이 나빴던 거지?'

기분이 나빴다.

아까 현수가 말했던 것처럼 현수가 누구랑 결혼하든 그건 승민이 신경 쓸 문제가 아니었다. 현수에게 결혼할 상대가 있다면 승민의 아버지도 더는 현수와의 결혼 이야기로 승민을 황당하게 만들지 않을 것이다. 그렇다면 오히려 현수에게 약혼자가 있다는 사실을 기쁘게 받아들였어야만 했다. 그게 옳았다.

하지만 승민의 감정은 조금도 옳지 않았다. 승민은 불쾌했고 짜증이 났고, 솔직히 말하자면 그 자리에서 곧바로 현수를 데리고 나와 버리고 싶었다.

"왜!"

승민은 자기도 모르게 또 버럭 외치고 말았다.

"시끄러! 이 변태야!"

그때, 마치 맞받아치듯 들려 온 현수의 외침에 화들짝 놀라 운전대를 놓칠 뻔했다. 현수가 깬 줄 알았는데 잠꼬대였나 보다. 현수의 숨소리가 다시 규칙적으로 변했다.

승민은 고개를 절레절레 저었다.

현수는 잠잘 때마저도 포악했다. 아주 잠깐이나마 자신이 현수에게 묘한 감정을 갖고 있는 게 아닌지 의심을 했는데 그 의심마저 깨끗이 사라졌다. 저런 포악한 여자를 좋아하는 남자는 그 어디에도 없을 것이다. 아, 한 명 있구나. 박세찬.

싫지 않은 후배니까 좋은 여자와 결혼했으면 좋겠지만, 본인이 이런 포악한 여성을 좋아한다면 어쩔 수 없는 일이다. 그저 선후배 관계일 뿐인데 여자 취향을 뜯어고치라고 닦달할 수는 없으니까.

이런저런 생각을 하는 틈에 고속도로를 빠져나와 '다고쳐 카센터' 앞에 도착했다. 차를 세운 승민은 현수를 깨우려다가 그대로 멈춰 현수의 잠든 얼굴을 살펴봤다.

시골에서 뛰놀며 자란 소녀답지 않게 새하얀 피부, 연한 색의 머리카락, 오똑한 코와 살이 가득 찬 볼록한 입술. 입 다물고 조용히 잠든 모습만으론 때 묻지 않은 어린 소녀처럼 순수해 보였다.

어째서 남자처럼 행동하려고 노력하는 건지는 모르겠지만 어쨌든 현수는 여자였다. 그렇다면 여자로 대우를 해 줘야겠지.

승민은 손을 거두고 운전석 카시트에 등을 기대며 생각했다.

'속눈썹 되게 기네.'

무슨 꿈을 꿨는지는 모르겠지만 그리 좋은 꿈은 아니었던 것 같다. 현수는 잠에서 깨서 기지개를 켜다가 뭔가 이상하다는 생각을 하며 고개를 돌렸다. 흐릿한 시야에 들어오는 건, 아침마다 보는 일상의 풍경이 아니었다.

'뭐지?'

멍한 상태로 고민하던 현수는 여기가 차 안이고 자신이 승민과 함께 집으로 내려오던 길이었다는 걸 기억해 냈다.

'아아…… 잠들었었나?'

잠깐 눈만 감고 있을 생각이었는데 푹 잔 모양이다.

'그런데 뭐가 이렇게 환해?'

라고 생각하다가 이게 가로등 불빛이 아니라 햇빛이라는 걸 깨달았다. 그리고 차가 멈춰 있다는 것도.

깨닫자마자 현수는 허리를 곧추세웠다.

"뭐야? 아침이야?"

창문으로 들어오는 아침 햇살에 눈이 따가웠다. 현수는 반사적으로 휴대폰을 열어 시간을 확인했다. 오전 6시 20분.

"헐…… 왜?"

고속도로를 타기 시작한 게 새벽 1시가 되어갈 때였다. 그렇다면 지금은 도착하고도 남을 시간이다. 그런데 아직 차 안에 있고 차는 세워져 있다. 사고라도 난 걸까?

걱정스러운 마음에 운전석을 보니 승민이 보이지 않았다.

'설마…… 여기에 놔두고 자기 혼자 가버렸나? 아니지, 그 인간은 자기 차를 놔두고 갈 인간은 아니지.'

현수는 창문 밖을 내다봤다. 조수석 창문으로 보이는 것은 현수에게 익숙한 광경이었다. '다고쳐 카센터'의 낡은 간판이 아침 햇살에 감싸여 히죽 웃고 있었다.

'뭐지?'

현수는 지금 무슨 일이 일어나고 있는 건지 알 수 없었다. 1시쯤에 고속도로를 탔는데 지금은 6시 20분. 운전석에 승민은 없는데 카센터 앞에 도착은 했다.

'뭔 일이래?'

라고 생각하며 일단 차에서 내렸다. 탁, 문을 닫고 돌아선 현수는 자동차 트렁크에 엉덩이를 걸치고 서서 누군가와 통화를 하는 승민의 뒷모습을 발견했다.

"김 팀장이 퇴사를 했다니요. 그런 소식은 듣지 못했습니다. 모터쇼 준비를 하려면 김 팀장이 필요한데. ……하아. 그렇습니까? 네. 아니요, 제가 총괄 책임자는 아니지만 모터쇼에 콘셉트 카 하나를 담당하게 됐습니다. ……네, 디자인은 준비되어 있고요. 일단 설계팀이랑 의논하고 진행하려고 했는데 김 팀장이 없으니…… 글쎄요. 오늘은 좀 늦을 것 같으니 오후에 회의 진행해야 합니다. ……
물론 아직 많이 남아 있기는 해도 제대로 된 걸 보여 주려면 대충
준비할 수는 없지 않습니까? ……그래요, 알아들으셨다니 다행입
니다. 그럼 이따 오후 2시에 회의실에서 뵙도록 하죠. 수고하세요."

진지하게 대화를 하는 승민을 보며 '지킬 박사와 하이드'를 떠올
렸다. 현수와 대화를 할 때는 버럭버럭 소리도 잘 지르고 짜증도 잘
냈으면서, 일 때문에 통화를 할 때는 감정을 전혀 드러내지 않았다.
세찬이 승민을 칭찬한 이유를 알 것 같았다. 직원들에게 이런 모습
만 보였다면 성실하고 능력 있는 사람처럼 느낄 법도 하다.

전화를 끊은 승민이 곧바로 다른 곳에 전화를 걸려고 하기에 현
수는 서둘러 그를 불렀다.

"저기요."

승민이 휴대폰을 들어 올린 채로 뒤를 돌아봤다. 아침 해가 승민
의 뒤쪽에 있어서 승민의 얼굴에 그림자가 졌다. 어떤 표정을 하고
있는지 알아볼 수가 없었다.

"깼냐?"

승민이 휴대폰 든 손을 아래로 내리며 현수에게 다가왔다.

"네, 뭐…… 아침이네요."

"잘 자더라."

"왜 안 깨웠습니까?"

"자는 여자 깨우는 거 아니라고 배웠거든."

비아냥거리는 줄 알았는데 아니었다. 현수의 바로 앞에서 멈춘
승민은 진지한 눈으로 현수를 내려다보고 있었다. 이 남자는 왜 이

런 눈빛으로 날 보는 걸까?

현수는 뒤로 한 걸음 물러서고 싶은 기분을 느꼈다. 승민과의 거리가 유독 가깝게 느껴졌다. 하지만 주먹을 꽉 쥐고 그 기분을 떨쳐 냈다. 여기서 뒤로 물러서면 승민에게 지는 거란 생각이 들었기 때문이다.

"마승민 씨는…… 그동안 뭘 했는데요?"

"일했어."

"안 잤어요?"

"사귀지 않는 여자 옆에서 자는 거 아니라는 것도 배웠다. 넌 날 변태로 알겠지만 난 지킬 건 지키는 남자거든."

"……그렇게 여자 취급 안 하셔도 됐을 텐데요."

미안한 마음을 감추기 위해 투덜거렸더니 승민이 한쪽 눈썹을 찌푸렸다.

"네가 왜 그렇게 남자처럼 보이고 싶어 하는지는 모르겠는데, 내 앞에서 웃통 까지 못하면 넌 그냥 여자야."

"마승민 씨한테 성별은 웃통을 까나, 안 까나에 달려 있습니까?"

"그래. 그거 이상 뭐가 필요한데?"

"아마존에서는 여자들도 웃통 까고 지내거든요?"

현수의 말에 승민이 피식 웃었다. 바람이 부는 듯한 미소가 현수의 심장을 살짝 건드리고 지나갔다. 의식하지도 못한 채 한 발 뒤로 물러선 현수의 귀에 승민의 즐거운 듯한 목소리가 들려왔다.

"여긴 한국이야, 돌팔이."

이야기 셋, 달콤 보들 사탕 맛?!

세찬은 출근하자마자 승민의 자리를 살폈다. 승민은 아직 출근을 하지 않았다. 본가에 간다고 하더니 연차를 낸 걸까?

어젯밤엔 티를 내지 않았지만 승민과 현수가 서로 아는 사이라서 놀랐다. 게다가 두 사람은 꽤나 친해 보였다. 현수 앞에서의 승민은 지금껏 세찬이 봐온 승민과는 다른 느낌이었다. 좀 더 풀어지고 편안한, 일종의 가족 같은 분위기. 오랫동안 사귀어 온 채영과 함께일 때보다 더 자연스러워 보였다.

'결혼이라……'

어제의 일을 떠올리며 피식 웃었다.

서른이라는 나이가 되고 나니 여기저기서 결혼 이야기가 들려왔다. 동창들 중 상당히 많은 친구들이 결혼을 했고, 결혼을 전제로 사귀는 아가씨가 있는 친구들도 많았다. 친구들을 만날 때마다 듣는

소리가,

"넌 결혼 안 하냐?"

"우리도 제수씨 좀 보자."

였다.

부모님도 가끔, 만나는 아가씨는 없냐고 넌지시 물어 왔고 명절이면 친척들이,

"너도 슬슬 결혼해야지."

라고 말을 하는 게 인사가 되었다.

주위에서 아무리 그래도 세찬은 흘려들었다. 결혼 생각을 해 본적도 없고, 결혼한 자신의 모습이 상상되지도 않았다. 결혼을 아예안 할 생각은 아니었지만 언젠가 적당히 마음 맞는 여자를 만나면자연스럽게 일이 진행되지 않을까, 라고 막연히 생각했을 뿐이다.

그런데 어제는 막무가내로 밀어붙이는 진혁의 행동에,

'그래, 괜찮겠지.'

라는 생각이 들었다.

일주일에 한두 번씩 박 교수를 만나러 오는 정현수.

처음 봤을 때는 예쁘장하게 생긴 소년인 줄 알았는데, 목소리를듣고서야 여자라는 것을 알게 되었다.

털털한 행동거지와 툭툭 던지는 듯한 말투. 이유는 모르겠지만 남자처럼 보이려고 애쓰는 것 같았다.

처음에는 그저 재미있던 그 행동이 어느 순간부터 귀엽게 보이기시작했다. 야근 때문에 마주치는 일이 거의 없기는 했지만, 그녀의방문을 기다리게 되었다. 사실은 어제도 해야 할 일이 있는데 서둘러

일을 끝내고 퇴근한 터였다.

진혁의 말에 반쯤 장난으로 대꾸를 하기는 했지만, 어젯밤 집으로 돌아가는 길에는 현수와 결혼을 해도 나쁘지 않겠다는 생각이 들었다. 아니, 오히려 즐거울 것 같았다.

현수는 차를 좋아하고 세찬이 하는 일에 대한 이해도가 높았다. 둘 다 같은 것을 좋아하니 결혼을 해도 대화가 끊이지 않을 것이다. 게다가 어제 진혁의 행동에 당황하고 분노하고 결국은 자포자기한 듯 한숨을 쉬는 현수는 굉장히 사랑스러웠다.

'끌리고 있었던 건가?'

박 교수와 차에 대해 열정적으로 이야기하는 현수를 보는 게 즐거운 그 마음이 그저 어린 여동생을 지켜보는 기분일 거라고 생각했었다. 그런데 '결혼해도 좋겠다.'라는 생각이 든 걸 보면 단순히 그런 마음은 아니었던 모양이다.

"애인 생각해?"

채영의 목소리에 화들짝 놀라 상념에서 벗어났다.

"아주 싱글벙글이네, 세찬 씨."

채영이 짓궂게 말하며 자리에 앉았다. 채영의 자리는 세찬의 바로 옆자리였다.

세찬은 백을 책상 아래에 넣는 채영을 물끄러미 응시했다.

'채영 선배는 기분이 괜찮은 걸까?'

연인이 다른 여자를 데려다 주겠다고 늦은 시간에 가 버렸는데도 어제의 채영은 성난 기색을 전혀 보이지 않았다. 심지어 승민은 채영 따위는 안중에도 없다는 듯 행동했었다. 아무리 쿨한 커플이라고는 해도, 연인인 이상 질투라는 감정이 있을 법도 한데 채영에게서는 그런 감정을 찾아볼 수가 없었다.

"죄송합니다."

뜬금없는 세찬의 사과에 채영이 고개를 옆으로 기울였다.

"응? 뭐가?"

"아…… 어제 승민 선배가 현수를…….."

"아아, 그거?"

채영이 시원스럽게 웃었다. 웃지 않으면 새초롬해서 차가운 이미지인데, 입을 크게 벌리고 웃는 모습은 소탈했다. 여자들에게 인기가 많은 승민이 다른 데에 눈 돌리지 않고 채영과 사귀는 이유를 알 것도 같았다.

"그걸 왜 세찬 씨가 미안해해? 자기가 데려다 주고 싶어서 데려다 주는 건데."

"그래도 선배도 혼자 돌아가셨는데…….."

"나 차도 있고 우리 집에 가는 길도 알거든? 동행 없으면 길도 못 찾는 길치인 줄 알았어?"

"아뇨, 그런 건 아닙니다."

"마음 쓰지 마. 난 승민 씨가 여자한테 매너 있는 면을 좋아하는 거니까. 그러고 보니 승민 씨 아직 안 왔네?"

"그러게요."

세찬은 자신이 죄를 지은 기분이 들었다. 하지만 채영은 아무렇지도 않은 표정으로,

"승민 씨 아파 보이던데, 본가에서 며칠 쉬고 오면 좋겠네."

라고 중얼거렸을 뿐이다. 채영이 질투를 안 하는 게 진심이든, 연기든 대단하다는 생각이 들었다. 세찬이 아는 여자들은 남자친구의 사소한 행동에도 화를 내고 의심하기 일쑤였다.

9시가 넘었는데도 승민은 오지 않았다. 승민이 늦는 건 자주 있는 일이 아니기에 걱정이 된 채영이 승민에게 전화를 걸었다. 채영이 통화를 끝냈을 때 최민석 과장이 사무실로 들어왔다.

"선배님은 뭐라십니까?"

세찬이 목소리를 낮춰 물었다.

"지금 막 서울 들어섰대. 길이 좀 막히나 봐."

"승민이는 아직 안 왔나?"

사무실 안을 쭉 둘러본 최민석이 두 사람에게로 다가오며 물었다.

"네, 몸이 안 좋아서 병원에 들렀대요. 오늘 넥타이 멋지시네요."

채영이 생긋 웃으며 자연스럽게 거짓말을 했다. 넥타이 칭찬을 받은 최민석은 기분 좋은 듯 헤벌쭉 웃으며 채영의 어깨에 손을 얹었다.

"딸내미가 생일 선물로 준 거야. 승민이는 어디가 안 좋대?"

"과로겠죠. 남들보다 일을 많이 하니까요."

가시가 돋친 대답이었지만 최민석은 눈치채지 못한 듯 고개를 주억거렸다.

"그래, 마승민이가 야근을 많이 하기는 하지. 그런데 대체 왜 그렇게 야근을 하는지 모르겠단 말이야. 자기한테 주어진 일을 업무 시간 안에 끝내야 능력이 있는 거 아니겠어? 야근을 한다는 건 결국 제한된 시간 안에 일을 끝낼 능력이 없다고 말하는 거나 마찬가지야."

졸지에 능력 없는 사람이 된 사무실의 직원들이 동시에 최민석을 쏘아봤다. 지금 이 사무실 안에서 야근을 안 하는 직원은 사장의 사위인 최민석뿐이었다. 눈치 없는 최민석은 사원들의 분위기를 깨닫지 못하고 클클 웃으며 세찬을 돌아봤다.

"세찬 씨, 잠깐 나 좀 보지."

세찬은 최민석의 뒤를 따라 회의실로 향했다.

"세찬 씨가 지금 진행 중인 프로젝트가 있나?"

"……없습니다."

"그래? 마침 잘됐네. 이번 보급형 자동차 개발에 끼워줄 테니까 힘 좀 써봐."

최민석이 은혜를 베푸는 듯한 말투로 말했다. 세찬은 대답하지 않고 조용히 최민석을 응시했다.

최민석의 의도는 안 봐도 뻔했다.

이번 공모에 낸 디자인 제안서에 포함된 건 차체의 외형 디자인과 간략한 부품 소개뿐이었다. 문제는 앞으로의 과정이었다. 개발팀, 설계팀과 협력하여 세부 디테일을 잡아가며 부품 하나하나를 결정하고 실험을 해 봐야 하는데, 상당히 오랜 시간과 노력을 잡아먹는 일이었다.

최민석은 부하 디자이너 몇 명을 팀에 끼워 넣어 귀찮은 일은 떠넘기고, 자신은 총괄 책임자라는 명목하에 단물만 쪽 빨아먹을 셈이었다. 모든 과정을 거쳐 차가 완성이 되면, 자동차 디자이너 '최민석'이라는 이름 하나만이 그 앞에 붙게 될 것이다. CM 시리즈도 그런 식으로 끝이 났으니까.

외형 디자인은 승민의 것을 도용했지만, 세단을 쿠페로 바꾸어 버렸으니 내부 디자인과 부품을 승민이 결정한 것 그대로 가져다 쓰는 데는 무리가 있었을 것이다. 최민석이 아무리 뻔뻔하다고 해도 이제 와서 승민에게 팀에 들어와 세부 콘셉트를 잡아 달라고 부탁하기는 어려운 게 당연했다. 그래서 일을 맡길 만한 디자이너로 세찬을 선택한 것이었다.

자신이 개입하지 않아도 알아서 팀을 이끌어 갈 수 있을 만큼 실력이 있고, 자동차가 완성되었을 때에 자기 이름도 넣어달라고 우기지 못할 만큼의 힘이 아직 없는 디자이너.

최민석의 속이 눈에 빤히 보였다. 세찬은 승민이 느꼈을 분노와 절망을 조금은 알 수 있었다. 그런데도 승민은 내색하지 않고 조용히 일을 해냈다. 여러모로 존경받을 만한 사람이다.

"죄송합니다."

세찬은 승민과 달랐다. 승민처럼 속내를 감출 수도, 야망을 위해 분노를 억누를 수도 없었다.

"아직 실력이 부족해서 과장님 팀에 들어가기 부끄럽습니다. 좀 더 실력을 쌓은 후에 들어가도록 하겠습니다."

최민석이 세찬의 속을 가늠해 보려는 듯 눈을 가늘게 떴다.

"박세찬 실력 좋은 건 알아주잖아. 이제 슬슬 팀 하나 맡아도 될 만한 실력이야. 이번에 내 팀에서 제대로 해내면 다음번에 팀 하나 꾸려줄게. 박세찬 이름으로."

최민석이 실실 웃으며 말했다.

"죄송합니다. 힘들 것 같습니다."

두 번째 거절에 최민석의 얼굴에서 미소가 사라졌다. 최민석은 굳은 표정으로 세찬을 노려봤다. 세찬은 최민석의 마음을 풀어 주기 위해 노력하지 않고 똑같이 무표정한 눈으로 최민석의 시선을 받아냈다.

"박세찬 씨는 회사 일을 장난으로 하나?"

"아닙니다."

"그럼 회사를 학교라고 생각하나?"

"아닙니다."

"그런데 왜 이러지? 상사가 일을 시키면 어떻게 해야 된다고 배웠어? 자기 기분에 따라서 네, 아니요, 결정하라고 배웠나? 응?"

중학생을 가르치는 듯한 말투가 신경에 거슬렸다. 세찬은 입을 꽉 다물고 민석을 쏘아보지 않으려고 노력했다. 새삼스럽게 승민이 대단하다는 생각이 들었다. 승민은 어떻게 이 남자를 대할 때도 무표정할 수 있을까. 자신의 것을 다 빼앗아 간 남자인데.

"내가 지금 기회를 주잖아. 박세찬한테 나쁜 일을 시키는 거야? 아니잖아. 제대로만 하면 그만큼 상도 주겠다잖아. 그러면 감사합니다, 그리고 받아들일 줄을 알아야지. 그따위로 행동하는 건 어디서 배워온 거야? 느이 부모가 그렇게 가르쳐? 엉?"

민석의 어투가 거칠어졌다. 세찬은 입가의 근육이 실룩거리는 것을 느꼈다. 하명에 입사한 후 처음으로 회사를 그만두고 싶다는 생각을 했다. 당장이라도 때려치우겠다고 하고 싶은 걸 꾹 참은 이유는 승민 때문이었다. 세찬은 승민이 있는 곳에서 일하고 싶어서 하명에 들어온 것이었다.

목구멍까지 나온 말을 삼키며 생각에 잠겼다. 어떻게 해야 될까.

최민석이 승민의 디자인을 도용한 것은 공공연한 사실이었다. 다들 쉬쉬하며 모르는 척할 뿐이지, 뒤에서는 그 일로 수군거리고 있을 게 분명했다. 모두의 관심은 누가 남의 것을 대놓고 도용한 최민석의 팀이 될지로 향해 있었다.

사회에서 상사의 명령을 거부하는 건 어려운 일이다. 모두가 그것을 알고 있지만 그것이 자신의 일이 아닌 이상은 크게 생각하지 않는다. 만약 세찬이 최민석의 팀에 들어가면,

'최민석이 억지를 부렸을 거야. 어쩔 수 없이 선택한 거겠지.'

라고 생각하는 사람보다,

'쯧쯧. 저런 놈 뒤나 핥아주고…… 박세찬도 어쩔 수 없는 놈이었구만.'

이라고 생각하는 사람이 더 많을 것이다. 세찬도 그랬으니까.

하지만 다른 사람은 아무래도 상관없었다. 세찬에게 중요한 것은 승민의 생각이었다. 과연 승민은 뭐라고 생각할까. 다른 사람들처럼 어쩔 수 없는 놈이라고, 배신자라고 생각할까.

승민을 배신하고 싶지 않았다.

이런 고민은 어릴 적 '엄마가 좋아, 아빠가 좋아?'라는 질문에 대한 답을 생각하는 걸로 끝날 줄 알았는데, 그때보다 더한 고민에 빠졌다. 어디를 둘러봐도 출구가 보이지 않았다.

탁탁.

민석이 수첩으로 회의실 테이블을 두드리는 소리에 세찬은 정신을 차렸다. 민석은 불쾌한 듯 오만상을 찌푸리고 세찬을 노려보고

있었다. 지금 여기서 거절을 한다면 민석은 무슨 수를 써서라도 세찬을 쫓아낼 것이다. 그럴 만한 힘이 있는 사람이니까. 그게 본인의 힘이 아니라서 문제지만.

'승민 선배 옆에 있어야 돼.'

세찬은 주먹을 쥐었다. 모르는 새에 손바닥이 땀에 젖어 있었다.

"알겠습니다."

목소리에 한숨이 섞여 있었다.

"그렇게 하겠습니다."

승민은 화장실 거울에 비친 자신의 모습을 꼼꼼히 살펴봤다. 면도는 완벽, 피부 상태도 완벽. 헤어스타일은 단정하고 코털이 삐져나오지도 않았다. 이 정도면 아주 만족스럽다. 회사에 늦더라도 집에 들러 깔끔하게 단장하고 나오기를 잘했다.

매끈한 턱을 문지르며 씩 웃었다. 이 얼굴은 매일 보는데도 질리지 않는다. 회사 사람들은 좋겠다. 이 얼굴을 매일 볼 수 있어서. 거울이 있어야만 자신의 얼굴을 볼 수 있다는 것이 한탄스러웠다.

화장실을 나오다가 똑같이 화장실에서 나오던 채영과 마주쳤다. 채영이 서둘러 승민에게 다가왔다.

"자기, 잠 좀 잔 거야?"

"응."

사실은 안 잤다. 푹 잠든 현수를 깨울 수가 없어서 현수가 일어날 때까지 승민도 잠깐 눈을 붙일 생각이었다. 그런데 현수의 숨소리를 듣고 있노라니 잠이 오지 않았다. 운전석에 앉은 채로 고개만 돌려 현수의 잠든 얼굴을 지켜봤다. 편안하게 감은 눈, 그림자가 생길 정도로 긴 속눈썹에서 눈을 뗄 수가 없었다. 그렇게 오래 본 것 같지도 않은데 어느 순간 날이 밝았고, 얼굴에 내려앉는 햇빛 덕분에 정신을 차릴 수 있었다.

"기분은 괜찮고?"

"나쁠 건 없지."

"오늘 하루는 집에서 푹 쉬지 그랬어? 몸도 안 좋아 보이는데."

"괜찮아."

"어제 세찬 씨 약혼녀 말이야. 귀엽더라."

"그런가? 난 잘 모르겠던데."

"자기는 귀여운 타입을 안 좋아하나 보지?"

"귀엽고 말고를 떠나서, 그건 여자처럼 보이지가 않잖아. 나는 여성스럽고 똑똑한 여자가 좋아."

"까탈스럽네."

채영이 부드럽게 웃으며 승민의 볼에 손을 댔다.

"나는 어땠어? 자기한테 좋은 여자였어?"

승민이 씩 웃었다.

"최고였지."

채영의 눈동자에 욕심이 서렸다. 아주 잠깐이었지만 승민은 그것을 분명히 목격했다. 채영은 붉은 입술을 혀로 핥으며 뒤꿈치를 들어 입술을 승민의 귓가에 가까이 가져갔다.

"그럼 우린 왜 헤어진 거지?"

승민은 채영을 피하지 않고 대답했다.

"네가 이별을 고했으니까."

채영의 낮은 웃음소리가 승민의 귓가에 잠시 머물렀다. 이윽고 승민에게서 몸을 뗀 채영의 얼굴에는 약간의 아쉬움과 미련이 남아 있었다. 하지만 그것은 아주 금방 사라졌다. 승민조차도 자신이 본 것이 착각이라 생각될 만큼 빠르게.

"그래, 맞아. 내가 헤어지자고 했지. 그럼 이 가슴은 아직 나에게 열려 있는 거야?"

채영의 손이 승민의 가슴을 쓸어내렸다. 승민은 채영의 가느다란 손목을 잡아 올려 손등에 입을 맞췄다.

"그대가 원한다면 언제든."

"거짓말쟁이."

"나는 늘 정직해."

복도 끝에서 사람들 목소리가 들려왔다. 채영은 승민에게서 한 걸음 물러서 옅은 미소를 지었다.

"힘내, 정직한 마승민 씨. 빌어먹을 회사가 어떻게 굴러가든 승민 씨 디자인은 최고니까."

채영은 승민에게 치근거린 적 없다는 듯 허리를 꼿꼿이 세우고 사무실 쪽으로 걸어갔다. 반듯한 어깨에서부터 미끈하게 내려오는 모양 좋은 뒤태. 잘록한 허리에서 풍만하게 이어지는 둔부의 모습이 보기 좋았다. 채영을 스쳐 지나가던 사원들이 저도 모르게 고개를 돌려 채영의 뒷모습을 감상했다.

승민은 채영에게서 시선을 떼고 회의실로 향했다.

"마승민이!"

회의실 문을 열자마자 쩌렁쩌렁한 목소리가 승민을 반겼다. 승민은 두 손으로 귀를 막고 싶은 걸 참으며 살짝 고개를 숙여 인사했다.

"윤 과장님."

"이야, 넌 어쩌 볼 때마다 멋있어져?"

"윤 과장님은 볼 때마다 배가 나오는 것 같네요. 건강관리 좀 하셔야겠습니다."

"이게 바로 여유로운 남자의 상징이지. 으하하하하."

윤석희가 껄껄 웃으며 부푼 배를 두드렸다.

윤석희는 설계팀의 과장으로 소탈한 성격 덕분에 직원들의 신뢰를 톡톡히 얻고 있었다. 승민은 설계팀 직원들과 그리 친한 편이 아니지만 석희와는 상당히 가깝게 지내고 있었다.

"한잔하러 갈까?"

승민이 자리에 앉기도 전에 석희가 엄지를 세우며 제안했다.

"근무 시간입니다. 윤 과장님, 술 좀 줄이세요."

"술이 바로 내 건강의 비결이야."

"그 비결 때문에 매번 사모님한테 혼나시잖습니까."

"혼나다니! 난 마누라를 꽉 잡고 살아!"

"그래서 지난번에 술집 앞에서 무릎 꿇고 비셨습니까?"

"그거야…… 남자란 때로 무릎을 꿇어야 할 때를 알아야 하는 법이니까."

"과장님은 무릎을 꿇어야 될 때가 너무 많은 모양입니다. 제가 본 것만 해도 열 번이 넘는 것 같은데요."

"으하하하하. 그런 사소한 건 내버려두고 일 얘기나 하자고. 이번 모터쇼 콘셉트 카 담당이라고?"

"네, 그렇게 됐습니다. 그래서 말인데……."

"모터쇼까지는 아직 많이 남았어. 콘셉트 카면 지금 개발하고 있는 거 적당히 손만 봐서 나가도 되는 거잖아. 뭐가 그렇게 급해? 이거 잘해 내면 승진시켜 준대?"

승민은 한숨을 쉬며 가방에서 태블릿을 꺼냈다.

"제가 맡은 일은 제대로 끝내고 싶습니다. 일 얘기로 돌아가도 되겠습니까?"

"아직 안 되겠어."

"과장님. 근무 중에는 장난치고 싶지 않습니다."

"이번 디자인 건은 안됐어."

승민은 대답 없이 태블릿을 노려봤다.

"최 과장한테 따졌다면서?"

"소문 한번 빠르군요."

승민은 쓴웃음을 지었다.

"최 과장이 뭐래?"

"사람은 다들 비슷한 생각을 하기 때문에 가끔씩 디자인이 겹치는 경우가 생기기도 한다더군요."

"그래서 넌 뭐랬는데?"

"엿이나 잡숴."

"정말 그랬어?"

"⋯⋯라고 해 주고 싶었지만 참았습니다. 별수 있습니까. 일개 사원인데 참을 수밖에요."

"그럼 좀 더 참지 그랬어? CM 때도 참았는데 이번엔 왜 못 참았어?"

"흉기를 든 도둑놈이 내 것을 계속 빼앗고 있습니다. 흉기가 무서워서 한 번은 참더라도, 그 도둑놈이 건드린 게 내 가족, 내 아내라면 한마디쯤 할 수 있는 거 아닙니까? 그만 좀 뺏어가라고. 그것도 안 되는 겁니까?"

"응, 안 돼."

석희가 단호하게 말했다. 석희는 장난스러운 표정을 지우고 승민을 똑바로 응시했다.

"먼저 최 과장이 들고 있는 건 흉기가 아니라 권력이야. 그건 법적으로 문제가 안 되지."

"⋯⋯."

"그리고 디자인은 네 가족도, 부인도 아니잖아."

"저한테는 그보다 더 소중한 겁니다."

"디자인을 지키기 위해 가족을 버릴 수 있단 말이야? 네 디자인을 위해서라면 김채영 씨도 버릴 수 있어?"

"⋯⋯글쎄요. 아마도요."

"그럼 회사는 왜 못 버려? 차라리 하명 관두고 딴 회사 가면 되잖아. 거기선 네 디자인 건드릴 사람 아무도 없어."

"저는 하명이 아니면 안 됩니다."

"왜 안 되는데? 박 디자이너님 때문에 그래?"

"그것도 있지만……."

왜 안 되느냐, 라고 묻는다면 대답할 말은 단 하나밖에 없었다. 하명 자동차가 국내에선 최고니까. 하지만 그런 이유를 다른 사람에게 말하기는 싫었다.

석희는 대답을 기다리는 듯 승민을 바라보고 있었다. 승민은 태블릿을 들어 올리며 말했다.

"상담이 필요하면 상담사를 찾아가도록 하겠습니다. 제가 지금 과장님을 만나고 있는 이유는 모터쇼 때문입니다. 일 얘기로 돌아가고 싶은데요."

"아니, 넌 사람이 왜 그렇게 딱딱해? 우리가 그렇게 딱딱하게 일 얘기만 하는 사이는 아니잖아!"

"회사에서는 일 얘기만 하고 싶습니다."

"너 계속 그런 식으로 행동하면 앞뒤 꽉 막힌 녀석이라고 소문날걸?"

"월급 받은 만큼 일하는 게 앞뒤 꽉 막힌 녀석이라는 소리를 들을 일이라면, 그런 소리를 들어도 괜찮겠죠. 그리고 하나 질문하고 싶은데…… 무슨 일 있습니까?"

"무슨 일은 너한테 있잖아!"

"아니요, 윤 과장님. 무슨 일 있으신 거죠? 계속 말을 돌리시는 걸 보면."

석희는 장난기가 많기는 해도 일은 확실하게 하는 사람이었다. 그런 석희가 회의를 시작하지 못하게 계속 딴 이야기를 하는 데에는 그만한 이유가 있을 거란 생각이 들었다.

승민의 날카로운 질문에 석희의 표정이 어두워졌다. 승민은 가슴에 싸한 느낌을 받았다.

"칼 든 강도 앞에서는 벌벌 기는 게 최고야. 괜히 잘못 건드렸다가는 자기 걸 지키기는커녕, 목숨까지 내놓게 되기 십상이거든."

"……."

"승민아. 최 과장한테 따지지 말았어야 돼."

"제 목숨이 왔다 갔다 하고 있습니까?"

"그렇다고 볼 수 있지. 아니, 이미 가 버린 것 같은데."

"설계팀을 포섭한 겁니까?"

"쉬쉬하고는 있지만 흘러가는 분위기가 그래. 최 과장은 이번 보급형 자동차 제작팀에 들어갈 직원들을 전부 정해 뒀어. 설계팀 베테랑들은 다 그 팀에 들어갔고, 디자인 쪽도 그럴 거야."

"전 굳이 베테랑이 아니어도 됩니다."

"그런 애들은 압박을 받고 있지. 그런 거 있잖아. 마승민이랑 친하게 지내면 때려줄 거야, 그런 거."

"그렇게 됐군요."

승민은 담담하게 대답했다.

"윤 과장님도 그물에 걸린 겁니까?"

"나 알잖아. 최 과장은 나 못 건드려."

"그럼 윤 과장님과 둘이 하면 되겠네요."

승민의 고집스러운 말에 석희가 곤란하다는 듯 고개를 저었다.

"그건 무리야. 테스트는 어쩔 거며 조립이나 도색은 어쩔 거야? 그리고 부품도 문제야. 최 과장은 하청 업체 쪽에도 입김이 닿아."

승민은 크게 한숨을 쉬었다.

어제 최민석에게 따지기는 했지만 그렇다고 이렇게까지 할 줄은 몰랐다. 따졌다고 해서 상황이 바뀌는 것도 아니고, 승민이 그 디자인을 도용당했다고 여기저기 떠들고 다닐 것도 아니었다.

"이건 그냥 흉기로 위협을 하는 정도가 아닌데요."

"그래. 최 과장은 널 올라올 수 없는 좁은 우물 속에 밀어 넣은 거야. 넌 하명에서 아무것도 할 수 없게 됐어."

아무것도 할 수 없게 되었다.

승민은 자신의 눈앞에 있는 사무실 문을 노려봤다. '최민석 과장'이라는 명패가 철천지원수라도 되는 듯 승민의 눈동자에 불길이 서렸다. 항상 온화하고 자신의 감정을 겉으로 드러내는 일이 없는 승민이었다. 때문에 사원들은 승민에게 무슨 일이냐고 물을 생각도 못하고 숨을 죽이고 있었다.

승민은 당장이라도 사무실 문을 박차고 들어가 외치고 싶었다.

이 개자식아! 능력도 없는 놈이 마누라 잘 만나서 호의호식하니까 좋아 죽겠냐?

하지만 일말의 이성이 남아 승민을 붙들었다.

소리치지 마, 화내는 모습을 보이지도 마, 언제 다시 만날지 모르는 사람들 앞에서 못난 모습을 보이면 안 돼.

이를 악물고 충동을 참았다.

그래, 이런 놈 때문에 화낼 거 없어. 그냥 돌아서서 회사를 나가 버리면 되는 거야. 어디서든 다시 시작할 수 있겠지. 어디서든.

마음을 다잡은 승민이 돌아서려 할 때, 사무실 문이 열리며 가장 보고 싶지 않은 인물이 모습을 드러냈다. 최민석은 사무실 앞에 서 있는 승민을 보며 싱글싱글 웃었다. 생긴 건 미련한 곰처럼 생긴 놈이 웃을 때는 뱀처럼 보였다.

"아이고, 후배님. 나 보러 왔어?"

"아닙니다."

승민은 악문 이 사이로 그 한 마디만 내뱉으며 돌아서려 했다. 하지만 최민석이 승민의 손목을 붙잡았다.

"아니긴 뭐가 아니야? 나한테 할 말이 있어서 온 것 같은데. 들어와. 내가 아무리 시간이 없어도 후배 얘기 들어 줄 짬 정도는 낼 수 있으니까."

최민석은 승민이 후배라는 것을 강조하며 사무실을 턱으로 가리켰다.

"아니요. 할 말 없습니다."

"없지 않을 텐데."

최민석이 비릿하게 웃었다. 기름기가 흐르는 그의 얼굴을 보며 승민은 이런 남자와 결혼 생활을 하는 여자가 불쌍하다는 생각을 했다.

"선배가 들어오라고 말하면 들어와야지, 마승민 대리."

"지나가는 길이었습니다. 바쁘실 텐데 일 보시지요."

승민의 목소리는 낮았지만 사무실 안의 사원들은 그 목소리에 담긴 분노를 알 수 있었다. 사무실 온도가 2도는 낮아진 듯 서늘해졌다. 사원들은 침도 삼키지 못하고 두 사람을 흘끗흘끗 쳐다봤다.

저들이 무슨 죄가 있으랴.

승민은 아무 이유 없이 긴장하고 있는 사원들에게 미안한 마음에 서둘러 이 만남을 끝내려 했다. 하지만 최민석은 승민을 그냥 내버려두지 않았다.

"마 대리 생각이야 어떻든, 선배가 들어오라고 하면 들어오는 거야. 아무리 낙하산이어도 회사 생활한 지 꽤 됐잖아. 아직 그런 예의도 못 배워 처먹어서 인상 구기고 있는 거야?"

최민석의 목소리는 작지 않았다. 사원들은 아예 숨쉬기를 포기했다.

승민은 대답 없이 최민석을 노려봤다. 최민석에게 이런 식의 대우를 받은 게 처음은 아니다. 그럴 때마다 승민은 최민석이 아무것도 모르는 짐승이라고 생각하며 상황을 피해 갔다. 하지만 이번만큼은 도무지 그렇게 생각할 수 없었다. 곰을 닮은 외모에 뱀 같은 미소를 지닌 이 남자가 승민의 모든 것을 거머쥐고 뒤흔들려는 것처럼 보였다. 승민은 자신의 인생을 누군가가 쥐고 흔드는 게 싫었다.

"그따위로 할 거면 회사 때려치워!"

최민석이 덧붙인 말을 들은 승민의 얼굴에 서늘한 미소가 떠올랐다. 안하무인인 최민석마저도 섬뜩하게 할 만큼 감정이 없는 미소였다.

"그러죠."

"뭐?"

눈을 부릅뜬 최민석에게 승민이 차가운 음성으로 말했다.

"과장님 말씀대로 때려치우겠습니다."

최근 며칠 동안 정씨는 정비소 문을 열지 않았다. 어차피 찾아오는 손님도 없으니 문을 안 연다고 큰일이 생기는 건 아니다. 하지만 비가 오나 눈이 오나, 누군가 급하게 찾는 일이 있을지도 모른다며 매일같이 문을 열던 사람이 갑자기 저런 모습을 보이니 걱정이 됐다.

현수는 오늘도 거실에 누워 빈둥거리는 정씨의 옆에 쭈그리고 앉았다.

"아버지. 오늘도 정비소 문 안 열어요?"

"열어 뭐 하냐, 손님도 없는데."

"그래도 늘 여셨잖아요. 아버지 혹시 어디 아프신 거 아닙니까? 몸 안 좋으세요?"

현수의 목소리가 걱정스럽게 변하자 정씨는 씩 웃으며 배를 두드렸다.

"아빠 아직 안 죽었다! 술을 드럼통으로도 마신다고!"

"……건강한 사람도 술 드럼통으로 마시면 죽습니다."

"안 죽어, 안 죽어. 너, 이 아빠가 얼마나 건강한지 몰라서 그래?"

두터운 가슴을 꽝꽝 두드리며 허세를 부리는 정씨의 모습에 현수는 작게 한숨을 쉬었다. 정씨가 강한 척, 아무렇지도 않은 척하면 할수록 걱정이 앞섰다. 혹시 몸에 이상이 생긴 걸 감추려고 이러시는 걸까?

정씨가 없는 삶은 상상할 수도 없었다. 현수는 정씨의 배를 툭툭 두드리다가 밖으로 나왔다.

울적할 때면 정비소의 구석에 있는 창고에서 차를 만든다. 버리는 부품과 고철을 가지고 와서 만들기 시작한 것이 벌써 1년이 넘었다. 이제 그럭저럭 모양새를 갖춰 가고 있었다.

'전기 모터로 바꿔볼까?'

어차피 타고 다닐 것도 아니니까 과감하게 전기를 사용해 보는 것도 좋을 것 같다. 허름한 창고에 들어가 부품을 만지작거리다가 밖으로 가지고 나왔다. 창고에는 에어컨이 없어서 너무 더웠기 때문이다.

9월이면 가을이라는 범주에 들어가는데 왜 이리 더운 건지 모르겠다. 지구 온난화 현상으로 수면이 높아진다더니, 한국도 조만간 열대 지방이 되는 게 아닌지 걱정스러웠다.

"내가 죽을 때까지는 계속 이 정도만 돼도 좋겠는데."

공구와 부품들을 열심히 옮기고 있을 때 차가 달려오는 소리가 들렸다. 이 근방에서 자주 듣는 엔진 소리는 아니었지만 어디선가 들어본 적 있는 소리였다. 현수는 허리를 펴고 정비소 입구를 쳐다봤다. 잠시 후, 눈에 익은 차 한 대가 안으로 미끄러져 들어왔다.

CM3가 현수의 앞에 멈출 때까지 현수는 꼼짝도 하지 않았다.

이 인간이 또 왜?

표정이 저절로 일그러졌다.

운전석 문이 열리고 승민이 내렸다. 아이보리색 면바지에 흰색 브

이넥 셔츠 차림의 승민은 나이보다 어려 보여서 현수의 또래라고 해도 믿을 것 같았다.

승민의 눈이 현수가 들고 있는 실린더로 향했다.

"뭐 해?"

거만하기 짝이 없는 반말은 여전했다. 현수는 대답하지 않고 몸을 휙 돌려 창고로 향했다. 승민이 현수의 뒤를 따랐다.

"오늘은 정비소 문 안 열었냐?"

"……."

"어이, 대답 좀 하지?"

승민을 상대하고 싶은 기분이 아니었다. 아버지가 정비소 문을 열지 않은 지 나흘이 지났다. 혹시라도 암이 재발했는데 현수에게 감추고 있는 게 아닌지 걱정이 돼서 신경이 날카로웠다.

"손님 대접 형편없는 건 여전하구만."

현수가 상대를 해 주지 않고 부품만 나르는데도 승민은 열심히 현수의 뒤를 따라다니며 주절거렸다. 어미 닭 뒤를 따라다니는 병아리도 아니면서 왜 이러는 건지 모르겠다. 모이라도 뿌려 주면 멀어질까 싶어서 주위를 둘러봤는데, 줄 만한 음식이 없었다.

현수는 승민을 떨어뜨려 놓는 걸 포기하고 하던 일에 집중하기로 했다. 여러 번 창고를 오가며 부품을 옮기는데도 승민은 도와주겠다고 한 번 나서는 일이 없었다. 승민다운 행동이라서 화도 나지 않았다.

그리고 보니 이 남자를 얼마나 봤다고, '뭐답다.'고 생각할 수 있는 건지 모르겠다.

부품과 공구를 다 옮긴 현수는 그 앞에 털썩 앉아 부품을 닦기 시작했다. 원래는 전기 모터를 만들어 볼 생각이었는데, 승민이 신경에 거슬려서 일에 집중할 수가 없었다.

승민은 바닥에 엉덩이를 대고 앉고 싶지 않은 듯, 현수의 뒤쪽에 서 있었다. 부품을 닦는 손에 승민의 시선이 닿는 것이 느껴졌다. 역시 신경에 거슬린다.

"나 며칠 전부터 여기 와 있었다."

어쩌라고?

현수는 대답하지 않았다.

"이런 데가 뭐가 좋다고 여기서 사는지 모르겠다. 너무 조용하잖아. 마트 한 번 가려면 차 가지고 한참을 나가야 되고. 불편하지 않냐?"

"……."

"공기 좋고 물 좋다는데, 계속 있어 보니까 그것도 잘 모르겠더라."

"……."

"서울 떠나서 지내는 것도 오랜만이다. 예전에 외국에 잠깐 나가 있었거든. 물론 거기서도 도시에 있었지. 대도시."

이 남자는 대체 무슨 얘기를 하고 싶은 거지?

부품이고 뭐고 현수는 다 때려치우고 집으로 돌아가고 싶었다. 아니, 승민이 없는 곳이라면 어디든 좋았다.

하지만 승민에게 지고 싶지 않은 마음에 묵묵히 손을 움직였다. 서울의 위대함에 대해 한참 떠들던 승민은 현수가 정말로 대꾸를 하지 않자 현수의 옆에 쭈그리고 앉았다.

"회사 때려치웠어."

그 말에 처음으로 고개를 돌려 승민을 쳐다봤다. 승민은 어두운 표정으로 정면을 응시하고 있었다. 긴 속눈썹 아래에 자리 잡은 눈동자가 서글픈 빛을 띠고 있었다.

현수는 승민에게서 눈을 뗐다. 승민이 때려치우든 말든 현수와는 관계없다.

"자동차를 왜 좋아하게 된 건지 모르겠다. 그림 그리는 걸 좋아해서 그리기 시작한 건데, 정신을 차려 보니까 자동차만 그리고 있더라고. 그러다 보니까 유명한 차 디자이너 눈에 띄어서 하명 자동차에 들어가게 됐고."

"……."

"내가 그림 하나는 죽이게 그리거든. 하명에서 봉 잡은 거지. 천재라는 소리를 듣던 나를 붙잡았으니까."

이 인간은 자기 자랑하려고 몸소 여기까지 납신 건가?

현수는 기가 막혔지만 잠자코 승민의 이야기를 들었다. 도망칠 수 없으니 듣는 수밖에 없었다.

"하명은 그 봉을 놓친 거야. 봉황이라는 게 일생에 한 번 보기 힘든 거잖아. 그런데 멍청하게 그걸 놓쳤다니까. 지금쯤 엄청 후회하고 있겠지. 하지만 후회해도 늦었어. 내 앞에 와서 무릎을 꿇고 빌어도 돌아가지 않을 거니까. 봉황은 자존심이 있거든."

자기 자랑을 하는 것치고는 슬픈 목소리였다. 현수는 다시 고개를 돌려 승민의 옆얼굴을 쳐다봤다. 승민은 쓸쓸해 보였다.

"그래, 난 봉황이야."

"……."

"너, 봉 잡았다는 말이 어떻게 나온 말인 줄 아냐?"

알지만 대답하지 않았다. 승민은 현수가 모른다고 생각한 건지, 아니면 그냥 이야기를 하고 싶을 뿐인 건지, 뜬금없이 '봉 잡았다.'의 유래에 대해 설명하기 시작했다.

"물도 팔아먹은 김선달이 잘생긴 닭을 두고 봉황이라고 속여서 비싼 값에 팔아먹었거든. 똑똑한 놈이지. 그저 잘생긴 닭 한 마리를 봉황이라고 속일 생각을 했으니까."

정면을 보던 승민의 눈이 아주 느릿하게 현수를 향해 옮겨졌다. 그리곤 현수와 눈을 맞추고 듣기 괴로운 음성으로 말했다.

"난 아무래도 그저 좀 잘났을 뿐인 닭이었던 모양이다. 하명은 자기들이 데리고 온 게 닭이라는 걸 깨닫고 내친 거겠지. 난 그걸 너무 늦게 깨달은 거고."

그걸 이제야 깨닫다니.

현수는 황당했지만 구태여 소리 내서 말하진 않았다. 충격을 받은 사람에게 굳이 쓴소리를 해서 또 한 번 속을 헤집을 필요는 없었다.

현수가 다시 하던 일을 시작하자 그걸 지켜보던 승민이 갑자기 버럭 외쳤다.

"닭 따위!"

"……."

"두고 봐라. 내가 앞으로 닭은 입에도 대지 않을 거야! 치킨 가게가 있는 쪽으로는 고개도 안 돌릴 거라고!"

"삼계탕은요?"

"뭐?"

"복날에 삼계탕 정도는 챙겨 먹어야 할 거 아니에요? 아, 혹시 개 드세요?"

"야! 내가 개를 먹을 리가 없잖아! 아버지가 키우는 그 흰둥이 놈은 잡아먹어 버리고 싶은 생각도 들지만, 기본적으로 나는……! 하아…… 됐다. 네가 뭘 알겠냐. 시골구석에서 장사나 하는 녀석인데……."

승민은 고개를 저으며 벌떡 일어났다. 하지만 한참 쭈그리고 앉아 있었던 탓에 다리가 저려 엉거주춤한 자세로 굳어 버렸다. 현수의 눈에는 승민이 다리 저려서 저러는 게 뻔히 보였는데, 승민은 아무렇지도 않은 표정으로,

"날씨 좋다. 경치 한번 죽여주는군."

이라며 경치를 감상하는 척했다. 방금 전까지 시골구석이라고 무시한 주제에.

모르는 척해도 되는데 도무지 모르는 척할 수가 없는 건 승민의 이런 면 때문일 것이다. 겉모습은 멀쩡한데 사실은 나사가 하나 빠진 듯한 면.

현수는 부품을 내려놓고 일어났다.

"가요."

"말 안 해도 가려고 했어!"

승민이 의기양양하게 외쳤지만 다리 저림 때문에 발을 떼진 못했다. 현수는 삐딱하게 서서 승민을 노려보다가 말했다.

"누가 집에 가랍니까? 나랑 같이 가자고요. 내가 운전할 테니까."

승민은 자기 차를 다른 사람이 운전할 수는 없다고 바득바득 우겼다. 애초에 승민의 차를 운전할 생각도 없었다. 정비소 트럭을 타자고 했더니 자기는 트럭 따위는 안 탄단다. 한 대 때려 주고 싶었지만 꾹 참았다. 사실은 승민보다는 자신을 때려 주고 싶었다. 거만한 서울 놈의 넋두리 따위 무시하면 그만이었는데 어쩌자고 말을 걸어서는.

현수는 너그럽다 못해 바다처럼 넓어 끝이 보이지 않는 자신의 마음 씀씀이에 새삼스럽게 감탄하며 트럭 문을 열었다.

"안 탈 거면 말고요."

퉁명스럽게 내뱉고 운전석에 올랐더니 트럭 반대편으로 고개를 돌리고 서 있던 승민이 우물쭈물 조수석에 탔다. 이럴 거면 안 탄다는 말을 하지 말든가. 어차피 탈 거면서 왜 한 번씩 튕기는 건지 모르겠다.

승민은 자기처럼 멋지고 세련된 사람이 이런 낡은 트럭에 타고 있는 걸 믿을 수 없다는 듯 오만상을 찌푸리고 있었다. 몇 번을 봐도 얄미운 남자다. 이런 남자를 좋다고 하는 여자들이 신기했고, 이런 남자와 잘 사귀고 있는 채영의 참을성이 존경스러웠다.

트럭이 덜컹거릴 때마다 승민은,

"이래서 트럭은 안 돼."

라고 중얼거렸다.

이봐요. 이런 길에서는 당신의 고급 차도 덜컹거리거든? 덜컹거리는 게 싫으면 공중 부양 자동차를 만들든가!

현수는 참을 '인' 자 수십 개를 그리며 말을 아꼈다. 괜히 승민과 말을 섞어 봐야 속만 터질 뿐이라는 걸 그동안의 경험으로 알게 되었다.

10분 정도 차를 몰아 도착한 곳은 현수가 자주 찾는 고철상이었다. 툇마루에 앉아 담배를 피우고 있는 고철상 아저씨와 인사를 나누고 돌아보니 승민은 여전히 트럭 안에 앉아서 이쪽을 보고 있었다. 현수는 다시 트럭으로 돌아갔다.

"안 내립니까?"

"여긴 뭐야?"

현수는 고철상 간판을 가리켰다. 오래된 간판이라 글자가 떨어져 나가 '상ㅁ 고ㅊ사'라고만 쓰여 있었다.

"고철상입니다."

"고철상?"

"네. 내리세요."

"야, 돌팔이. 대체 뭘 하려는 거야?"

"그럼 계속 거기 계시든가요."

현수는 승민의 대답을 듣지 않고 문을 닫아 버렸다. 아직 덥기 때문에 에어컨을 틀지 않은 자동차 안은 그야말로 찜통. 순식간에 더워진 차 안에서 허덕거리던 승민은 어쩔 수 없이 밖으로 나왔다.

"이런 데는 왜 온 거야?"

"보물 찾으러요."

"보물?"

"쓸 만한 거 찾아보세요."

현수는 툭 던지듯 말하고는 보물찾기를 시작했다. 고물상을 잘 찾아보면 괜찮은 물건을 발견할 때가 있다. 지금 만들고 있는 차도 고물상에서 찾아낸 고철들과 정비소에 버려진 부품들을 사용한 것이었다.

"이런 데 쓸 만한 게 뭐가 있겠냐? 차라리 돈 주고 사. 궁상맞게 왜 이런 짓을 해?"

예상한 대로 승민은 한 번에 시키는 일을 하지 않았다. 현수의 뒤에서 뭐 마려운 강아지처럼 이리저리 오가던 승민은, 현수가 대답하지 않자 고철상 주인이 있는 툇마루로 향했다. 예전에 본가에서 잠깐 본 적이 있는 사람이기에 가볍게 인사를 하고 그 옆에 앉았다. 하지만 바람을 타고 전해지는 담배 연기와 지저분한 툇마루가 신경 쓰여서 도로 일어났다.

"우리 현수, 귀엽지?"

비스듬히 앉아 있던 고철상 주인이 중얼거리듯 말했다.

또 우리 현수인가?

승민은 방금 툇마루에 닿았던 엉덩이를 툭툭 털며 현수를 쳐다봤다. 현수는 더러운 고철 더미 사이에서 열심히 '보물'을 찾고 있었다. 승민은 그런 현수가 한심스러웠다. 이런 데서 있지도 않은 보물은 찾느니, 차라리 그 시간에 자기 계발을 하는 게 낫다. 시간은 돈을 주고도 못 사는 것 아닌가.

'그런데 난 왜 이러고 있는 거지?'

최민석에게 때려치우겠다고 말하고 회사를 나온 지 나흘이 지났다. 세찬과 채영에게서 계속 전화가 오지만 받지 않았다. 어제는 아예 휴대폰을 꺼 버렸다. 일을 시작한 이후 휴대폰을 꺼 두는 건 처음 있는 일이었다. 늘 예비 배터리를 챙겨 다녀서 배터리 부족으로 휴대폰이 꺼진 적도 없었다.

할 일도 찾지 않고 휴대폰도 켜지 않은 채 시간을 보내는 것이 조금도 여유롭게 느껴지지 않았다. 무언가를 해야 한다는 생각에 초조하고 불안해서 견딜 수가 없었다. 백수들은 대체 무슨 생각으로 아무 일 하지 않고 지내는 걸까.

'그리고 난 왜 저 여자를 만나러 온 거지?

회사를 나섰을 때 누군가 대화할 상대가 필요했다. 가장 먼저 떠오른 사람은 아버지도, 채영도 아니었다. 현수였다.

퉁명스럽게 어깃장을 놓을 것이 분명한데도, 승민의 고달픈 삶을 알아주지 못할 것이 분명한데도 현수와 이야기를 하고 싶었다. 그 마음은 본가에서 뒹굴거리는 동안 더 커져서 정신을 차리고 보니 정비소로 향하고 있었다.

오만상을 찡그리고 자신을 쳐다보는 현수의 얼굴을 보는 순간 안도감을 느낀 이유를 승민은 도무지 알 수가 없었다.

"참 씩씩하단 말이야."

현수를 보며 감탄하는 고철상 주인에게 승민은 말해 주고 싶었다.

저 여자는 너무 씩씩해서 탈입니다.

현수는 덥지도 않은지 모자도 쓰지 않고 열심히 돌아다녔다. 이런 땡볕에 저러고 다니는데도 피부가 하얀 이유가 뭘까? 정말 우유같이 하얗던데.

'아니, 저 여자 피부가 하얗든 꺼멓든 나랑 뭔 상관이냐고!'

가만히 있으니 잡생각만 들어서 승민은 어쩔 수 없이 고철 더미로 다가갔다.

보물을 찾으라고?

이런 곳에서 보물을 찾을 리 만무하다. 하지만 깜짝 놀랄 만큼 대단한 보물을 찾아내서 현수의 놀라는 얼굴을 보고 싶었다.

그래, 마승민은 이런 데서도 대단한 보물을 찾아낼 수 있는 남자야.

승민은 현수의 놀란 얼굴을 떠올리며 고철 더미를 뒤지기 시작했다. 여기저기 뒤적거리다 보니, 이런 것도 버리나 싶을 만큼 괜찮아 보이는 물건이 많이 나왔다. 그런 것들을 찾는 재미가 쏠쏠해서 회사를 관두고 나온 이후 처음으로 아무 생각 없이 뭔가에 몰두할 수 있었다. 고철이 바지에 닿아 바지 자락을 더럽히는 것도 깨닫지 못했다.

이마에 땀이 송골송골 맺혔다. 승민은 손등으로 땀을 닦아내며 뒤를 돌아봤다. 어느새 현수가 승민의 뒤에 서 있었다.

"넌 무슨 닌자라도 되냐? 뭘 그리 소리 없이 걸어?"

"뭐 합니까?"

"보물 찾잖아."

"찾은 것 좀 있습니까?"

현수의 질문에 승민은 훗, 하고 의기양양한 미소를 지었다. 그리고 과장된 포즈로 자신이 찾아낸 보물들을 가리켰다. 자, 어디 한번 깜짝 놀라 봐라, 돌팔이. 나 이 정도 되는 남자다. 이런 남자 네 주위에서 찾기 힘들걸?

현수의 눈동자가 승민이 찾아낸 '보물'로 향했다.

현수는 생각했다.

이 남자, 정말 세상에서 찾아보기 힘든 남자다. 이런 바보가 또 있을까?

고철상 주인과 얘기를 하다가 갑자기 신들린 듯 뭔가를 찾기에 그래도 뭔가 좀 쓸 만한 걸 찾아낼 줄 알았다. 그런데 승민이 가리킨 곳에 있는 것은 놋쇠 국자와 구멍 뚫리기 직전의 프라이팬, 수저 세트, 냄비 몇 개뿐이었다.

도저히 다시 쓸 수 없는 것들을 잔뜩 모아 둔 주제에 일이란 일은 혼자 다 한 듯이 얼굴에 검댕이까지 묻히고 있다. 게다가 저 의기양양한 미소라니.

칭찬을 기다리는 것 같기는 한데 도대체 뭔 말을 해 줘야 좋을지 알 수 없었다. 현수는 잠깐 고민한 끝에 부드러운 목소리로 승민에게 물었다.

"식당 차리시게요?"

고철상에서 건진 엔진 부품 몇 개를 트럭에 싣고 있는데 승민이 프라이팬과 수저 세트를 가지고 왔다.

"이건 포기 못 해."

이런 건 필요 없다고 좋은 말로 설득을 했는데도, 승민은 장난감사달라고 조르는 어린애처럼 굴었다.

"얘는 세트야. 저런 데서 세트를 찾는 게 얼마나 힘든 줄 알아?"

승민이 수저 세트를 들이밀며 힘껏 주장했다.

"대체 이걸 어디에 쓰려고요? 이걸로 밥 먹을 겁니까?"

"왜 못 먹어? 이렇게 멀쩡한데!"

"그럼 가져다 드시든지요."

"난 남이 먹던 수저로는 밥 안 먹어."

"……그럼 뭘 어쩌자는 겁니까?"

승민이 수저 세트를 현수의 품에 안겼다.

"소중하게 사용해라."

"필요 없습니다."

현수는 수저 세트를 도로 승민의 가슴에 안겨 주었다.

"지금 내가 주는 걸 거절하는 거냐? 네가 모르는 모양인데, 우리 회사 여직원들은 내가 버린 휴지도 가지고 가서 소중하게 간직하거든?"

"노고 씨, 회사 때려치웠다면서요? 회사 때려치웠는데 우리 회사가 어디에 있습니까?"

"……넌 남의 아픈 곳을 잘도 찌르는구나."

"아프면 집에 가시든가요."

"안 가!"

현수는 어쩔 수 없이 승민의 프라이팬과 수저 세트도 트럭에 실었다. 승민은 만족스러운 듯 씩 웃으며, 말하지 않았는데도 알아서 조수석으로 향했다.

"이제 어디 가냐?"

"가고 싶은 데 있습니까?"

"가이드는 너잖아."

"마승민 씨 가이드해 줄 생각 없는데요."

현수는 중얼거리면서도 시동을 걸었다. 사실은 고철상 말고 다른 데를 데리고 갈 생각이었다. 가는 길에 고철상이 있어서 잠깐 들르기는 했지만, 아직 늦지 않았으니 그곳에 가는 것도 괜찮을 것 같다.

승민은 백미러로 자기 얼굴을 확인하더니 화들짝 놀라며 현수에게 물티슈를 요구했다.

"그런 거 없습니다."

"넌 애가 왜 그렇게 준비성이 부족해?"

"그럼 준비성 넘치는 마승민 씨가 준비하지 그랬어요?"

"내 차에는 물티슈부터 로션까지 다 구비되어 있어. 세상이 멸망해도 내 차 한 대만 있으면 일주일은 버틸 수 있지."

"그거 잘됐네요. 회사 잘려도 일주일 버틸 공간이 있어서."

"……넌 정말 아픈 데를 잘도 찌른다."

승민의 목소리가 침울해졌다. 승민은 고개를 돌려 창밖을 내다보며 중얼거렸다.

"그래, 그 회사는 내 세상이지."

현수는 대답하지 않았다. 금세 침울해진 승민에게 미안하다는 생각도 들지 않았다.

회사가 세상이라니. 그건 정말 바보 같은 말이다. 세상이 있으니까 회사도 있고, 내가 있으니까 세상도 있는 거다. 결국 가장 중요한 건 '나'라는 존재다.

또 10분쯤 달린 후에 차를 세웠다. 승민은 내리라는 말을 하지 않았는데도 현수를 따라 내렸다. 차에서 내리자마자 승민의 표정이 굳어졌다. 주위에서 풍겨 오는 농밀한 닭똥 냄새 때문이었다.

"이게 뭔 냄새야?"

승민은 차로 피신을 하려는 듯 문을 열려 했지만 이미 현수가 잠가 버린 후였다.

"야, 돌팔이. 이 문 열어!"

"따라오세요."

"싫어!"

"그럼 거기 계시든지요."

현수는 걸음을 옮겼고, 이번에도 한 번 팅긴 승민은 현수의 뒤를 따라왔다. 팅기면서도 따라오는 승민이 재미있어서 현수는 승민이 눈치채지 못하게 조금 웃었다.

현수가 승민을 데리고 간 곳은 닭장이었다.

넓은 닭장 안에 모여 꼬꼬거리는 닭들을 보자마자 승민이 비명을 질렀다.

"으악!"

"무섭습니까?"

"무, 무섭긴 누가 무서워한다고 그래? 저건…… 너무 많잖아……!"

"많죠. 닭장인데."

현수는 닭장 입구에 있는 사료 부대 한 자루를 집어 승민에게 안겼다. 승민은 피하지도 못하고 커다란 자루를 꼭 끌어안았다. 그 모습이 피난민 같아 보여서 현수는 저도 모르게 배시시 웃고 말았다. 현수의 미소를 본 승민이 눈을 크게 떴고, 숨을 잠깐 멈췄다가 고개를 절레절레 저으며 시선을 피했지만, 현수는 웃느라 그 모습을 보지 못했다.

"가죠."

"뭐, 뭐 하려고?"

"밥 주게요."

"왜!"

"애들도 살아야 되니까요."

"그, 그게 아니라…… 네가 기르는 닭이야? 엉? 네 닭들이냐고?"

"닭집 아저씨가 지붕 고치다가 다리 다치셔서, 나을 때까지 내가 도와주기로 했습니다."

"너 지금 나 가지고 노냐? 나 닭 싫다고 했지?"

닭장 안으로 들어가려던 현수는 멈춰 서더니 휙 돌아 승민을 쏘아봤다. 그리곤 승민과 눈을 맞춘 채 다가가 커다란 자루를 든 팔이 아닌, 다른 한 손으로 승민이 들고 있던 자루를 빼앗았다.

"그럼 가요. 나 혼자 할 테니까."

"누, 누가 안 한대?"

승민이 다시 사료 부대를 빼앗아 갔다.

"닭 싫다면서요?"

"쟤들이 뭔 죄겠냐. 밥은 먹이고 싫어해야지."

"……."

"근데 넌 여자애가 힘도 세다. 어떻게 그걸 한 팔로 드냐? 무슨 운동 따로 하나?"

"시골구석에서 살면 다 이럽니다."

"호오. 시골 사람들은 이런 식으로 헬스비를 아끼는 건가? 이게 자연주의 절약 정신이라는 거군."

현수는 대답할 가치를 느끼지 못했다.

밥 주러 온 사람인 걸 눈치챈 닭들이 현수와 승민에게 몰려들었다. 승민은 발치에 몰려든 닭들 때문에 석상처럼 굳어서 꼼짝도 못하고 있었다. 승민을 여기에 데리고 온 건 저런 반응을 예상했기 때문이다.

저 남자, 정말 재밌다.

조금 더 그 모습을 감상하고 싶지만, 저대로 두면 울음을 터뜨릴 것 같아서 현수는 사료통에 모이를 쏟았다. 승민의 발등을 쪼던 닭들이 사료통으로 향하고서야 비로소 승민이 숨을 몰아쉬었다.

"주, 죽을 뻔했네."

"같은 닭끼리 뭘 그럽니까? 애들도 동족상잔은 안 하니까 걱정 마시죠."

"너는 정말……."

승민은 닭들이 또 몰려올까 봐 두려웠는지 채 말을 끝내지 못하고 입을 다물었다. 그리고 사료 부대를 꽉 끌어안은 채 슬금슬금 뒷걸음질 치며 바깥세상으로 걸어가기 시작했다. 모이를 먹던 닭 한 마리가 갑자기 고개를 번쩍 들자 눈이 마주친 승민이,

"꺄!"

비명을 내지르고는 혼비백산하여 밖으로 뛰어나갔다. 현수는 키

득키득 웃으며 그 뒤를 따라갔다.

승민이 어찌나 빠르게 도망을 쳤는지 현수가 밖으로 나갔을 때 승민은 이미 트럭 옆에 서 있었다. 사지에서 살아나온 사람처럼 사색이 된 얼굴을 보니 안쓰럽기까지 했다.

'내가 너무 심했나?'

거만한 서울 놈처럼 구는 게 얄미워서 조금 놀려 주려고 그런 건데, 이제 그만 하고 잘해 줘야겠다. 어찌 되었든 회사에서 잘린 불쌍한 사람이니까. 그래도 이 정도 정신없이 데리고 다녔으니 회사 생각은 덜 나겠지.

"온몸에서 냄새가 나."

"원래 닭똥 냄새 오래갑니다."

"난 정말 닭이 싫어."

"치킨 안 먹습니까?"

"수상쩍은 기름에 튀긴 음식은 몸에 안 좋아."

"자장면 양념까지 싹싹 긁어먹는 사람이 할 소리는 아닌 것 같은데요."

"집에 가자."

"한 군데 더 가고요."

"이 꼴로 돌아다닐 순 없어."

"닦는다고 나아지는 건 아닙니다."

"넌 눈이 어떻게 된 거 아니냐? 나 강남 가면 기획사에서 명함도 받는 사람이야."

"개그맨으로요?"

"……너랑 얘기하기 싫다."

"그럼 입 다물고 계세요."

"넌 여자애가 말투가 왜 그러냐? 상냥하고 부드러운 말도 많이 있잖아. 꼭 그런 식으로 단어 선택을 해야겠어? 그리고 행동거지는 왜 그래? 삐딱하게 서서는…… 아니, 사람 말이 말 같지가 않아? 왜 대답을 안 해?"

"나랑 얘기하기 싫다면서요?"

"삐쳤냐?"

현수는 그냥 말을 말기로 했다.

이번에는 2분 정도를 달렸다. 승민이 뭐라고 투덜거렸지만 한 귀로 흘려들었다.

목적지에 도착했을 때는 해가 중천에 떠 있었다. 정오의 태양은 뜨겁고 따가웠다. 현수는 모자를 가지고 나올 걸 그랬다고 후회하며 차에서 내렸다.

이렇게 더운데도 승민은 더운 티를 내지 않았다. 승민의 관심은 오로지 자신의 더러워진 옷에만 향해 있었다. 깨끗한 옷을 입는다고 특별히 더 멋져 보이는 것도 아닌데 왜 저리도 깨끗함에 집착을 하는 건지 모르겠다.

햇살은 뜨겁지만 불어오는 바람은 시원했다. 가을바람에 섞인 물 냄새와 풀 냄새가 가슴을 편안하게 해 주었다. 도시 사람인 승민도 이런 기분을 느낄까 싶어 돌아봤더니, 승민은 사이드미러에 얼굴을 비춰 보며 들러붙은 검댕이를 지우는 데 여념이 없었다.

하여간 저 인간은.

여유로운 곳에서 여유를 즐기지 못하는 사람은 불쌍한 사람이다, 라는 말을 들었던 기억이 있다. 그런 얘기를 누가 했더라. 가만히 생각해 보니, 마 교수가 닭들에게 모이를 주며 했던 말이었다.

정취를 즐길 줄 아는 마 교수에게 저런 아들이 있다는 사실이 여전히 믿기지 않는다. 도대체 저 인간은 왜 저렇게 되어 버린 걸까?

가자고 하면 한 번 튕길 게 뻔해서 현수는 오라는 말도 하지 않고 먼저 걸음을 옮겼다. 얼굴을 슥슥 문지르던 승민은 현수가 좁은 산길로 들어가는 것을 뒤늦게 깨닫고는 서둘러 그녀의 뒤를 따랐다.

'어딜 가는 거지?'

승민은 얼굴에 묻은 검댕이와 바지 자락의 얼룩이 신경에 거슬려 견딜 수가 없었다. 당장이라도 집에 달려가 샤워를 하고 깨끗한 옷으로 갈아입고 싶다. 다른 때라면 옆에 있는 사람이 누구든 놔두고 집으로 가 버렸을 것이다.

그런데 지금은 이상하게도 현수를 놓치고 싶지 않았다. 인정하고 싶지 않지만, 현수와 함께 있으면 꽉 막힌 가슴에 조금이나마 바람이 불어오는 것 같은 기분이 느껴졌다.

자박자박. 거친 길을 현수는 잘도 걸었다. 뒤를 따라가며 그녀의 뒷모습에 집중했다. 달리 볼 것이 없었다.

짧은 머리 아래로 드러난 현수의 목은 한 손에 잡힐 정도로 가늘었다. 흰 목덜미에는 잡티 하나 없었고, 어깨는 생각보다 좁았다. 여자치고는 큰 키였지만 살이 없어서 그런지 몸이 작아 보였다. 끌어안으면 한 팔에 쏙 들어올 것 같다.

현수는 몸에 맞지 않는 커다란 티셔츠를 입고 있었는데, 움직일 때마다 천이 살에 달라붙어 몸매를 드러냈다. 밋밋할 거라고 생각했던 허리는 부드러운 곡선을 이루고 있어서 여자는 여자구나, 라는 생각이 들게 만들었다. 지금은 긴 청바지를 입고 있지만 반바지를 입는다면 어떨까? 다리도 희고 날씬할까?

'젠장.'

승민은 침을 꿀꺽 삼키며 현수에게서 시선을 떼었다.

'내가 뭔 생각을 하고 있는 거지?'

여자의 뒷모습을 훔쳐보면서 다리 모양 따위나 상상하다니. 마승민도 갈 데까지 간 모양이다.

'하지만…… 다리가 예쁠 것 같긴……… 아니, 이런 생각하지 말라고!'

다시 현수의 등으로 향하려는 시선을 간신히 다잡았다. 하지만 눈이 멋대로 움직여 현수의 다리로 향했다. 저 청바지 안에 감춰진 하얀 속살을 보고 싶다.

'보고 싶지 않다고! 저런 포악한 여자의 다리 따위는 전혀! 조금도! 보고 싶지 않다고!'

머리를 쥐어뜯으며 속으로 절규하던 승민은 그만 나무뿌리에 발이 걸려 철퍽 엎어지고 말았다. 아주 제대로 엎어지는 바람에 땅에 턱이 부딪혔다. 알싸한 고통이 턱과 손바닥을 타고 퍼졌다.

하지만 육체의 고통보다는 '쪽팔림' 때문에 승민은 저 멀리 우주로 사라지고 싶었다. 이대로 우주로 나아가 태양에 감싸여 타죽어 버리고 싶다.

'나는 왜 살아 있을까?'

다시 한 번 말하지만, 살면서 '수치'라는 단어를 모르고 살았다. 그런데 요새는 왜! 하필이면 저 여자에게만! 수치스러운 모습을 보이게 되는 걸까?

승민은 일어날 생각도 하지 않고 엎드려 있었다. 먼저 가고 있던 현수가 그 모습을 보고 승민에게로 되돌아왔다.

"괜찮습니까?"

머리 꼭대기에서 현수의 목소리가 들려왔다. 승민은 현수를 똑바로 쳐다볼 수가 없었다.

"어. 누워서 쉬고 싶다. 먼저 가라."

"여기 사람 다니는 길입니다."

"지금은 아무도 없잖아."

"걷다가 갑자기 엎어지는 것도 강남 유행인 모양이죠?"

"빈정거리지 마! 애초에 네가 날 이런 데로……."

빈정거리는 말투에 발끈해서 고개를 들었더니 아주 가까운 곳에 현수의 얼굴이 있었다. 선명한 연갈색 눈동자. 그 눈동자가 어찌나 맑은지, 마치 거울처럼 승민의 얼굴을 비췄다. 승민은 갑자기 목소리가 나오지 않아 입술을 살짝 벌린 채 현수의 얼굴을 말끄러미 응시했다.

"일어나세요. 조금만 더 가면 됩니다."

현수가 손을 뻗었다. 기계를 많이 만져서 그런지 상처가 많은 손이었다. 하지만 잡으면 승민의 손 안에 쏙 들어올 것처럼 작았다.

"됐다."

승민은 현수의 손을 잡는 대신 스스로 땅을 짚고 일어났다. 엎어지면서 까진 손바닥과 턱의 통증이 이제야 밀려왔다.

현수는 걱정의 말도 없이 매몰차게 돌아섰다.

하여간 저 여자는 정말이지 여자다운 구석이 없다. 같이 가는 사람이 다쳤으면 한 번쯤은 걱정스러운 표정을 지어 줄 수도 있는 거 아닌가.

승민은 현수의 뒤를 따라 걸으며 손바닥을 살펴봤다. 흙길이었기 때문에 까진 손바닥에 흙과 마른 잡초 같은 것이 붙어 있었다.

'이러다가 무슨 병이 옮아서 죽는 거 아냐? 아프리카 어디에는 혈관을 타고 돌아다니는 기생충이 있다던데, 그런 것에 감염되면 어쩌지? 난 이제 곧 죽을 거야. 제길, 길에 넘어져서 죽다니. 그런 흉한 죽음만큼은 싫었는데.'

작은 걱정이 부풀고 부풀어, 승민은 어느새 있지도 않은 저승사자까지 만들어 냈다. 저 앞을 걸어가는 현수가 바로 그 저승사자였다.

'그래. 저 여자 처음 만날 때부터 징조가 안 좋았어. 저 여자는 분명 내 생명을 가져가려고 온 거야. 사람이 없는 데로 끌고 가는 것도 이상해. 살인마인가? 그래, 그럴지도…… 포악스러운 걸 보면 살인마라고 해도 이상할 게 없어.'

승민이 지금이야말로 도망쳐야 할 때라고 결심했을 때, 현수가 걸음을 멈추고 승민을 돌아봤다.

"여깁니다."

"내 무덤이냐?"

"뭐요?"

현수가 의아하다는 듯 고개를 갸우뚱하더니 작게 한숨을 내쉬고는 자기 뒤쪽을 가리켰다. 승민은 그제야 현수의 뒤에 펼쳐진 경치를 확인했다.

계곡이 있었다.

푸른 병풍 같은 산을 끼고 흐르는 물은 시원한 소리를 냈다. 쏴아아 흐르는 물소리를 지금까지 어째서 듣지 못한 걸까. 승민은 천천히 걸음을 옮겨 현수의 옆에 섰다. 허벅지까지 올라올 것 같은 깊이의 물은, 그 안에 있는 돌이 선명하게 보일 만큼 깨끗했다. 가만히 있으면 거기서 놀고 있는 작은 송사리 떼도 보였다.

"깨끗하네."

"깨끗하죠."

현수가 갑자기 상의를 벗으려고 했다. 승민은 화들짝 놀라 현수의 팔을 꽉 붙잡았다.

"뭡니까?"

방해를 받은 현수가 신경질적으로 물었다.

"뭡니까? 그건 내가 물을 말이다! 너 뭐 하려는 거야? 여기서 웃통 까고 남자라는 걸 증명하려는 거냐? 그런다고 네가 남자가 되는 거 아니거든?"

"이거 봐요."

현수는 보기보다 힘이 셌다. 한 번에 승민의 손을 뿌리치고는 상의를 벗어 버렸다. 승민은 눈을 질끈 감았다. 현수의 다리 모양이 궁금하기는 했지만 이런 식으로 알몸을 볼 생각은 전혀 없었다. 아니, 사실 조금 보고 싶긴 하지만 그렇다고 정말로 보는 건 남자로서 못할 짓이었다.

'설마…… 다 벗으려는 건 아니겠지?'

눈을 감고 있으니 아무것도 보이지 않아 현수가 뭘 하고 있는지 금세 궁금해졌다.

'설마…… 날 덮치려는 건가?'

현수처럼 포악스러운 여자라면 그럴 수도 있다는 생각이 들었다. 지금껏 승민을 무시하는 체한 것은 덮치고 싶은 마음을 감추느라 그랬을지도 모른다. 만약 그렇다면 놀랍도록 영리한 여자다. 갖고 싶은 것을 갖기 위해 싫은 척을 해 대다니.

'대체 나란 남자의 매력은 어디까지지? 저런 시골 소녀까지 매혹시키다니.'

승민의 풍부한 상상력이 있지도 않은 사실을 만들어 내고 있을 때, 현수가 승민의 손목을 잡았다. 승민은 소스라치게 놀라 눈을 번쩍 뜨고 말았다.

현수는 벗고 있지 않았다.

겉에 입고 있던 셔츠를 벗기는 했지만, 그 안에 또 다른 셔츠를 입고 있었다. 겉에 입었던 셔츠는 물에 흠뻑 젖은 채 현수의 손에 들려 있었다.

"야……."

"알몸 못 봐서 실망했습니까?"

"그, 그럴 리가 있냐?"

현수가 피식 웃으며 승민의 손을 잡아 손바닥이 위로 향하도록 돌렸다. 아직 흙이 묻어 있는 상처 위를 젖은 셔츠가 조심스럽게 스치고 지나갔다. 알싸한 통증 때문에 고통스럽기보다는 현수의 행동에 대한 놀라움이 더 컸다. 현수는 아주 조심스럽게 승민의 지저분한 상처 부위를 닦아 주고 있었다.

"뭐…… 하는 거야……?"

목소리가 갈라졌다.

"눈이 있으면 상처를 닦아주고 있다는 게 보일 텐데요."

"……말을 꼭 그렇게 빈정거리면서 해야 되냐?"

"어쩌겠습니까? 시골구석에서 자랐는데."

자기가 한 말이 있으니 승민은 반박도 하지 못하고 현수가 하는 모양새를 지켜봤다. 현수가 입고 있던 옷인데도 더럽다는 생각이 들지 않았다. 다른 때라면 더러운 옷에 물 묻힌다고 병균이 사라지는 건 아니라며 버럭 화를 냈을 것이다.

현수는 승민의 양손을 전부 닦아 주고 다시 계곡으로 가서 옷을 물에 적셔 왔다. 그러는 동안 승민은 꼼짝도 안 하고 현수를 기다렸다. 여기서 조금이라도 움직이면 현수가 그다음 행동을 안 할까 봐 걱정이 됐기 때문이다.

'난…… 뭘 기대하고 있는 거지?'

현수가 돌아왔다.

현수는 적신 옷을 들고 승민을 올려다봤다. 승민을 담은 연갈색 눈동자가 눈부시게 아름다웠다.

"아픕니까?"

"어…… 어?"

"턱이요."

"아…… 어?"

"턱 다쳤습니다."

"아……."

생각도 못 하고 있었다.

"참으세요. 일단 닦겠습니다."

"어……."

승민은 그저 멍하니 현수의 눈동자를 응시했다. 현수의 눈은 승민의 다친 턱에 고정되어 있었다. 집중한 그녀의 모습을 보노라니 심장 부근이 간질거렸다. 현수는 젖은 옷으로 승민의 턱을 꼼꼼히 닦아냈다. 아파야 하는 게 당연한데, 간질거리고 오싹거리는 기묘한 느낌만 가득했다. 승민은 숨도 쉬지 못했다.

현수의 눈동자가, 코가, 입술이 너무 가까운 곳에 있었다. 오뚝한 코끝은 약간 동그래서 귀여웠고, 입술은 도톰하고 촉촉해 보였다.

립글로스조차 바르지 않은 입술인데 어떻게 저리도 탐스러울까. 입을 맞추면 어떤 맛이 날까? 달콤할까? 그래, 사탕처럼 달콤할 거야. 그리고 아주 부드럽겠지.

'그래, 이렇게. ……… 그래, 이렇게?'

상상만 하고 있었다. 아까까지만 해도 생각하고 싶지도 않았을 현수와의 입맞춤을 '상상만' 하고 있었다. 그런데 입술에 정말로 달콤하고 부드러운, 그러면서도 놀랍도록 촉촉한 느낌이 느껴졌다. 마치 진짜 입맞춤을 한 듯이.

'헉!'

깜짝 놀랄 만큼 가까이에 있는 연갈색 눈동자에 놀라기도 전에 강한 힘이 승민의 양쪽 가슴을 때렸다. 현수가 두 손으로 승민의 가슴을 때려 밀어낸 것이다.

승민은 자신이 현수의 양쪽 어깨를 잡고 있다는 걸 깨달았다. 그리고 조금 전, 진짜로 현수에게 입맞춤을 했다는 것도.

'정말 부드러웠어…… 아니, 이게 문제가 아니지!'

키스를 하다니. 나 마승민이 여자의 허락도 구하지 않고 키스를 하다니. 게다가 그 상대가 저 여자답지 못한 시골 소녀라니!

현수의 반응은 역시 '여자'들과는 달랐다. 현수는 고요한 눈으로 승민을 응시하고 있었는데, 그 눈빛이 분노한 마 교수보다 무서워서 승민은 오싹해졌다.

죽는다!

이번에야말로 현수가 자신을 죽일 거라는 확신이 들었다.

'하지만 입술은 정말 달콤했어…… 아니, 이게 문제가 아니라고!'

죽기 직전인데도 입술에 느껴졌던 달콤함과 부드러움 때문에 정신을 차릴 수가 없었다.

현수의 눈동자가 여전히 자신의 어깨를 잡고 있는 승민의 손으로 향했다. 승민은 소스라치게 놀라며 두 손을 뗐다. 그러자 현수의 눈이 다시 승민의 얼굴에 박혔다.

하지만 승민의 눈은 현수의 입술에 가 있었다.

'죽기 전에 한 번만 더 해 보자고 할까? 진짜 부드러웠는데…… 아니, 아니, 아니, 마승민! 그런 문제가 아니라니까! 좀!'

자기 자신에게 이토록 화가 난 건 처음이다. CM3 시리즈를 빼앗겼을 때도, 회사를 때려치웠을 때도 자신을 이토록 원망하고 질책하진 않았다.

'하지만 정말 너무 달콤하니까…… 사탕 먹고 있었나? 원래 여자 입술이 이렇게 달콤…… 아니, 달콤하든 쓰든 그런 생각을 하고 있을 때가 아니라니까!'

현수의 눈빛은 불길할 정도로 가라앉아 있었다.

'그래, 일단 변명을 하자.'

결심한 승민이 한 걸음 다가서려는데, 그보다 먼저 현수가 승민에게 다가섰다. 승민은 현수의 기세에 밀려 뒷걸음질을 쳤다. 몇 주 전, 진혁을 밟고 섰던 그 무서운 여인이 재림한 듯했다. 다만 그때와 다른 건 그 무서운 여인의 분노는 골리앗이 아닌 승민에게 향해 있다는 것이다.

현수의 입술이 천천히 벌어졌다. 그리고 그 입술은 이제껏 들어 본 적 없는 낮고 음침한 목소리를 만들어 냈다.

"죽어 버려, 노란 고무줄."

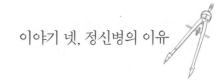

이야기 넷, 정신병의 이유

현수는 태어났을 때부터 함께 했던 낡은 곰 인형을 끌어안았다.

"미친놈을 만났어. 내가 그놈을 불쌍히 여긴 게 잘못이었지. 미친놈은 그냥 미친놈일 뿐인데……"

곰 인형이 책망하는 듯한 시선을 보냈다.

"그래, 나도 알아. 그런 놈한테 동정심을 느낀 내가 잘못한 거지. 하지만 멍청하게 엎어져서 손이며 턱이며 다 까졌는데, 그걸 어떻게 모르는 척하겠어? 너라면 모르는 척할 수 있겠어?"

곰 인형의 눈에는 일말의 자비도 없었다.

현수는 한숨을 쉬며 곰 인형을 꽉 끌어안았다.

"아, 진짜!"

간밤엔 한숨도 못 잤다.

불쌍히 여긴 게 잘못이었다. 그런 놈 따위 회사에서 잘려 울상을 하든 말든 놔뒀어야 했던 건데.

바다 같이 넓은 마음 씀씀이를 갖고 있다는 사실이 몹시도 원망스러웠다.

'그 변태 놈.'

도대체 왜 키스를 한 걸까? 여자답지 않다고 투덜거렸으면서 키스를 한 이유가 뭘까? 혹시 남자를 좋아하는, 그런 놈이었나?

하지만 승민에게는 번듯한 '여자' 애인이 있었다. 늘씬하고 세련되고 똑똑해 보이는, 승민이 허구한 날 말하는 여성스러운 여자였다. 그런 여자를 놔두고 왜 현수에게 입맞춤 따위를 한 건지, 현수는 아무리 생각해도 알 수 없었다.

게다가 현수에게 있어서 그 키스는 첫 키스였다.

'첫 키스를 변태 노란고무줄 따위랑 하다니……'

어릴 적 유치원 재롱잔치에서 왕자 역할을 맡아, 공주였던 진혁의 뺨에 입을 맞춘 적은 있었다. 하지만 그건 볼에 한 키스였다. 마우스 대 마우스는 이번이 처음.

결혼 전에 순결을 지켜야 하네, 어쩌네 하고 싶지는 않지만 적어도 승민 같은 놈에게 첫 키스를 뺏기고 싶진 않았다. 왜 하필이면 서울에서 온 거만한 변태가 첫 키스의 상대란 말인가.

현수는 그 기억을 잊고 싶어 곰 인형에게 입술을 비벼댔다. 하지만 입술에 닿았던 뜨거운 감촉이 사라지지 않았다. 괜찮아질 만하면 다시 떠오르는 기억 때문에 어젯밤에는 한숨도 못 잤다.

'집엔 잘 들어 갔으려나?'

화가 치밀어서 승민을 그곳에 놔두고 혼자 차를 타고 와 버렸다.

차가 잘 다니는 곳이 아니라, 집에 가려면 고생했을 것이다.

"아니, 그 변태 놈 따위, 집에 못 들어가면 어때서! 내가 왜 걱정을 해야 되는데?"

어릴 적부터 현수에겐 말 못 하는 동물을 안쓰럽게 여기는 측은지심이라는 게 있었다. 승민을 보고 있노라면 마 교수네 백구인 '승민'이 떠올라 챙겨 주고 싶은 마음이 들었던 것 같다. 승민이 귀엽고 사랑스러운 강아지가 아니라는 것을 잠시 잊고 있었다.

"나쁜 놈."

현수는 손등으로 입술을 쓱쓱 문질렀다.

"다음에 얼굴 보이면 아주 죽을 줄 알아라."

박 교수는 오랜만에 만나는 최 사장을 바라봤다. 지인의 한결 나이 든 모습을 보면 세월의 빠름을 실감하게 된다.

"자넨 여전하구만."

최 사장이 예전과 조금도 달라지지 않은 박 교수를 보며 웃었다.

"잘난 얼굴이 어디 가겠습니까?"

"그래, 자네는 참 잘났지. 그런데 여긴 어쩐 일인가? 두 번 다시 오지 않겠다더니."

"우리 아들 일 잘하는지 궁금해서 와봤습니다. 학부모란 거겠지요."

"마승민이 때문에 왔나?"

최 사장이 농담을 받아줄 생각 없다는 듯 단호하게 물었다. 박 교수는 피식 웃으며 담배를 꺼냈다.

"최 사장님은 보는 눈이 없는 것 같습니다. 딸 사윗감으로 고르고 고른 놈이 후배 등쳐먹는 놈이라니."

"보는 눈이 없으니 자네를 수석 디자이너랍시고 회사에 앉혀뒀던 거겠지."

"그만한 값은 하고 나가지 않았습니까. 제가 그만둔 것 때문에 아직도 삐치신 겁니까?"

"삐치긴 누가 삐쳤다고 그래? 버르장머리 없이!"

"승민이는 제가 직접 고른 녀석입니다."

"그럼 자네도 보는 눈이 없는 모양이지. 그 애는 우리 회사랑 안 맞아. 자존심이 너무 세거든."

"원래 천재는 자존심이 센 법이죠. 자기 머리에서 나온 걸 지켜야 하니까요."

"그 자존심 때문에 제 능력을 발휘하지 못한다면, 그런 천재 따위 회사 입장에선 있으나 마나 아닌가? 게다가 상사와의 알력쯤은 누구나 겪는 일이야. 그거 하나 못 버텨서 회사 관두는 놈은 우리도 필요 없어. 그 정도 디자이너는 널리고 널렸으니까."

박 교수는 허락도 구하지 않고 담배에 불을 붙였다. 최 사장은 인상을 찌푸리긴 했지만 뭐라고 하진 않고 자신도 담배를 꺼냈다.

"저처럼 삼고초려해서 승민이 데려오라는 말씀은 안 드리겠습니다. 다만 승민이 돌아오면 그 애 다시 자기 자리에 앉혀 두세요. 덤으로 딸려 온 녀석도 같이요."

"덤?"

최 사장이 관심을 보였다.

"네, 덤이요."

박 교수가 씩 웃으며 손으로 작은 크기의 사람 모양을 만들어냈다.

"요만 한 귀여운 녀석이 같이 올 텐데, 쓸 만할 겁니다. 머리가 좋은 녀석이거든요."

"걔도 디자이너인가?"

"아니요. 그 녀석은 엔지니어입니다. 윤석희한테 맡겨 놓으면 지금보다 훨씬 나아지겠죠."

최 사장이 고개를 저었다.

"이 회사는 이제 자네 회사가 아냐. 자네 마음대로 휘두를 순 없어."

"제 마음대로 휘두를 수 있었으면 회사를 그만두지도 않았을 겁니다. 승민이한테 한 번 더 기회를 주세요. 그 앤 지금보다 더 성장할 테니까요."

자기 아들인 세찬보다 승민을 더 챙기는 박 교수가 최 사장의 눈에는 이상하게 보였다. 보통은 아무리 아끼는 제자라도 이렇게까지 해 주지는 못할 것이다.

"자넨 왜 그렇게 마승민이를 싸고도는 거지? 숨겨 둔 자식이라도 되나?"

최 사장의 질문에 박 교수는 불쾌한 기색도 없이 한참을 웃다가 대답했다.

"그 애랑 제 꿈이 같거든요. 전 못 이뤘지만 그 애라면 이룰 수 있 겠죠."

자동차 대리점을 찾은 세찬은 CM3를 한참 동안 노려봤다. 얼굴을 알고 지내는 영업팀 한수진 대리가 세찬에게 다가왔다.

"또 오셨어요?"

"네."

"CM 시리즈 정말 좋아하시나 봐요. CM2 나왔을 때도 그렇게 찾아오시더니."

"네, 좋아합니다."

좋아하는 한편으로는 싫어했다.

"정말 예쁘게 나왔죠? 최 과장님, 정말 대단한 것 같아요. 이런 차도 만들어 내고."

"아아……."

세찬은 대답하는 둥 마는 둥 얼버무렸다.

CM3를 좋아하는 이유는 승민이 만들어서, 싫어하는 이유는 최민석의 이름이 붙어서였다. 최민석이 CM 시리즈를 뭐라고 부르고 다니는지 알고 있었다. 카 오브 민석. 뻔뻔함으로 따지자면 최민석을 넘어서는 사람이 없을 것이다.

세찬이 가장 존경하는 박 교수는 해외의 유명 자동차 브랜드에서 자동차 하나를 디자인해 성공적인 반응을 이끌어 낸 사람이었다.

그 성공으로 높은 명성을 얻기도 했다. 한국인 자동차 디자이너가 해외에서 그렇게까지 알려지는 일은 전무후무했다.

그럼에도 역시 한국이 좋다며 귀국한 박 교수는 혼자가 아니라 승민을 데리고 왔다. 그 당시에 승민의 나이가 열아홉 살인가, 그랬었다. 한국에 돌아온 후, 아버지와 함께 시간을 보낼 때마다,

"그 녀석은 나랑 같은 곳을 보고 있더라고."

라며 흐뭇해하는 박 교수의 목소리에 본 적도 없는 승민을 질투하고 미워했던 적도 있다. 하지만 마승민이라는 사람을 직접 본 후, 질투나 미움은 사라지고 존경심만 남았다.

이곳, 하명에 들어와 자신의 것을 빼앗기면서도 승민은 감정을 드러내지 않고 묵묵히 자신이 할 수 있는 일을 해냈다.

후배들에겐 친절하고 믿음직한 선배였고, 잘생긴 외모만 믿고 여자 직원들과 문제를 일으키거나 하는 일도 없는, 선을 지키는 데 있어 누구보다 철저한 사람이었다. 세찬은 금세 승민이 좋아졌다.

그런 승민이 회사를 그만두고 나간 지 일주일이 지났다.

승민이 분노한 모습은 처음이었기에 쉬이 가라앉지 않으리라는 것을 깨달았다. 채영은 곧 돌아올 거라고 했지만 승민은 일주일이 지난 지금도 연락이 안 된다. 혹시 본가에 간 게 아닌가 싶어서 내려가 볼까 했는데, 박 교수가 주소를 알려 주지 않았다.

"기다려 봐라. 곧 돌아올 테니까."

박 교수는 채영과 똑같은 소리를 했다.

하지만 걱정이 앞서는 걸 막을 수가 없었다. 최민석은 승민을 내치기로 마음먹었으니 승민이 다시 돌아온다고 해도 받아줄 리가 없

었다.

"세찬 씨 애인은 질투하겠다. 세찬 씨가 차만 좋아해서. 그쵸?"

다분히 흑심이 묻어나는, 한 대리의 떠보는 말에 세찬은 현수를 떠올렸다. 애인이라고 할 만한 사이도 아닌데, 그날의 일은 모두 장난이었을 뿐인데 현수가 떠오르는 이유가 뭔지 모르겠다. 설령 현수가 애인이라고 해도 세찬이 차를 좋아하는 걸로 질투를 하는 일은 없을 것이다. 현수 본인이 자동차를 더 많이 좋아하니까.

"질투하진 않을 겁니다."

애인이 있음을 군이 부정하지 않는 세찬의 대답에 한 대리의 얼굴에 실망감이 떠올랐다. 한 대리는 혀로 입술을 축이며 세찬에게 조금 더 가까이 다가왔다.

"정말로 애인 있어요? 한번 보고 싶네. 세찬 씨 애인이면 엄청 예쁠 것 같은데."

"네, 예쁩니다."

세찬의 얼굴에 그윽한 미소가 떠오르자 한 대리는 얼굴을 붉히며 살짝 물러섰다.

"한번 보여 줘요. 세찬 씨랑 잘 어울리나 봐 줄게요."

"한 대리님이랑 저랑 그럴 만한 사이는 아닌 것 같은데요."

한 대리의 얼굴이 더 붉어졌다.

"아니, 무슨 말을 그렇게 해요? 난 그냥 세찬 씨랑 더 친해지고 싶어서……."

"실례합니다. 제가 일이 있어서."

"저기요, 세찬 씨. 저 세찬 씨한테 관심 있는 거 아니거든요?"

"네, 압니다."

세찬은 가볍게 대꾸하고는 도망치듯 그곳을 빠져나왔다. 한 대리의 행동에 황당해서가 아니라 문득 뇌리를 스친 생각 때문이었다.

승민의 본가가 현수네 집 근처에 있다고 들었다. 현수라면 승민이 본가에 있는지 없는지 알고 있을 것이다. 옆집 아저씨 머리카락 개수까지 아는 동네라고 했으니까.

세찬은 주차장으로 향하며 현수에게 전화를 걸었다. 현수는 금방 전화를 받았다. 아직 세찬의 번호를 등록하지 않았는지,

[네, 정현숩니다.]

라는 목소리가 들려왔다.

"현수야."

[누구시지요?]

아직 내 목소리를 잘 모르는구나.

세찬은 괜히 쓸쓸한 기분을 느끼며 말했다.

"나 세찬이야."

[아아. 네. 웬일이십니까?]

"혹시 지금 집이야?"

[네.]

"이번 주엔 우리 집에 안 왔더라."

[아, 일이 좀 있어서요. 다음 주에 가려고요.]

"그래."

승민의 이야기를 물어보려고 했는데 딴 이야기로 새어 버렸다.

"아, 물어볼 게 있어서 전화했는데…… 혹시 거기에 승민 선배 가

지 않았어?"

[·········왔습니다.]

긴 침묵 끝의 대답이 마음에 걸렸다.

"혹시 승민 선배한테 무슨 일 있는 거야?"

[······아주 몸 건강히, 지 하고 싶은 일 다 하면서 지내고 있는 것 같던데요.]

묘하게 날이 선 말투였지만 착각일 거라고 생각했다.

"그래? 본가에 있는 거지? 울적해 보이거나 하진 않고?"

[그 빌어먹을 변태 놈 기분 따위, 제가 알 게 뭡니까?]

날 선 말투는 착각이 아니었다. 현수는 승민에 대한 분노를 고스란히 드러내고 있었다.

"저, 현수야. 너 승민 선배랑 무슨 일 있었던 거냐?"

[······아무 일도 없었습니다.]

이 사이로 내뱉는 듯한 대답이 들려왔다. 무슨 일이 있었던 게 틀림없다고 생각했다. 하지만 세찬이 아는 승민은 여자의 마음을 상하게 할 만한 사람이 아니었다. 분명 매너 좋게 행동했을 텐데.

하지만 그런 얘기를 꺼냈다가는 현수의 분노가 세찬에게로 옮겨 올 것만 같아서, 세찬은 질문을 삼키고 말했다.

"오늘 내려가려고 하는데 승민 선배 본가로 안내 좀 부탁해도 될까?"

[안 됩니다.]

아무리 승민에게 화가 난 게 있어도 이렇게 냉정히 거절할 줄은 몰랐다. 하지만 현수는 승민의 본가가 역병이 창궐한 지역이라도 되는 것처럼 단호하게 거절했다.

"부탁 좀 할게. 승민 선배 많이 힘든 시기라서 꼭 좀 만나 보고 싶어서 그래."

[박세찬 씨가 만난다고 그 인간이 마음을 바꾸겠습니까?]

정곡을 찌르는 질문이었다.

승민은 세찬을 특별하게 생각하지 않았다. 연인인 채영이라면 모를까, 세찬이 승민의 마음을 바꾸기는 힘들 것이다.

세찬이 대답하지 못하자 현수가 조금 누그러진 목소리로 덧붙였다.

[그래도 꼭 오시겠다면 근처까지 안내는 해드리겠습니다.]

현수와 통화를 끝낸 후, 세찬은 채영에게 전화를 걸었다. 현수의 말대로 세찬 혼자 가서는 답이 없었다. 승민을 데리고 돌아오려면 채영의 힘이 필요했다. 하지만 채영은 전화를 받지 않았고, 세찬은 어쩔 수 없이 혼자 강원도를 향해 달리는 수밖에 없었다.

승민은 자신을 빤히 쳐다보는 백구 '승민'과 눈을 마주쳤다. 새까만 눈동자로 승민을 쳐다보던 백구가 고개를 갸우뚱했다. 그래도 승민은 백구에게서 눈을 떼지 않았다.

"왈!"

승민의 눈빛이 거슬리는지 백구가 크게 짖었다. 승민은 마당을 둘러보며 아무도 없다는 것을 확인한 후, 백구에게 물었다.

"너는 어떤 여자를 좋아하냐?"

백구가 도망치려 하자 승민은 손을 뻗어 백구의 꼬리를 붙잡았다.

"왈왈왈!"

꼬리를 잡힌 백구가 크게 짖어 댔지만 승민은 아랑곳하지 않았다.

"넌 어떤 여자한테 키스를 하고 싶다는 생각을 하냐?"

"왈왈왈왈!"

"내 입술은 백만 불짜리거든. 아무 여자한테나 퍼주는 입술이 아니란 말이지."

결국 백구는 도망치는 걸 포기하고 자기 꼬리를 잡은 승민의 손등을 핥았다. 승민이 기겁을 하며 손을 떼어냈다. 백구는 승민을 비웃는 듯한 표정을 짓더니 유유히 그곳을 떠났다. 혼자 남겨진 승민은 저 구석에 있는 닭에게로 화살을 돌렸다.

"그래, 내가 잠시 이성을 잃고 약간 미쳐서 그 여자한테 키스를 했다고 치자. 그럼 그 여자는 내 백만 불짜리 입술을 하사받았으니 행복해야 되는 거 아니냐? 그치?"

"꼬끼오!"

"그런데 그 반응은 뭐지? 부끄러워서 그랬던 건가?"

"꼬꼬꼬꼬."

수탉 옆에 있던 암탉이 비난하듯 낮게 우짖었다.

"뭐야? 그럴 리가 없다니! 분명 부끄러워서 그런 반응을 보인 걸 거야."

하지만 승민의 머릿속에 떠오르는 현수의 표정은 경멸과 분노와 증오가 뒤섞인, 부끄러움이라고는 한 조각도 찾아볼 수 없는 그런 표정이었다.

"생각을 해 보라고. 도대체 왜 화를 내냔 말이야? 감사할 일이잖아. 이런 시골구석에 사는 돌팔이가 어디 가서 나 같은 남자랑 입을 맞춰 보겠냐? 안 그래?"

"왈왈!"

어느새 곁으로 돌아온 백구가 승민을 나무랐다.

"네가 화낼 일은 아니지. 걔가 화낼 일도 아니고. 사실 화를 낼 사람은 나란 말이다. 내 입술이 그런 여자답지 않은 여자한테 더럽혀진 거잖아. 물론! 그 입술이 부드러웠던 건 인정한다. 그래, 그 입술이 달콤했던 것도 남자답게 인정하지. 게다가 촉촉하기까지 하더라. 하지만 그뿐이야! 그것 말고 뭐가 더 있는데? 다른 건 내가 월등히 낫다고! 안 그러냐, 개?"

'개'라고 불린 백구가 '와오오오!' 하고 분통을 터뜨렸다.

"이봐, 개. 그래, 너 같은 개 녀석한테는 걔가 괜찮은 여자로 보일지도 모르지. 그런데 나 같은 서울 남자는 그런 촌스러운 여자 안 좋아하거든. 입술이 아무리 말랑하고 부드럽고 달콤해도, 그런 여자는 정말…… 하아. 한 번 더 입 맞추고……… 아니! 절대! 절대 그런 여자랑 키스하는 건 사양이야!"

묻지도 않은 말에 혼자 떠들어 대고, 또 머리를 쥐어뜯으며 괴로워하는 승민을 백구는 한심스럽다는 듯 쳐다보다가 닭들 사이로 사라졌다. 닭들도 승민과 함께하고 싶지 않은 듯 뒷마당으로 가버렸고, 승민은 진짜로 혼자 남겨졌다.

간밤에는 한숨도 못 잤다.

현수가 버려두고 가는 바람에 그 먼 길을 걸어서 돌아와야 했던 건 큰 문제가 되지 않았다. 문제는 그 먼 길이 먼 길처럼 느껴지지 않을 정도로, 끊임없이 생각나던 현수와의 입맞춤이었다.

키스 한 번 못 해 봤던 남자처럼 밤새워 그 입맞춤을 떠올리고 곱 씹는 자신의 행동을 이해할 수가 없었다. 설령 키스 한 번 못 해 봤 다 하더라도, 이런 반응은 정상이 아니다. 그건 키스 따위가 아니었 다. 그저 입술과 입술의 부딪침, 딱 그 정도였을 뿐, 키스 축에도 들 지 못했다.

십몇 년 전 승민을 짝사랑하던 소녀와 첫 키스를 했을 때도, 미국 에서 만난 아름다운 금발의 여인과 진한 키스를 했을 때도 이런 기 분은 느끼지 못했다. 그녀들의 입술도 부드럽기는 했을 텐데, 그때 는 그냥 '키스를 하는구나.'라는 생각만 들었을 뿐이었다.

그런데 왜 지금은 보들보들 몰캉몰캉 달콤달콤, 입 밖으로 꺼내 기조차 오그라드는 형용사가 몇십 개씩 떠오르는 걸까?

"짜증 나."

승민은 흘러내린 머리를 쓸어 넘겼다.

"야, 개! 닭! 이리 좀 와봐. 얘기 좀 하자."

하지만 개와 닭은 돌아오지 않았다.

승민은 무릎 위에서 두 손을 거머쥐었다. 어젯밤부터 현수의 생 각을 떨쳐낼 수가 없다. 입술만 생각나는 거면 나을 텐데, 희고 가느 다란 목덜미와 연갈색 눈동자도 같이 떠올라서 정신이 없었다. 정현수라는 존재가 승민을 짓뭉개 버리려는 것 같았다.

'이런 식으로 날 죽이려는 건가?'

현수를 떠올릴 때마다 가슴이 답답한 것이 이제 곧 죽으려는 게 아닌가 싶을 정도로 고통스러웠다.

'그래, 그 여자라면 이런 식으로 날 고문할 생각을 했을지도 몰라. 가능성 있어.'

현수를 생각하느라 회사의 일은 새까맣게 잊고 있었다. 그래서 대문 밖으로 점점 가까워지는 자동차 소리를 들었을 때, 현수가 찾아왔을지도 모른다는 생각이 들어 벌떡 일어났다.

하지만 대문 밖에서 들려오는 목소리는 현수의 것이 아니었다.

"저…… 계신가요?"

"김채영?"

대문을 열자 이곳과는 전혀 어울리지 않는 차림새의 채영이 보였다. 승민을 발견한 채영이 부드럽게 미소 지었다.

"자기, 이런 데 숨어 있었어?"

"여긴 어떻게 알고 왔어?"

"여기 세워둘 거야?"

"아…… 여긴 아버지 댁이라서."

"들어가. 인사드릴게."

"지금 외출 중이서. 그냥 여기서 얘기해."

승민은 대문 밖으로 나와 등 뒤로 문을 닫았다. 채영이 애교스럽게 코를 찡긋했다.

"회사 그만두더니 나한테도 쌀쌀맞아지기로 한 거야?"

"그럴 리가."

"이제 쉴 만큼 쉬었으니까 그만 돌아와."

"안 돌아가."

"이러는 거 승민 씨답지 않다. 다들 걱정해. 세찬 씨도 자기 그만 두고 나서 안절부절못하고 있고."

"다들 걱정한다고 내가 돌아갈 이유는 없지. 난 당분간 쉴 계획이야."

"정말? 일 중독인 승민 씨가 이렇게 쉽게 쉬겠다고 결심할 리가 없는데. 혹시…… 여기에 자기가 좋아하는 거라도 있는 거 아냐?"

채영이 부드럽게 말하며 승민의 가슴에 손을 얹었다. 승민은 채영의 손 위에 자신의 손을 겹쳤다. 이 가슴 위에 있는 것은, 이 손으로 감싼 것은 채영의 손인데 어째서 어제 본 현수의 작은 손이 떠오르는 걸까? 흠 하나 없는 고운 손이 눈앞에 있는데, 흉터투성이의 손이 떠오르는 이유가 뭘까?

그리고 이 심장은 대체 왜 이렇게 뛰는 걸까?

승민이 난감한 얼굴로 고개를 들었을 때, 그의 눈에 보인 건 채영이 아니었다. 채영의 어깨너머로, 세찬과 함께 서 있는 현수가 보였다. 현수는 눈을 크게 뜨고 있다가 승민과 눈이 마주쳤다는 걸 깨닫고는 입술을 움직였다. 소리는 들려오지 않았지만, 승민은 현수가 뭐라고 말했는지 알 수 있었다.

'죽! 어!'

세찬이 눈치를 보는 게 느껴졌지만 현수는 표정 관리를 할 수가 없었다. 승민이 집 앞에서 애정 행각을 펼치는 모습을 본 지 한 시간이 넘게 지났는데도, 바로 앞에 있는 것처럼 생생하게 그려졌다. 어제는 갑자기 키스를 한 주제에 오늘은 다른 여자의 손을 가슴에 얹고 애정 행각을 펼치다니.

'아니지. 다른 여자는 내 쪽이겠지. 그 여자가 진짜 애인이니까.'

그냥 변태인 줄 알았던 그놈은 바람둥이이기까지 했다. 바람둥이 변태에게 첫 키스를 뺏겼다는 생각만 해도 속이 부글부글 끓었다.

"저…… 현수야……?"

세찬이 조심스럽게 현수를 불렀다.

"뭡니까?"

승민이 바람둥이 변태인 게 세찬의 탓도 아닌데 모든 게 세찬 때문에 벌어진 것 같았다. 세찬만 아니었어도 그 집에 가서 그런 꼴을 보는 일은 없었을 거다.

"나한테 뭐 화난 거 있냐?"

"……없습니다."

그래, 세찬은 죄가 없다. 세찬과 그 집에 가지 않았어도 그놈이 바람둥이 변태라는 사실에는 변함이 없을 테니까.

"그럼 승민 선배랑……."

승민의 이름이 나오자 현수가 눈을 번뜩였다. 현수의 눈에 담긴 살기를 읽었는지 세찬이 입을 다물었다.

"미안하다. 얘기 안 꺼낼게."

"저녁 드셨습니까?"

"저녁?"

"여기까지 오셨는데 식사는 하고 가셔야죠."

"아아…… 그래."

"삼계탕 좋아하십니까?"

"응, 뭐…… 난 가리는 거 없어."

"그럼 삼계탕 먹으러 가죠."

승민이 싫어하는 닭을 실컷 먹어 줄 생각이었다.

세찬의 차를 타고 근처의 삼계탕 집으로 향했다. 하지만 시간이 너무 늦어서 가게 문을 닫은 후였다. 자기의 분노 때문에 세찬을 휘두른 것 같아 미안했다.

"괜찮아. 내가 너무 늦게 온 거니까. 근처에 늦게까지 여는 곳 없나?"

"시내까지 나가야 됩니다. 차 끌고 30분쯤 걸릴 거고요."

"난 상관없는데."

"저도 상관없습니다."

차를 몰아 시내로 향했다. 세찬은 아무것도 묻지 않았다. 조용한 차 안에서 은은하게 들려오는 엔진 소리를 듣노라니 기분이 조금씩 가라앉기 시작했다.

그래, 입술이 부딪친 건 그냥 개한테 물린 셈 치면 된다. 따지고 보면 강아지들이랑은 뽀뽀를 여러 번 해 봤으니까 첫 키스를 뺏긴 것도 아니다. 그리고 앞으로 승민을 안 만나면 이런 일을 겪지도 않겠지.

승민의 가슴에 손을 얹고 있던 채영이 떠올랐지만 서둘러 그 모습을 지워 버렸다. 잘 어울리는 연인의 애정 행각을 계속 떠올릴 필요는 없었다.

시내에 도착했을 때쯤엔 마음이 완전히 편안해졌다. 그러자 세찬에 대한 고마운 감정이 물씬 솟아올랐다.

세찬은 승민을 만나기 위해 서울에서 여기까지 왔다. 하지만 현수가 화를 내며 돌아서자 승민을 포기하고 현수의 뒤를 따랐다. 게다가 현수의 기분이 풀릴 때까지 옆에 있어 주기까지 했다.

정말 다정한 사람이다. 첫 키스의 상대가 이 사람이었으면 좋았을 텐데.

그런 생각을 하자 얼굴이 화끈 달아올랐다. 현수는 붉어진 얼굴을 보이지 않기 위해 고개를 돌리며 건너편에 보이는 패스트푸드 점을 가리켰다.

"햄버거 괜찮습니까?"

"응, 좋아해."

단순히 햄버거를 좋아한다는 말일 텐데 심장이 벌렁거렸다. 그러고 보니, 세찬은 목소리가 굉장히 멋지다.

24시간 운영하는 패스트푸드 점에는 사람이 그리 많지 않았다. 둘은 햄버거를 골랐고 현수가 계산을 했다. 세찬이,

"이런 건 남자가 사는 거야."

라고 했지만 현수는,

"여자 대우해 줄 필요 없습니다."

라며 고집을 부렸다.

햄버거가 나와서 가지러 갔더니, 현수와 아는 사이인 아르바이트생 재희가 세찬 쪽을 턱으로 가리키며 물었다.

"누구야?"

"아는 사람."

"잘생겼다, 야. 사귀는 거?"

"그럴 리가."

"우리 동네 살아? 본 적 없는데. 와, 진짜 잘생겼다."

"잘생기긴 했지."

현수는 턱을 괴고 비스듬히 앉아 있는 세찬 쪽을 보며 고개를 끄덕였다. 확실히 잘생기기는 했다. 어깨도 넓고 눈썹도 진하고.

"나 소개시켜 주라."

"지금 남친한테나 잘해, 인마."

현수는 재희의 이마를 쿡 찌르고는 햄버거를 들고 돌아왔다.

"여자한테 이런 서비스를 받는 건 처음인데."

세찬이 빙긋 웃으며 말했다.

"저 때문에 마승민 씨랑 얘기도 못 나누셨잖아요. 오늘만 특별 서비스입니다."

"그거 괜찮네. 종종 들러야겠는데?"

"두 번은 없습니다. 앞으로 마승민 씨 집에 갈 일도 없을 거고요."

"그럼 앞으론 내가 서비스할게."

세찬의 다정한 음성에 현수는 침을 꼴깍 삼키며 고개를 숙였다.

정신 차려, 정현수. 왜 이래, 기집애처럼!

현수는 팔랑팔랑 흔들리는 자신을 나무라며 뛰는 가슴을 진정시
켰다. 멋진 미소를 가진 건 진혁도 마찬가지인데, 세찬의 미소는 진
혁과 다른 느낌을 안겨 주었다.

"회사에 무슨 큰일이라도 생겼습니까?"

현수는 두근거리는 소리를 들키지 않기 위해 궁금하지도 않은 것
을 물었다. 현수의 마음을 모르는 세찬은 고개를 끄덕이며 걱정스
레 말했다.

"저번에 상사가 승민 선배 디자인을 뺏어 갔다고 말했지? 그런데
그 사람이 승민 선배를 쫓아내려고 작정을 했는지, 직원들 압박해서
승민 선배를 따돌리고 있어."

"무슨 고등학생도 아닌데 그런 짓까지 합니까?"

"그런 짓까지 하더라고. 승민 선배야 워낙 참을성이 많은 사람이
니까 디자인 뺏긴 것까지는 가만히 있었는데…… 일을 못 하게 다
막아버리니 화가 난 모양이야. 승민 선배가 그렇게 화내는 건 처음
봤다."

처음 봤다고? 내 앞에선 허구한 날 화내는데?

"승민 선배가 어서 회사로 돌아와야 할 텐데……."

"왜요?"

"응?"

"후배 걸 뺏어가고 왕따까지 시키는 그런 회사에 왜 마승민 씨가
돌아가기를 바라는 겁니까? 혹시 박세찬 씨도 마승민 씨한테 복수
하려고 하는 겁니까?"

"응? 그럴 리가. 그저…… 그런 일들은 어느 회사를 가나 있는 일

이니까…… 이왕이면 하명 자동차같이 큰 회사에서 겪고 극복하는 게 나을 것 같은 거지. 게다가 승민 선배는 꼭 이루고 싶어 하는 꿈도 있고."

"하명 자동차가 커 봐야 얼마나 큽니까? 다 고만고만하지. 마승민 씨가 하명을 관둔 게 오히려 마승민 씨한테 득이 될 수도 있는 일 아닌가요? 다른 자동차 회사에서 더 잘될 수도 있는 거고요. 굳이 그런 회사로 돌아가서 거품에 휩싸여 자기가 제일 대단한 줄 착각하고 사는 것보다는, 아래에서부터 차근차근 올라가는 게 마승민 씨 본인한텐 차라리 나을 수도 있겠죠."

현수의 단호한 말에 세찬이 눈을 크게 떴다. 현수를 빤히 쳐다보던 세찬이 빙그레 미소를 지으며 물었다.

"현수 너, 승민 선배 좋아해?"

"푸핫…… 콜록…… 켁…… 콜록콜록……."

마침 콜라를 마시던 현수가 콜라를 뿜어냈다. 입 안에 있던 콜라가 세찬에게까지 튀었다. 현수는 콜록거리면서도 세찬에게 튄 콜라를 닦아주기 위해 일어났다. 세찬이 현수의 손목을 잡았다.

"괜찮아. 내가 할게."

잡힌 손목이 뜨거웠다.

세찬은 현수를 놔주고 냅킨을 집어 현수의 손등에 묻은 콜라를 닦아주었다. 자신의 옷에 튄 콜라는 손으로 툭툭 털어내는 게 전부였다.

"죄송합니다."

"아니야, 괜찮아. 어차피 빨 건데. 그런데 내 말에 아직 대답 안 했는데?"

"아…… 질문이 뭐였죠?"

사실은 기억하고 있는데 다시 한 번 물었다.

"승민 선배 좋아하느냐고."

역시 이 질문이었구나.

잘못 들은 것이기를 바랐었다.

"그럴 리가 있습니까? 마승민 씨 같은 사람은 질색입니다. 여자처럼 생긴 데다가 깔끔까지 떨지 않습니까? 제일 싫어요, 그런 사람."

현수는 세찬이 두 번 다시 이런 오해하지 않도록 분명하게 말했다. 고개를 옆으로 기울이고 현수의 말을 듣던 세찬이 부드럽게 웃으며 물었다.

"그럼 난 어때?"

"네?"

"나 같은 사람도 질색이야?"

"……그, 그럴 리가요. 박세찬 씨는 남자답고 좋죠. 딱 좋아요."

"그래? 잘됐네."

"뭐…… 뭐가요?"

세찬의 손이 아직 테이블 위에 올라와 있는 현수의 손 위에 겹쳐졌다. 현수는 피할 생각도 못 하고 멍하니 세찬을 쳐다봤다. 방금 전까지 장난스러웠던 세찬의 눈동자가 진지한 묵빛으로 변했다. 세찬은 현수를 지그시 응시하며 말했다.

"나랑 사귈까?"

당황한 듯한 현수의 모습이 귀여웠다. 동그랗게 뜬 눈은 강아지를 연상케 했다. 세찬은 당장이라도 손을 뻗어 현수를 끌어안고 싶었다.

사귀자는 말은 충동적으로 나온 말이 아니었다.

정비소에서 세찬이 온 줄도 모르고 망치질을 하는 현수를 봤을 때부터 그 말을 하고 싶었다. 무언가에 열중한 모습이 매력적이어서 현수에게서 눈을 뗄 수가 없었다.

무뚝뚝하고 퉁명스러운 현수가 승민을 마주할 때마다 감정적이 된다는 것을 아까 승민의 본가 앞에서 깨달았다. 현수는 승민과 채영의 모습을 보고 한 마디도 하지 않았지만, 현수와 승민은 분명히 눈길을 주고받았고 그 눈길에는 무언가가 있었다. 그것이 세찬을 초조하게 만들었다.

뺏기고 싶지 않아.

아무리 승민 선배에게라도 뺏기기 싫어.

그런 감정을 깨닫는 순간, 현수를 향한 마음이 생각했던 것보다 훨씬 더 크다는 것을 알게 되었다. 털털해서 퉁명스럽기까지 한 이 여자를 어느 누구에게도 주고 싶지 않았다.

현수는 세찬의 말에 대답하지 않았다. 잘못 들은 거라고 생각했는지 세찬의 입술을 빤히 쳐다보고 있을 뿐이었다. 세찬에게 집중한 연갈색 눈동자가 사랑스러웠다. 저 눈동자가 앞으로도 자신만을 봐 줬으면 좋겠다고, 자신 이외의 다른 것들은 담지 않았으면 좋겠다고 소망했다. 그리고 자신에게 이런 소유욕이 존재했다는 사실에 새삼 놀랐다.

"당장 대답을 강요하지는 않을게."

사실은 당장 끌어안고 키스를 퍼붓고 싶지만 세찬은 자제력을 발휘하며 말했다.

"하지만 너무 늦지 않게 대답해 줘."

"저기, 잠깐만요. 저…… 무슨 질문을 하셨었죠?"

"무슨 질문을 한 것 같아?"

도리어 되묻는 세찬의 행동에 현수의 얼굴이 붉어졌다. 저런 반응을 보인다는 건, 기대해도 좋다는 걸까?

"아…… 제가 잘못 들은 것 같아서요. 다시 한 번 말씀해 주세요."

"그게 맞아."

"네?"

"네가 들은 그게 맞다고."

"아……아닐 텐데요?"

현수가 평소답지 않게 말을 더듬었다.

"맞아. 바로 그 말이야."

"그게 아니라, 저기, 제가요. 진짜로 잘못 들어서 그렇거든요. 제가 뭐라고 생각하는지 꿈에도 모르실걸요?"

"혹시…… 너 여자야?, 라고 물었다고 생각해?"

놀려 주고 싶은 마음에 말도 안 되는 질문을 했더니 현수가 눈에 띄게 안도하며 고개를 끄덕였다.

"아, 그런 질문이었습니까? 역시……."

"아닌데."

"네?"

"그런 질문 아니었다고."

"저기요. 놀리는 거 싫습니다."

"놀리는 거 아냐. 봐봐."

세찬은 현수의 손을 끌어와 자신의 손바닥 위에 놓았다.

"긴장하고 있어. 엄청."

세찬의 손은 땀에 젖어 있었다. 그걸 확인한 현수의 눈이 커졌다.

"다한증…… 아닐까요?"

"전혀. 평소에는 아주 드라이한 남자거든."

현수가 난감하다는 표정으로 세찬의 손 위에 겹쳐진 자신의 손을 내려다봤다. 세찬은 놔주고 싶지 않아 현수의 손을 꽉 잡았다.

"좋아해."

"저…….."

"네가 생각한 그 질문이 맞아. 대답, 기다릴게."

어떻게 햄버거를 먹었는지 모르겠다. 정신을 차리고 보니 햄버거 세트가 다 사라지고 콜라까지 깨끗이 비운 후였다. 세찬이 다 먹어 버린 건가 싶어 의심스러운 시선을 보냈더니, 세찬은 두 손을 살짝 들고 '내가 다 먹어치운 게 아냐.'라는 듯 고개를 저었다.

집까지 데려다 주겠다는 세찬을 떠밀듯 서울로 돌려보냈다. 세찬을 어떤 표정으로 봐야 좋을지 알 수 없었다.

고백을 받는 게 처음은 아니었다.

초등학교 때도, 중·고등학교 때도, 선배고 후배고 할 거 없이 수시로 현수에게 좋아한다고 고백을 했었다. 다만 그 상대가 다들 '여자'이기는 했지만.

그래, 남자에게 고백을 받은 건 처음이다. 좋아한다고 말하는 세찬의 눈빛은 신중하고 무거워서, 현수는 그 눈을 똑바로 쳐다볼 수가 없었다. 진지한 검은 눈동자가 현수를 집어삼킬 것만 같았다.

세찬을 보낸 후, 현수는 다시 패스트푸드점으로 돌아와 구석의 빈자리를 찾아 앉았다. 현수와 세찬을 흘긋흘긋 훔쳐봤던 재희가 새 콜라를 한 잔 들고 다가왔다.

"뭔 일이래?"

현수는 고개를 들어 재희의 콧등에 있는 주근깨를 물끄러미 응시했다. 재희는 아주 예쁜 얼굴은 아니지만 애교 있게 생겨서 남자들에게 인기가 많았다. 그러고 보니 재희도 중학교 때 현수에게 고백을 한 적이 있다.

"너 중학교 때 나한테 고백했었잖아."

"아, 맞아. 그런 적도 있었지. 너 그때 진짜 멋있었거든. 그 당시엔 웬만한 남자애들보다 키도 크고, 얼굴도 예쁘고…… 소녀들의 마음을 설레게 했지."

"고백할 때 어땠어?"

"떨렸지."

"내가 거절했을 땐?"

"슬펐지."

"많이? 내가 미워지거나 하진 않았고?"

"미워지진 않았지. 뭐, 그땐 어렸으니까 슬퍼도 금방 괜찮아졌고…… 게다가 난 성적 취향이 특별한 것도 아니었으니까, 널 좋아한다는 생각도 사춘기 애들이 동성에게 느끼는 그런 강한 친밀함 정도? 그러니까 밤새워 펑펑 울고 그러진 않았지."

"그래."

현수는 콜라 컵의 뚜껑을 열어 꿀꺽꿀꺽 들이켰다.

"아까 그 남자한테 고백하려고?"

"흠…… 그런 것보다는……."

현수는 말끝을 흐리며 얼음만 남은 컵 안을 응시했다.

"뭔데, 뭔데? 설마…… 고백 받은 거? 그치? 그런 거지?"

"……."

"와, 대박. 진짜 멋있던데. 키도 크고. 진혁이도 알아? 진혁이가 알면 재미있어하겠다. 진혁이, 언제 내려온대? 만나자, 같이 만나자. 그 남자도 데리고 와라. 응?"

재희가 자기 일이라도 되는 듯 호들갑을 떨었다. 현수는 재희를 물끄러미 응시했다.

"약속 잡을까? 언제로 잡을까? 내가 진혁이한테 연락할게."

"재희야."

"응?"

현수는 빈 컵을 재희의 손에 들려주며 말했다.

"콜라나 리필해 와."

언제 한 번 제대로 소개시켜 달라는 재희에게서 콜라를 리필해 받아 들고 밖으로 나왔다. 지나가는 택시를 잡아타고 콜라를 쭉쭉 빨아 마시며 세찬을 떠올렸다.

세찬은 진지했다. 농담 삼아서 한 고백은 아닌 것 같았다.

'하지만 왜?'

재희의 말대로 멋진 남자다. 키도 크고 외모도 근사하다. 게다가 하명 자동차라는 대기업에 다니고, 배경도 빵빵하다. 그런 남자가 뭐가 아쉬워서 시골 정비소에서 일하는 여자에게 고백을 한 걸까?

게다가 세찬과 현수는 서로의 성격에 매력을 느낄 만큼 잘 아는 사이도 아니었다. 오늘 세찬이 찾아온 이유도 현수를 보기 위해서 가 아닌, 승민을 만나기 위해서가 아닌가.

'손이 컸어······.'

현수의 손이 쏙 들어갈 정도로 큰 손이었다. 여자의 손을 잡을 때 와는 또 다른 느낌이 있었다. 진혁의 손을 잡을 때와도 달랐다. 잡힌 것은 손인데 어째서인지 심장 근처가 간지러웠다. 그 근처에 나비라 도 날아다니고 있는 듯이.

공구 정리를 안 하고 나왔다는 데에 생각이 미쳐, 정비소 근처에 서 내렸다. 바로 앞이 아닌 근처에 내린 이유는, 걸으면서 생각을 정 리하고 싶었기 때문이다.

'왜 사귀자고 한 거지?'

아무리 고민을 해도 답이 나오지 않았다.

'내가 그런 사람이 좋아할 만큼 여성스러운 것도 아닌데······ 김채 영 같은 여자들, 주위에 많지 않나?'

문득 떠오른 김채영이라는 이름이 세찬의 고백 때문에 들떠 있던 가슴을 차게 식혔다. 간신히 잊었던 승민과 채영의 애정 행각 장면이 떠올라 울컥했다.

　'망할 놈.'

　승민과 세찬은 하늘과 땅 차이였다. 사귀자는 고백에도 손바닥에 땀이 밸 만큼 긴장한 세찬. 연인이 있으면서도 딴 여자에게 아무렇지도 않게 입을 맞춘 승민. 승민처럼 가벼운 남자는 정말이지 질색이다.

　다시 세찬의 고백을 생각하며 울컥거리는 기분을 달래려 했지만 마승민이라는 존재는 끈적거리는 거머리 같아서 아무리 털어내려 해도 쉽게 떨어지지 않았다. 하여간 여러모로 마음에 안 드는 인간이다.

　신발로 땅을 툭툭 걷어차며 정비소 앞까지 도착한 현수는 인기척을 느끼고 고개를 들었다. 정비소 입구에 검은 그림자가 보였다. 실루엣만 보고도 그림자의 주인이 누군지 알 수 있었다. 때마침 생각하고 있던 그 사람이 눈앞에 나타나니 더 화가 치밀었다.

　못 본 척하고 들어가려는데, 승민이 현수의 손목을 붙잡았다. 이번에 현수는 당하고만 있지 않았다. 다른 손으로 승민의 손을 잡아꺾어 올려 그대로 밀어붙였다. 갑작스러운 기습에 승민은 허둥대다가 뒷걸음질을 쳤다. 승민의 등이 정비소 입구 기둥에 닿았다.

　현수는 그 자세로 승민을 올려다봤다.

　"넌 여자애가 무슨 힘이 이렇게……."

　"쓸데없는 소리하려고 온 거면 죽습니다."

"……협박하면 고소당할 수도 있는 거 모르냐?"

"해 보시죠. 휴대폰 꺼내기 전에 숨통을 끊어 놔 줄 테니까."

"……이거나 놔줘."

"왜 왔는지나 말해요."

"너, 지금 나한테 너무 붙어 있다."

승민의 말에 내려다보니, 현수는 승민의 팔을 꺾어 올리고 상체를 밀착시켜 승민을 짓누르고 있었다. 화들짝 놀라 손을 놔주고 뒤로 물러났다. 승민이 작게 한숨을 쉬며 손목을 문질렀다.

"힘도 세네. 천하장사 대회 나간 적 없냐?"

"왜 왔습니까?"

"뭘 그렇게 닦달을 해? 여기가 네 땅이라도 돼?"

"우리 아버지 땅입니다."

"그런데 왜 네가 닦달을 하냐고. 그리고 손님도 없는 정비소에 와주면……… 아, 그래, 알았어. 얘기할 테니까 그 주먹이나 좀 내려라."

현수가 조용히 주먹을 치켜 올렸더니 승민이 깨갱, 하고 물러섰다. 현수는 빼딱하게 서서 승민의 이야기를 기다렸다. 쉽게 말을 꺼내지 못하고 우물쭈물하는 승민을 보며 현수는 자신이 왜 승민을 아주 무시하지 못하는지가 궁금해졌다.

이런 경우에는 그냥 무시하고 집으로 들어가 버리면 그만이다. 승민과 마주칠 때마다 무시하고 모르는 척하면 기분 나쁜 일도 안당할 것이다. 특히 어제처럼 영문 모를 키스를 당하는 일도 없었을 것이다.

"오해를 풀러 왔다."

이윽고 승민이 입을 열었다.

"오해요?"

"응. 아까 본가 앞에서…… 나랑 김채영 때문에 오해를 한 것 같은데……."

"잠깐만요, 마승민 씨."

현수가 승민의 말을 끊었다.

"마승민 씨야말로 뭔가 오해를 하는 것 같은데요. 마승민 씨와 김채영 씨의 사이가 어떻든, 그건 아무래도 좋습니다. 나랑은 전혀 상관이 없는 일이거든요."

"아…… 그래?"

승민이 한 방 맞은 표정으로 현수를 바라봤다.

"네. 전혀 상관없습니다. 다만 이런 쓸데없는 이유로 정비소에 찾아오지 좀 않았으면 좋겠네요. 마승민 씨랑 얼굴 맞대서 좋을 게 없거든요."

"……그래?"

"귀먹었습니까?"

"내 귀는 백 미터 밖의 소리도 들어."

"지가 무슨 박쥐도 아니고."

"지가? 너 지금 나한테 '지가'라고 그랬냐? 내가 너보다 여섯 살은 많아!"

"그럼 바꿔서 말해드리죠. 그대가 무슨 박쥐도 아니고."

"……."

"얘기 끝났으면 가세요. 그리고 앞으로 오지 마세요."

현수는 그대로 몸을 돌려 정비소 건물을 향해 걸어갔다. 승민이 뒤를 따라오기에 걸음을 멈추고 정비소 건물 반대편의 입구를 손가락으로 가리켜 보였다. 이 정도면 '얼른 꺼져.'라는 의미가 충분히, 그리고 확실하게 전달되었을 텐데도 승민은 가지 않았다.

"아직도 할 얘기가 남았습니까?"

"새벽 1시가 넘었어."

"근데요?"

"여자가 이 시간까지 혼자 돌아다니는 거 아니다. 지금까지 뭐 했냐? 박세찬이랑 같이 있었어?"

"남이야 누구랑 같이 있든 뭔 상관입니까? 의처증 걸린 남편처럼 굴지 말고 얼른 가세요. 나도 새벽 2시 되기 전에 정리 끝내고 집에 가고 싶으니까."

"데려다 주지."

"됐습니다."

현수는 승민을 무시하고 바닥에 늘어놓은 공구를 공구함에 차곡차곡 넣었다. 승민은 바지 주머니에 손을 찔러 넣고 현수를 지켜보고 있었다. 등에 꽂히는 승민의 시선이 신경에 거슬렸다. 문득 현수는 막 집어 든 망치가 무기가 될 수도 있다는 것을 깨달았다.

"나한테 망치 휘두를 생각하지 마. 난 달리기 빠르니까."

현수의 생각을 눈치챈 승민이 경고했다. 현수는 '쳇.' 하고 혀를 차고는 망치 역시 공구함에 넣었다.

"정말로 칠 생각이었냐?"

"그럼 뭘 할 줄 알았는데요?"

"너 약간…… 위험한 것 같다는 소리 많이 듣지?"

"나보다는 마승민 씨가 더 위험해 보이는데요."

"난 평화주의자야."

"정신병도 옮는대요."

"……야, 돌팔이."

승민이 현수의 옆에 쭈그리고 앉았다. 현수는 공구함을 닫으며 고개를 옆으로 돌렸다. 승민의 얼굴이 한 뼘 정도의 사이를 두고 바로 앞에 있었다.

"뭡니까?"

승민의 검은 눈동자가 현수의 눈에서 코로, 그리고 입술로 내려 갔다. 그리고 그곳에 박혀 움직일 생각을 하지 않았다.

"너 혹시 사탕 먹었냐?"

"사탕 싫어합니다."

"그래? 그럼…… 한 번 더 해 보자."

"……뭘요?"

"키스."

승민은 정비소 앞마당에 대(大)자로 뻗은 채 하늘을 올려다봤다. 진청색 하늘에 별들이 촘촘하게 박혀 있었다.

'그런 거였나……?'

키스를 한 번 더 해 보자고 했을 때, 현수는 공구함에 넣었던 망치를 다시 꺼내 들었다. 그리고 부들부들 떨더니 생각을 바꾼 듯 도로 집어넣고는, 벌떡 일어나 손가락으로 승민의 이마를 꾹 눌렀다. 쭈그리고 앉아 있던 승민은 벌러덩 뒤로 넘어졌고 현수는 그런 승민의 배 위에 자신의 발을 턱, 얹고 나직하게 조아렸다.

"한 번만 더 내 눈에 띄어 봐. 지옥 구경시켜 줄 테니까."

승민은 굳이 일어나려고 애쓰지 않았다. 현수는 드러누운 승민을 놔두고 자기 할 일을 마치더니 정비소를 떠났다.

'그런 거였군…….'

인정하고 싶지 않지만 인정해야만 하는 순간이 왔다.

회사를 그만뒀을 때 현수를 만나고 싶었던 것.

현수와 함께 고물상에서 보물찾기를 하는 게 즐거웠던 것.

현수의 도톰한 입술에 입을 맞추고 싶었던 것.

현수의 입술이 유독 달콤하고 부드럽게 느껴졌던 것.

그 느낌들의 이유를, 이제는 인정해야만 했다.

승민은 크게 숨을 들이켜며 눈을 감았다.

'나, 진짜로 정신병에 걸렸구나.'

현수는 승민이 억지로 떠안겼던 낡은 프라이팬과 수저 세트를 마당에 집어던졌다. 갑자기 찾아온 승민이 키스나 한 번 더 해 보자는 헛소리를 해 댄 게 그저께의 일이다. 이틀 동안 그 미친 소리에 대해 고민하느라 잠을 못 잤다.

"그 인간은 진짜!"

그런 인간 때문에 잠을 못 잔다는 것도 짜증이 나고, 그 생각이 날 때마다 채영과 함께 있던 모습이 떠오르는 것도 짜증이 나고, 그런 모습을 떠올리며 짜증을 내는 자신에게도 짜증이 났다. 하여간 승민 같은 짜증 유발자도 찾아보기 힘들 것이다.

"대체 왜! 여자도 있으면서 나한테 왜 그러는 거냐고!"

그게 가장 화가 났다.

애인 없는 남자가 들이대는 거면 '이 사람, 여자가 참 궁하구나.' 라고 불쌍히 여겨 주기라도 할 텐데 승민에게는 번듯한 애인이 있었다. 그런 남자가 키스나 해 보자고 찾아오는 걸 뭐라고 해석해야 될지 모르겠다.

'내가 좀 가벼워 보이나? 아무하고나 키스를 할 것처럼 보이는 건가?'

현수는 마루에 있는 거울에 얼굴을 비춰 봤다. 희끄무레한 얼굴도, 남들보다 색이 옅은 눈동자도, 뭐 하나 바른 것 없는데 또렷이 붉은 입술도 마음에 안 들었다. 역시 이 얼굴이 문제일지도 모르겠다.

"아, 짜증 나!"

세찬에게 고백을 받은 일은 이미 현수의 머릿속에선 지워지고 없었다. 현수는 그저 머릿속에 들러붙어 나갈 생각을 하지 않는 마승민이라는 존재를 떨쳐내고 싶었다.

"웬 프라이팬이랑 수저를 마당에 던져 놨어?"

그때, 대문이 열리는 소리가 들리더니 정씨가 프라이팬과 수저를 도로 들고 와서는 현수에게 건넸다.

"그냥 버리세요."

"왜? 아직 쓸 만한데."

"뭐가 쓸 만해요? 마승민 씨가 고물상에서 주워온 거예요."

현수의 말에 정씨가 음흉하게 웃었다.

"벌써 이런 걸 주고받을 사이가 된 거야? 그 친구가 잘해 주고?"

"……남이 버린 거 주는 놈이 뭘 잘해 주겠어요? 그리고 아버지. 자꾸 그놈이랑 저랑 엮으려고 하지 마세요. 저, 진짜로 그놈 싫으니까."

"왜 싫어? 아주 건장하고 잘생겼더만."

"그러게 그 얼굴이 뭐가 잘 생긴 건지 모르겠다니까요? 허옇고 순 야비하게 생겼잖아요."

"요샌 그런 얼굴이 유행이래. 텔레비전 봐봐. 죄다 허옇고 기집애 같이 생긴 녀석들만 나오잖아."

"전 텔레비전 보는 거 싫어합니다. 하여간 그 인간 얘기는 집에서 꺼내지도 마세요. 유일한 안식처까지 잃고 싶지 않으니까."

현수는 정씨가 내민 프라이팬과 수저를 받아 들어 다시 마당으로 던져 버렸다.

"오늘도 정비소 안 열어요?"

"응. 관두려고."

정씨가 마루에 드러누우며 지나가는 말처럼 대답했다. 하지만 현수는 '관두려고.'라는 말을 똑똑히 알아들었다.

"관둔다고요?"

"응. 정비소, 돈도 안 되는 그거 때려치우려고."

"그게 무슨 말씀이세요!"

현수는 버럭 소리를 지르며 정씨의 옆에 앉았다.

"아버지, 정비소를 그만두다니요. 그럼 뭐 해 먹고 사시게요? 돈 얼마 안 돼도 식비는 나오잖아요."

"글쎄. 수박 밭이나 할까? 저 아래 최씨가 서울 아들 집에 들어간다며 과수원 판다고 내놨어. 그거나 할까 봐."

"농사가 말처럼 쉬운 줄 아세요? 평생 해 본 적도 없는데 몇 년은 고스란히 허탕만 칠걸요."

"말하는 것 좀 봐라. 이 아빠가 누구냐? 정가훈이야, 정가훈. 농사, 그거 하나 못 할 것 같아?"

"네, 못 할 것 같습니다! 하여튼 정비소 그만두는 건 안 돼요, 반댑니다! 아버지가 그만두실 거면 차라리 저한테 주세요. 제가 운영할 테니까요."

정씨가 현수를 가만히 응시하다가 말했다.

"그 정비소 네 거 아냐. 내 거지."

"……."

"내가 팔면 파는 거지, 왜 자꾸 물려 달래? 나 그 정비소 너한테 물려줄 생각 없다."

정씨의 매몰찬 대답이 현수의 가슴에 칼날처럼 박혔다. 현수는 입술을 깨물고 정씨를 노려봤다. 아버지에게 거부당한 현수의 눈에 이내 눈물이 고였지만 정씨는 모르는 척 시선을 피했다.

"아들이면……."

현수가 입술을 달싹거렸다.

"아들이면 물려줬겠죠……?"

"잉?"

정씨가 무슨 소리냐는 듯 동그래진 눈으로 현수를 쳐다봤다.

"그래요, 그랬겠죠……."

"딸, 그게 대체……."

"알겠습니다, 관두세요! 아버지 하고 싶은 대로 하고 사세요! 딸로 태어나서 정말정말 죄송하네요!"

떨리는 목소리로 외친 현수는 후다닥 뛰어나가다가 마당에 뒹구는 프라이팬과 수저를 집어 들었다. 그리곤 다시 쌩하니 걸음을 옮겨 문밖을 나섰다. 아무리 봐도 쓰레기로만 보이는 프라이팬과 수저를 끌어안고 나가는 현수의 뒷모습을 정씨는 멍하니 쳐다보며 중얼거렸다.

"뭔 소리래, 저게……?"

후배 여학생들과 함께 낄낄거리며 교문으로 향하던 진혁은 눈에 익은 얼굴을 발견하고는 걸음을 멈췄다. 현수가 진혁의 대학교까지 찾아온 건 처음이었기에, 잘못 본 줄 알고 눈을 가늘게 떴다. 하지만 모자를 푹 눌러쓰고, 프라이팬을 꼭 끌어안은 마른 체구의 인물은 현수가 분명했다.

진혁은 후배들에게 양해를 구하고 서둘러 현수에게 다가갔다.

"쑤. 웬일이야? 형님 보고 싶어서 왔쪄?"

장난스럽게 물었지만 현수는 고개를 들지 않았다. 축 늘어진 어깨를 보고 심각한 일이 있음을 짐작했다. 진혁은 장난기를 지우고 현수의 어깨에 손을 얹었다. 현수가 고개를 들어 진혁을 바라봤다.

커다란 눈 안에 담긴 맑은 눈동자가 갈피를 못 잡고 흔들렸다. 금방이라도 눈물을 흘릴 것 같은데도 현수는 우는 대신 눈을 질끈 감았다. 그게 안쓰러워서 진혁은 현수의 볼에 살짝 손을 얹었다.

"무슨 일이야?"

현수의 도톰한 입술이 벌어졌다. 무슨 말인가를 만들어 내려는 듯 달싹거리던 입술이 도로 닫혔다. 현수는 울음을 삼키려는 듯 침을 꿀꺽 삼키고 말했다.

"잠깐만."

"응."

저 멀리서 후배들이 수군거리며 두 사람을 구경하는 게 보였다. 집으로 돌아가던 학생들의 시선도 느껴졌다. 하지만 진혁은 교문 한가운데 그대로 선 채 현수를 닦달하지 않고 기다렸다.

한참 후, 현수가 눈을 떴다.

"아버지가……."

거기까지 말한 현수는 다시 입을 다물었다.

"또 아프신 거냐?"

진혁이 대신 물었다. 현수는 고개를 저었다.

"아니, 그게 아니라…… 아버지가…… 정비소 접으실 거래."

"뭐?"

정씨가 아프다는 것보다 더 놀랐다. 늘 자기가 늙어 죽을 때까지 정비소를 지킬 거라고 호언장담을 해 온 정씨가 아니던가.

"이미 접을 준비도 끝낸 것 같아."

진혁은 혼란스러운 표정으로 중얼거리는 현수의 손을 꼭 잡았다. 현수의 손은 차갑게 식어 있었다.

"일단 자리 옮기자."

급한 마음에 대학교 교내에 있는 카페테리아로 현수를 이끌었다. 방해를 받지 않을 만한 자리에 현수를 앉힌 후, 아이스커피를 두 잔 사 들고 왔다. 한 잔을 현수에게 내밀었지만 현수는 받을 생각도 하지 않았다.

"이유를 모르겠어. 암이 재발한 거냐고 여쭸더니 그것도 아니래. 그냥 접을 때가 돼서 접은 거래. 그런데 너도 알잖아. 우리 아버지한테 정비소 접을 때는 돌아가실 때라는 거."

"암이 재발했는데 너한테는 비밀로 하신 건 아니고?"

"그런 것 같지?"

현수가 다시 울 것 같은 표정을 지었다.

"그게 아니면 아저씨가 정비소 그만둘 이유가 없으니까……."

"네 생각도 그렇지? 어떡하지?"

현수는 두 손으로 얼굴을 감쌌다. 진혁은 무슨 말로 현수를 위로해 줘야 될지 알 수 없었다.

"아버지까지 돌아가시면…… 어떡해? 이상하긴 했어. 몇 주 전부터 정비소 문을 안 열었거든. 우리 아버지, 아무리 아파도 정비소 문을 닫진 않았잖아. 적어도 나한테 맡겨 놓을 수도 있는 건데…… 아예 닫고 신경을 안 쓰시니까 이상하더라고. 그런데 이런 식으로 정비소를 관둘지는 몰랐어."

"그래, 이상하네. 정비소를 닫느니 너한테 맡기면 되는 건데…… 전에 아저씨 병원에 입원하셨을 때도 네가 했었잖아."

"그러니까……."

"정말 이상하네."

진혁은 정씨가 아픈 게 아니라 뭔가 다른 생각이 있어서 문을 닫은 걸지도 모른다는 생각이 들었다.

"내가 딸이라 그래."

"……."

"내가 아들이었으면 맡겼겠지. 그런데 딸이라서 못 미더우니까 정비소 물려줄 생각을 아예 안 하신 거야."

"그런 건 아냐."

"아니긴 뭐가 아니야? 아버지가 아들 가진 아저씨들을 얼마나 부러워하는지 너도 알잖아. 허구한 날 너만 보면, 너 같은 아들 있었으면 좋겠다고 하고! 내가 아무리 노력을 해도 아들은 못 이겨. 내가 너보다 엔진을 잘 봐도, 나는 널 못 이긴다고!"

현수가 벌떡 일어나 외쳤다. 진혁은 현수가 정씨를 단단히 오해하고 있다는 것을 깨달았다. 그런 게 아니라고 말해 주려는데, 현수는 가방을 집어 들더니 도망치듯 카페테리아를 나가버렸다.

진혁은 현수를 붙잡을까 하다가 관뒀다. 지금 현수는 흥분 상태였다. 진혁이 무슨 말을 해도 먹혀들지 않을 것이다.

"아, 진짜……."

진혁은 머리를 북북 긁으며 창문으로 보이는 현수를 쳐다봤다. 현수는 여전히 프라이팬을 꼭 끌어안고 있었다.

"저건 왜 저렇게 끌어안고 다닌대?"

오랜만에 서울에 올라왔다. 공기 좋은 시골에 있다가 와서 그런지, 평소에는 못 느꼈던 매연의 매캐함이 목을 간질였다. 승민은 고급스러운 커피숍 소파에 등을 기댄 채, 미국에서 건너온 재우를 물끄러미 응시했다. 유학 생활을 할 때 만난 재우는 현재 미국의 큰 종합 병원에서 정신과 의사를 하고 있었고, 은테 안경이 아주 잘 어울렸다.

"날 한국까지 불러들인 이유가 있겠지?"

재우가 인사도 없이 물었다. 재우다웠다.

"정신병에 걸린 것 같아."

"누가?"

승민은 망설이다가 손가락으로 자신을 가리켰다.

정신병에 걸렸다는 것을 인정한 후, 며칠 동안 방에 틀어박혀 고민했다. 이걸 누군가와 상담을 해야 될지, 아니면 스스로 낫기를 기다려야 할지.

하지만 방에 틀어박혀 있는 내내 현수의 얼굴이 불쑥불쑥 떠올라 집중하기가 힘들었다. 그래서 혼자 힘으로는 고칠 수 없다는 걸 깨달았다.

스스로 낫는 게 불가능하다면 다음으로 할 일은 고민은 상담 역할을 맡아줄 솜씨 좋은 정신과 의사를 찾는 것이었다. 가장 먼저 재우가 떠오르기는 했지만 아는 사람에게 상담을 받는다는 것이 탐탁잖았다. 하지만 실력 없는 정신과 의사보다는 재우가 나을 것 같아서 긴 고민 끝에 연락을 했다. 한국에서 좀 보자는 말에 재우는 두말없이 알겠다고 하고 한국에 들어왔다.

"드디어 인정한 거냐?"

재우는 놀랍지도 않다는 듯 중얼거렸다.

"내가 정신병 있다는 거, 알고 있었냐?"

"그래. 넌 나르시시즘이 심하고 결벽증까지 있잖아. 모르는 게 바보지."

"잘났으니까 잘났다고 생각할 뿐이야."

"바로 그거. 그게 네 정신병 중 하나다."

재우가 담배를 꺼냈다.

"내 앞에서 담배 피우지 마."

"그리고 그거. 그게 네 결벽증 증상 중 하나지."

재우는 빈정거리듯 대꾸하고는 아랑곳하지 않고 담배를 입에 물었다. 승민은 금연 커피숍을 찾을 걸 그랬다고 후회했다.

"그래서? 갑자기 네 정신병을 인정하게 된 이유는?"

재우가 잿빛 연기를 뿜어내며 물었다. 승민은 연기에서 조금이라도 멀어지려고 몸을 뒤로 밀었다.

"나르시시즘이나 결벽증은 문제가 아냐. 그런 건 아무래도 좋아.

다만……."

"다만?"

"뭔가 이상해."

"흠."

"정말 이상해."

승민은 무릎 위에서 두 손을 거머쥐었다. 어떤 식으로 이야기를 꺼내야 좋을지 알 수 없었다. 재우는 참을성 있게 승민을 기다려 주었다.

"한 여자가 있어."

"여자?"

정신 상담이라는 게, 내담자의 말을 끊으면 안 되는 거지만 재우는 저도 모르게 묻고 말았다. 승민이 고개를 끄덕였다.

"응, 여자. 뭐, 딱히 여자 같지는 않지만. 아니, 그런 건 여자라고도 할 수 없지. 아무튼 있어. 돌팔이라고."

"……."

"그거 진짜 여자 같지가 않거든. 옷도 싸구려만 주워 입는 것 같고, 촌스럽고, 말투도 퉁명스럽고 거칠고, 포악하기까지…… 하여간 정말 여자가 아니야, 그런 건. 그런데…… 보고 싶어."

상담이든 뭐든 이번에는 물어볼 수밖에 없었다.

"마승민, 너 미쳤냐?"

"그렇다니까? 그래서 널 부른 거잖아."

"난 네 연애 상담이나 해 주려고 한국에 온 게 아니야. 그런 건 전화로도 충분하잖아."

"아니, 바로 그 부분이 미친 거라고. 그 여자, 진짜 내 스타일 아냐. 나 같이 모든 걸 갖춘 남자가 그런 여자한테 반할 리가 없지. 그런 여자를 좋아할 리가 절대로 없단 말이야. 안 그래?"

"……."

"그런데 보고 싶다니까? 개랑 같이 고물상에서 뭘 줍다가 옷이 더러워졌는데 그게 아무렇지도 않아. 게다가…… 나도 모르게 입을 맞췄어. 입술이 진짜 도톰하고 촉촉해 보이더라고. 그래서 입을 맞췄는데 달콤해. 원래 여자 입술이 달콤하냐? 나 지금까지 키스하면서 단맛을 느껴본 적이 한 번도 없거든. 그런데 달콤하더라니까? 이거, 미각에 문제 생긴 거 맞지?"

"……."

"아, 진짜 달콤했어. 부드러운 사탕을 먹는 기분이랄까? 그런데 부드러운 사탕이라는 게 있을 리가 없잖아. 그러니까 그런 생각을 하는 것부터가 나한테 정신병이 있다는 증거인 셈이지."

재우는 '미친놈'이라는 말을 속으로 삼켰다.

상대 여자가 누군지는 모르겠지만, 승민은 그 여자에게 반해도 아주 제대로 반했다. 그런데 그걸 정신병이라고 치부해 버리는 꼴이라니. 범상치 않은 친구라는 건 알고 있었지만 이런 바보인 줄은 몰랐다.

"사랑이야."

달콤 타령을 더는 듣고 싶지 않아서 재우는 분명하게 말했다.

"그건 사랑이라고 하는 거다."

"아니, 아니. 내 말을 오해하는 모양인데…… 지금 내 반응이 되게 사랑처럼 보인다는 거 알아. 내가 바보도 아니고 그걸 모르겠냐?"

'너 바보 맞거든?'

"이상한 건 내가 그런 여자한테 묘한 느낌을 갖는다는 거지. 그 여자, 진짜 촌스럽고 포악하다니까? 그런 여자한테 반할 리가 없어. 절대로. 나는 그런 여자, 진짜 안 좋아해. 아니, 혐오할 정도야. 그런 데도 그런 감정이 느껴지는 건 역시 정신병이라고밖에는 설명할 길이 없다고 생각한다. 혹시 이런 사례 이전에는 없었냐?"

'있을 리가 있냐, 이 멍충아!'

재우는 자신의 인내심이 어디까지인지 시험받고 있는 거다, 그렇게 스스로를 세뇌하며 튀어나오려는 욕설을 꾹 참았다.

나르시시즘과 결벽증이 있기는 하지만, 자기 할 일은 확실하게 하는 똑똑한 친구라고 생각했다. 서늘한 눈매와 매너 좋은 행동 덕분에 외국에서도 여성들에게 인기가 좋았다.

승민의 마음을 얻기 위해 전전긍긍하던 여성들이 지금의 승민을 보면 어떤 표정을 지을지 상상이 됐다.

'멍청이.'

재우는 자신이 바보라는 사실을 몇 년 동안 잘 감추고 있었던 친구의 얼굴에서 눈을 뗐다. 승민의 바보 같은 얼굴을 더는 보고 싶지 않았다. 급한 일인 줄 알고 일정을 다 미루고 한국까지 왔더니, 이게 웬 봉변인지.

"나 심각하다, 김재우."

'나도 심각하다, 이 멍충아!'

"어떻게 해야 되냐? 통원 치료받아야 되냐? 아니면 약물치료?"

승민은 정말로 심각한 표정이었다. 재우는 한숨을 쉬며 승민과 눈을 맞췄다.

"승민아."

"응."

"정신병을 고치는 방법은 여러 가지가 있는데, 그중 하나가 정신병을 일으킨 대상과 마주하는 거다. 고소 공포증이 있는 사람은 높은 곳에 올라가고, 물 공포증이 있는 사람은 물을 가까이하는 그런 치료지."

"그래서?"

"그 여자가 네 정신병을 유발했다면 그 여자를 자주 만나는 것도 치료의 한 방법이 될 수 있어."

"……다른 방법은 없냐? 워낙 포악한 여자라서…… 저번엔 망치로 날 치려고 했거든."

도대체 이 친구는 어떤 여자를 사랑하게 된 걸까?

"왜 치려고 했는데?"

"……그런 일이 있어."

"무슨 일인지 말해 봐."

"키스를 한 번 더 해 보자고 했지. 입술이 달콤하다는 게 말이 안 되니까, 또 그런지 보려고……."

"그런다고 망치로 사람을 때리려고 해? 아, 잠깐…… 설마…… 혹시…… 너 그 여자랑 사귀는 사이, 아닌 거냐?"

"응, 아닌데? 말했잖아. 그런 여자는 내 타입 아니라고. 나랑 안 어울려."

"이 미……."

'친놈'은 꾹 삼켰다.

승민이 무사하다는 것은 그 여자가 승민을 때리지 않았다는 거다. 누군지는 모르겠지만 그 여자, 참 인내심 많다.

본 적도 없는 여자의 인내심을 존경하며 재우는 말했다.

"아무튼 그 여자를 자주 만나. 그리고 네가 그 여자한테 해 주고 싶은 걸 다 해 줘. 근데 해 주고 싶은 걸 해 주라는 말이지, 하고 싶은 짓을 하라는 말은 아니다? 네 욕망을 채우기 위한 행동은 절대로 하지 마!'

"그런 여자한테 욕망 같은 게 생길 리 있냐?"

'키스를 하고 싶다는 것부터가 욕망을 느끼고 있다는 거라고, 이 멍충아!'

"그렇게만 하면 나아질까?"

"나아지겠지."

"안 나아지면?"

"나 미국에서 다섯 손가락 안에 들어가는 병원에서 일해. 내 말을 못 믿으면 누구 말을 믿으려는 거냐?"

"그야 그렇지만…… 난 지금 그 여자가 보고 싶어."

"그럼 가서 봐."

"안 돼. 한 번 더 눈에 띄면 죽일 거래."

재우는 그 여자의 심정을 가슴 깊이 이해했다.

"그래도 어쩌냐. 약물치료보다는 나은 방법이야. 약물치료해 봐야 몸만 상해. 평생 복용하며 살아가야 할지도 모르고."

재우의 협박 아닌 협박에 자기 몸은 되게 아끼는 승민이 고개를 저었다.

"그건 안 되지."

"그래. 하여간 아직 심각한 건 아니니까 보고 싶은 만큼 보고, 해 주고 싶은 거 다 해 주고, 그래도 영 안 되겠다 싶으면 말해. 그때 다시 한 번 의논해 줄 테니까."

승민은 고맙다고 말한 후, 바쁘다며 먼저 자리를 떴다. 아마도 그 여자를 만나러 가는 거겠지.

재우는 피식 웃으며 담배를 꺼냈다.

마승민이 사랑이라.

평생 자기만 사랑할 줄 알았던 친구가 '정신병'이라고 외칠 만큼 누군가를 사랑하게 되었다는 게 신기했다.

'좀 짜증은 나지만…… 뭐, 비행기값은 안 아깝네.'

재우는 승민의 마음을 사로잡은, 망치를 휘두르려고 한다는 그 여자를 한번 만나보고 싶었다. 하지만 안달하지 않아도 조만간 만나게 될 거라고 확신했다.

이야기 다섯, 프러포즈? 프러포즈!

터덜터덜 걸어다니다가 무의식적으로 버스를 탔다. 낡은 프라이팬을 꼭 끌어안은 현수의 모습을 사람들이 흘끗흘끗 쳐다봤다. 하지만 현수는 그들의 시선을 느낄 겨를도 없었다.

아버지가 정말로 정비소를 접는다고 할 줄은 몰랐다. 아무리 일이 안 돼도 끝까지 가지고 가겠다고 했었는데.

아버지의 건강이 걱정되는 한편, 딸이라는 이유로 정비소를 물려주지 않는 아버지가 원망스러웠다. 남자들이 달고 나오는 거, 그거 하나 없을 뿐인데. 누구보다도 차에 대해 잘 알고 정비소 운영도 잘할 수 있다고 자신할 수 있는데.

울적한 기분으로 버스에서 내려 걷다 보니 눈앞에 박 교수의 집이 있었다. 현수는 자신이 언제 이 집까지 왔는지, 얼마 동안이나 대문 앞에 멍하니 서 있었는지도 알 수 없었다.

현수를 맞아준 건 김 여사였다.

"바깥양반은 약속이 있어서 나갔는데…… 그런데 괜찮은 거니? 무슨 일 있어?"

현수의 해쓱한 얼굴을 살피며 김 여사가 걱정스레 물었다.

"아니요, 괜찮습니다. 그럼 가 볼게요."

"아니야. 꼭 바깥양반 있어야 차를 볼 수 있는 건 아니잖아. 문 열어 줄게."

김 여사가 현수의 손목을 잡아 차고로 이끌었다. 현수는 고개를 푹 숙이고 김 여사의 뒤를 따랐다.

"원하는 만큼 있다가 나와. 그냥 가지 말고 얼굴 보이고 가고."

"네, 감사합니다."

김 여사가 나간 후, 현수는 차고에 혼자 남았다. 눈을 감고 크게 숨을 들이마시자 오래된 차의 향기가 안겨 왔다. 아주 오랫동안 그렇게 숨만 쉬다가 느릿하게 눈을 뜨고 천천히 차들 사이를 누볐다. 올 때마다 되뇌는 차의 이름과 유래를 떠올리고, 차의 보닛을 한 번씩 쓸어 주고, 마지막으로 르분 앞에 도착했을 때는 어느덧, 몇 시간이 흘러 있었다.

아버지는 갓 태어난 현수를 태우고 르분을 몰아 집에 돌아오는 길에 무슨 생각을 했을까? 어째서 아들이 아닌지 한탄했을까? 얼른 아들을 가질 수 있도록 둘째를 계획했을까?

엄마는 그런 아버지에게 무슨 말을 했을까? 아들을 못 낳아서 미안하다고 사과를 했을까?

여자로 태어났다는 사실이 그 여느 때보다 절망스러웠다.

"문이 열려 있어서 혹시나 했는데……."

뒤에서 들려오는 낮은 음성에 정신을 차렸다. 뒤를 돌아보자 세찬이 서 있었다. 세찬은 빙그레 미소를 지으며 현수에게 다가왔다.

"깜짝 선물을 받은 기분인데."

그제야 현수는 세찬이 자신에게 고백했었다는 사실을 떠올렸다.

"안녕하세요."

"응. 그런데…… 그건 뭐야?"

세찬이 현수가 꼭 안고 있는 프라이팬을 가리켰다.

"아…… 이건 버리려고 갖고 나온 건데……."

현수는 당황했다. 내가 이걸 지금껏 끌어안고 다녔단 말이야?

대문을 박차고 나오기 전에 프라이팬이 눈에 띄어서 멀리 가져다 버리려는 생각으로 집어 들었던 기억이 있다. 그 후에 버스를 타고 진혁을 만나고……. 흐릿하게나마 떠오르는 오늘 하루의 일과, 그 속에서 현수는 계속 프라이팬을 끌어안고 있었다. 사람들이 얼마나 우습게 봤을까?

승민이 이 자리에 없는 게 다행이다. 승민이 있었다면 얄미운 소리를 해서 현수를 울컥하게 만들었을 테니까.

"그래? 그럼 이리 줘, 내가 버려 줄게."

세찬이 손을 내밀었다. 현수는 세찬의 커다란 손을 빤히 내려다봤다. 지난번 세찬이 손이랑 관련된 어떤 이야기를 했던 것도 같다. 뭐라고 했더라.

'아…… 긴장해서 땀이 난다고 했었지…….'

지금도 세찬이 긴장을 하고 있는지 궁금했다. 그래서 프라이팬이 아닌 자신의 손을 세찬의 손 위에 겹쳤다. 세찬이 놀란 듯 움찔했지만, 손을 피하진 않았다. 현수는 세찬의 손바닥 위에 자신의 손바닥을 올려놓은 채로 가만히 있었다.

세찬의 손은 따뜻하고, 또 물기 없이 부드러웠다. 하지만 그렇게 한참을 있었더니 조금씩 땀으로 젖어들기 시작했다.

'아, 정말이구나.'

세찬 같은 남자가 자신의 앞에서 긴장한다는 사실이 놀랍기도 하고, 쑥스럽기도 했다.

"프라이팬보다는……."

세찬이 현수의 손을 조심스레 쥐었다.

"네 손이 더 좋긴 하지."

세찬의 말에 얼굴이 화끈거렸다. 현수는 자신이 한 행동을 뒤늦게 깨달았다. 당혹감에 서둘러 손을 빼려고 했지만 세찬의 힘이 생각보다 강했다. 현수는 세찬에게 손이 잡힌 채, 이러지도 저러지도 못하고 바닥만 내려다봤다.

"이러고 산책이나 하러 나갈까?"

"아니요, 저…… 사모님이 얼굴 보고 가라고 하셨는데요."

"어머니 마사지하고 계셔. 마사지하시면 꼭 한숨 주무시거든. 배고프지 않아?"

"지금 몇 신데요?"

"8시 30분."

"벌써 그렇게 됐습니까?"

"벌써 이렇게 됐네. 몇 시에 왔는데?"

"모르겠어요. 해지기 전에 왔던 것 같은데."

"그럼 밥 먹으러 가자. 모처럼 왔으니까 내가 사 줄게."

"네, 그런데 저…… 이 손 좀……."

"싫어?"

세찬이 현수의 손을 좀 더 세게 쥐며 물었다. 현수는 세찬을 쳐다봤다가 다시 고개를 숙이며 대답했다.

"아니요, 괜찮아요."

마치 연인처럼 세찬의 손을 잡고 밖으로 나왔다. 하지만 현수는 자신들의 모습이 연인으로 보일 리는 결코 없을 거라 확신했다. 말쑥하게 정장을 차려입은 세찬이 청바지에 구겨진 셔츠를 입은 자신과 어울릴 리가 없기 때문이다. 모르는 사람들은 아마도 동생 손잡고 나온 다정한 형이라고만 생각할 것이다.

"닭갈비 좋아해?"

"네, 뭐……."

그리 배가 고프지는 않았지만 닭갈비라는 말을 들으니 갑자기 허기가 밀려왔다. 세찬은 현수의 손을 꼭 잡은 채 묵묵히 걸었다. 현수는 그 침묵이 고마웠다.

박 교수의 집에서 20분쯤 걸어가면 나오는 시장 근처에 닭갈비 가게가 있었다. 정장을 입은 사람이 들어가기에는 조금 허름한 가게였지만, 세찬은 과감하게 문을 열었다.

이른 시간부터 술을 마시는 취객들의 시끄러운 목소리와 성능 나쁜 에어컨 때문에 후텁지근한 공기가 밀려왔다. 장소, 시간 가리지 않고 뭐든 잘 먹는 현수지만 기분이 안 좋아서 그런지 입맛이 뚝 떨어졌다. 그런 현수의 기분을 눈치챈 듯 세찬이 들어가지 않고 물었다.

"딴 거 먹을까?"

현수가 재빨리 고개를 끄덕이자 세찬이 귀엽다는 듯 웃었다.

"분위기 좋은 데서 고기 썰까?"

"고기보다는 파스타 먹고 싶어요."

"그럼 파스타 먹으러 가자."

세찬은 귀찮은 기색을 보이지 않았다. 현수는 미안하기도 하고 고맙기도 해서 작은 목소리로,

"죄송합니다."

라고 속삭였다. 그런데 어떻게 알아들은 건지 모르겠지만 세찬이,

"괜찮습니다."

라고 대답했다. 가슴께가 간질거렸다.

세찬과 걷다 보니 울적했던 기분이 많이 나아졌다. 현수는 이제야 주위가 어딘지 둘러볼 여유가 생겼다. 시장 쪽을 향해 걷던 것과 반대 방향으로 걷고 있었다. 번화가가 있는 쪽이었다. 아직은 주택가였지만 여기서 10분만 더 걸어가면 현수가 좋아하는 가로수 길이 나올 것이다.

가을에는 갈색으로 물드는 가로수 길이 좋았다. 바삭바삭 떨어진 낙엽을 걸으며 걷다 보면, 낙엽 향기가 물씬 피어올랐다. 도심에서 낙엽을 밟는 건 시골에서 산길을 걷는 것과는 또 다른 정취가 있었다.

"그거 내가 들까?"

문득 세찬이 현수의 프라이팬을 가리키며 물었다.

"아니요, 괜찮습니다."

"저쪽으로 가면 쓰레기 버리는 곳이 있을 텐데."

"아…… 나중에 제가 버릴게요."

쓸모없는 프라이팬이었다. 프라이팬과 같이 들고 있는 수저 세트 역시 어디에 쓸 데도 없었다. 아무리 재활용을 좋아한대도, 누가 쓰다가 버렸는지 모르는 물건에 밥을 해먹는 짓은 절대로 못 하겠다.

그런데도 이걸 쉽게 버릴 수 없는 이유가 뭔지 현수는 알 수 없었다. 그냥 휙 던져 버리면 두 번 다시 생각나지 않을, 아주 평범한 쓰레기일 뿐이다. 그런데도 어쩐지 던져 버릴 수가 없었다. 어쩌면 이걸 찾아내고 의기양양한 표정을 짓던 승민이 마음에 걸려서인지도 모르겠다.

'이런 게 무슨 보물이라고…….'

1억 가까이 하는 차를 몰면서 프라이팬 하나 찾은 걸 두고 신나게 웃던 승민이 떠올랐다. 승민보다 몇 배는 더 멋진 사람과 함께 걷는 중인데 그런 바보 변태의 얼굴을 생각하는 자신이 한심스러웠다. 이래서야 승민보다 나을 것이 하나도 없다.

현수는 세찬에게 집중하기 위해 노력했다. 현수와 함께 있으면 손에 땀이 밸 정도로 긴장하는 멋진 남자. 세찬의 옆얼굴을 슬쩍 훔쳐봤다. 세찬은 무표정한 얼굴로 정면을 바라보며 걷고 있었다. 허리를 꼿꼿이 세우고 앞만 보며 걷는 모습이 멋졌다. 옆에서 보니 코가 굉장히 오뚝하다. 입술이 얇아 보이는 이유는 입을 세게 다물고 있어서인 것 같다. 입술에 힘을 줘서 볼에 작은 볼우물이 패였다.

그때, 현수의 반대쪽에 있던 세찬의 손이 올라가더니 세찬 자신의 볼을 가렸다.

"계속 보면 민망해."

세찬의 말에 현수는 화들짝 놀라 시선을 뗴었다. 세찬이 느껴질 정도로 뚫어져라 쳐다봤다니.

'창피해!'

세찬과 함께 있으면 평소답지 않은 행동을 하게 된다. 쉽게 얼굴이 붉어지고 심장이 콩닥거리고 흘끔흘끔 훔쳐보고 이런저런 상상을 하고. 입 안이 바싹 말라 마른침을 꿀꺽 삼키는 것도 평소에는 잘 하지 않는 행동이었다.

"다 왔다."

세찬이 턱을 문지르는 척하면서 얼굴을 가리고 있던 손을 내렸다.

"회사 사람들이랑 한 번 와 봤는데 조용하고 음악도 좋더라. 파스타도 맛있고."

안으로 들어가며 세찬이 설명했다. 음식점은 2층에 있었다. 세찬에게 뒷모습을 보여 주는 것이 민망해서 세찬이 먼저 올라가도록 뒤로 비켜섰다. 계단을 올라가느라 세찬보다 높이가 낮아지자, 세찬의 엉덩이가 정면에 위치하게 됐다. 검은 정장 바지에 감싸인 엉덩이는 모양이 좋았다.

'나 왜 이래?'

현수는 세찬의 엉덩이를 너무 꼼꼼히 살폈다는 걸 깨닫고는 시선을 아래로 내렸다. 이래서야 '변태 마승민'과 다를 게 하나도 없다.

'또 마승민!'

무슨 생각만 하면 튀어나오는 그 이름이 이제는 아주 지긋지긋하다. 알게 된 지 한 달 정도밖에 안 된 남자가 이렇게까지 지겨워지는 것도 신기하다. 그런 남자랑 몇 년을 같이 일한 회사 사람들은 얼마나 괴로웠을까?

하명에 들어가려면 인성이 어지간히 좋아야겠다고 생각하며, 종업원이 안내해 주는 자리에 앉았다. 세찬의 말대로 듣기 좋은 옛 음악이 흘러나왔고, 사람이 많은데도 조용한 편이었다. 조명은 어둑했지만 각 테이블마다 촛불이 켜져 있었다.

피자 하나와 파스타 하나를 주문했다. 종업원은 현수가 테이블 위에 자랑스레 올려놓은 낡은 프라이팬이 이상한 듯 힐끔 쳐다봤지만 아무것도 묻지 않았다. 현수는 프라이팬을 슬그머니 의자 아래에 내려놨다.

"그날 말씀하신 것에 대한 대답은 아직 생각을 안 해 봤습니다. 여러 가지 일이 있었거든요."

현수는 세찬이 '그날'의 고백에 대한 답변을 요구하기 전에 선수를 쳤다. 세찬이 눈을 크게 떴다가 빙그레 웃었다.

"응. 더 기다릴 수 있어."

"그냥…… 안 기다리면 안 될까요?"

"그렇게 싫어?"

"싫은 게 아니라…… 저랑 별로 안 어울리는 것 같아서요."

그쪽은 너무 멋있거든요, 라는 말은 굳이 덧붙이지 않았다. 그래서인지 오해한 세찬이 침울한 표정으로 고개를 끄덕였다.

"그래, 넌 워낙 예쁘니까……."

"예쁘다니요……. 그런 말은 처음입니다."

동네 아저씨들한테 '우리 현수, 예쁘기도 하지.'라는 말은 인사처럼 듣지만, 비슷한 또래의 남자에게 예쁘다는 칭찬을 받는 일은 드물었다. 예쁘다기보다는 멋있다, 귀엽다는 말이 전부였기에 빈말이라는 걸 알면서도 쑥스러웠다.

"이렇게 예쁜데 그런 말을 해 주는 사람이 없었단 말이야?"

"네, 없습니다. 그리고…… 그런 말 별로 안 좋아합니다."

현수가 딱 잘라 말했다.

"그럼 어떤 말을 좋아해?"

"글쎄요. 딱히…… 좋아하는 말은 없는데요. 아, 맛있는 거 사 준다는 말은 좋아합니다."

"그래? 종종 가서 맛있는 거 사 줄게."

현수는 왠지 세찬이 자신을 놀리고 있는 것 같다는 생각이 들었다. 하지만 흘끔 쳐다본 세찬의 얼굴은 진지했고, 현수에게 고백을 했던 그 날처럼 강렬한 눈빛을 띠고 있었다.

파스타와 스파게티는 성공적이었다. 치즈가 잔뜩 올라간 피자는 느끼하긴 했지만, 꿀을 찍어 먹자 색다른 맛이 느껴지는 게 신선했다.

"꿀을 찍어 먹는 피자는 처음입니다. 맛있네요."

라고 말하자,

"그래? 다행이다."

라는 대답이 돌아왔다.

세찬은 친절하고 부드러웠지만 현수는 세찬의 앞에 있으면 어째서인지 불편했다. 자신답게 행동하기가 어렵다고 해야 할까? 툴툴거리는 말투도, 남자 같은 행동거지도 세찬의 앞에서는 하기가 힘들었다.

언젠가 친구들이랑 얘기를 하던 도중에, 한 친구가 '아직도 애인 옆에 있으면 두근거려서 내숭을 떨게 된다니까. 만난 지 벌써 3년인데도 많이 먹거나, 생얼로 만나는 걸 못 하겠어. 이게 사랑인가 봐.'라고 말했던 게 기억이 났다.

'내가 저 사람을 정말로 좋아하나?'

세찬의 앞에서만 유독 조심스럽게 행동하게 되는 이런 게 사랑이라면, 사랑이라는 거 참 불편하다. 피자 한 입 작게 깨물어 오물오물 씹는 자신의 모습이 낯설어서 현수는 일부러 더 우걱우걱 피자를 먹었다. 그러다 보니 언젠가 승민이 여자답게 좀 먹으라고 나무랐던 일이 떠올랐다.

'지가 뭔데 날 혼내? 나이만 많으면 다야? 그리고 난 또 왜 그 인간 생각을 하는데!'

'마승민 불쑥불쑥 현상'은 밥을 먹는 순간에도 여전히 발생했다. 이게 다 프라이팬 때문이다. 마승민을 연상시키는 프라이팬 때문에 맛있는 걸 먹는데도 그 인간이 떠오르는 게 분명하다.

현수는 집에 가는 길에 반드시 프라이팬을 버리겠다고 생각하며 포크를 내려놨다.

"벌써 다 먹었어?"

"네."

"입에 잘 안 맞아?"

"아니요. 아주 잘 맞는데요. 그냥 오늘은 입맛이 조금 없습니다."

"그래. 그럼 남은 거 내가 먹을게."

세찬은 현수가 먹던 파스타를 자기 쪽으로 가지고 가더니 맛있게 먹기 시작했다.

세찬은 딱 봤을 때 부유한 집의 자제처럼 보였고, 실제로도 그랬다. 박 교수의 수입이 얼마나 되는지는 알 수 없지만 땅값 비싼 곳에 넓은 집을 짓고 사는 데다가, 차고에 있는 것들 중에는 세상에 몇 대 없는 희귀한 차도 있다. 독자인 세찬이 그걸 고스란히 물려받으리라고 가정하면 지금 눈앞에 저 남자는 약속된, 상상도 할 수 없을 만큼의 부자인 셈이다.

그렇기 때문에 세찬의 소탈한 모습이 오히려 그를 매력 있어 보이게 했다. 옷 끝에 먼지만 달라붙어도 물티슈를 찾으며 질색팔색을 하는 마승민과는 차원이 달랐다.

테이블 위에 올려놨던 세찬의 휴대폰이 울렸다. 본의 아니게 액정에 뜨는 이름을 보고 말았다.

[마 선배.]

현수는 '호랑이도 제 말 하면 나타난다.'라는 속담을 가슴 깊이 실감하며, 두 번 다시는 '마승민' 생각을 하지 않겠다고 다짐했다.

"전화 좀 받을게."

예의 바른 말로 양해를 구한 세찬이 전화를 받았다. 승민이 앞에 있는 것도 아닌데 세찬은 아주 정중했다. 겉과 속이 다르지 않은 남자는, 역시 멋지다.

'아버지는 저런 아들이 갖고 싶었던 걸까?'

마승민 같은 인간조차도 남자라는 이유로 좋아하는 정씨였다. 세찬을 본다면 당장 호적에 넣겠다며 달려들지도 모른다는 생각이 들었다.

통화를 하던 세찬이 휴대폰을 손으로 가리고 현수에게 물었다.

"승민 선배가 잠깐 보고 싶다는데…… 같이 만나도 될까?"

현수는 절대 싫어요, 라는 대답을 삼키고 고개를 끄덕였다.

'그 인간은 또 왜 온다는 거야? 서울에 올라와 있었나?'

승민은 얼마 전 저녁에 찾아와 뜬금없이 키스 한 번 해 보자고 한 후로 현수의 앞에 나타나지 않았다. 현수의 협박이 통했던 모양이다.

"지금 현수랑 같이 있는데 함께 만나도 괜찮으시겠습니까?"

승민은 아직 세찬이 현수와 함께 있는 걸 모르는 모양이었다. 함께라는 걸 알면 안 오겠다고 할지도 모르겠다고 현수는 기대했다. 그러나 그것은 기대만으로 끝났다.

"금방 오신대."

세찬은 전화를 끊은 후에도, 승민에 대해서는 존칭을 사용했다.

"음…… 뭔가 긴히 할 이야기가 있는 것 같은데, 전 먼저 일어나 보겠습니다."

"아니, 괜찮아. 승민 선배가 너 내려갈 때 같이 내려가면 되겠다고 꼭 데리고 있으라던데?"

"……아뇨. 전 군이 그 사람 얼굴을 볼 이유가 없는 것 같아요. 그 사람 차보다는 버스가 더 편하고요."

"그래도 밤길 위험하니까 승민 선배랑 같이 내려가. 그러면 나도 안심이 될 거고."

세찬의 부드러운 말에는 반박하기가 힘들었다. 이솝 우화 중에 태양이 은은한 빛으로 태풍을 이긴 이야기가 있는데, 세찬을 보고 있으면 그게 떠올랐다. 이 거부할 수 없는 은은함 같으니!

움직이던 발끝이 바닥에 있는 프라이팬에 닿아 챙강, 소리를 냈다. 현수는 승민에게 이 프라이팬을 보여 줘선 안 된다는 생각을 했다. 승민이 이걸 본다면 자신이 준 걸 소중히 간직하고 있다며 의기양양해할 것이 분명하다.

'그냥 갖다 버릴 것을…….'

어떻게 해야 프라이팬이 승민과 연관되어 있다는 걸 세찬에게 들키지 않고 프라이팬을 감출 수 있을까? 승민이 준 프라이팬을 소중하게(사실 전혀 소중하게 생각되지는 않지만) 끌어안고 다녔다는 사실을 세찬에게 알리고 싶지 않았다.

"화장실 좀 다녀오겠습니다."

현수는 벌떡 일어나 화장실 쪽으로 향했다. 화장실 가는 길에는 카운터가 있었고, 카운터에는 상냥한 표정의 종업원이 대기를 하고 있었다. 현수는 불법 약물을 거래하는 사람처럼 은밀한 목소리로 종업원에게 속삭였다.

"봉투 좀……."

"네?"

종업원이 잘 알아듣지 못하고 눈을 동그랗게 떴다.

"그러니까……."

현수는 세찬의 시선을 의식하며, 손등으로 입가를 가리고 속삭였다.

"커다랗고 불투명한 봉투 좀 주시겠어요?"

"봉투……요?"

"네. 저기…… 프라이팬 하나 들어갈 만한 걸로."

"프라이팬이요? 저희 프라이팬은 안 파는데요."

종업원은 현수가 무슨 말을 하는지 제대로 알아듣지 못했다. 현수는 답답했다. 이러고 있을 때 승민이 들어오면 큰일인데.

두리번거리던 현수는 물을 마시던 세찬과 눈이 마주쳤다. 화장실에 간다던 현수가 카운터 근처에서 서성이는 것이 이상했는지, 세찬이 일어나서 다가왔다. 현수는 얼른 화장실로 도망칠까 했지만 이 상태에서 도망치면 더 이상할 것 같아서 가만히 서 있었다.

"무슨 문제 있어?"

세찬이 물었다.

"아니요, 그게…… 그냥 카운터가 예뻐서요."

"아…… 그래?"

세찬이 특이할 것 없는 카운터를 내려다봤다.

"네. 지금까지 본 카운터 중에 제일 예쁜 것 같아요. 여기 이 무늬도 그렇고, 만졌을 때 부드러운 것도 그렇고……."

현수가 카운터를 쓰다듬으며 말했다. 느닷없는 카운터 찬양에 세찬은 당황한 듯했지만, 곧 빙그레 미소를 지었다.

"그래, 정말 그런 것 같네."

종업원은 황당하다는 표정으로 카운터 앞의 두 사람을 보고 있었다. '이 인간들, 왜 이래?'라는 표정이 역력했지만 교육을 잘 받은 종업원답게 그 말을 입에 담진 않았다.

자동차 보닛을 쓰다듬듯이 카운터를 쓰다듬던 현수는 이제 그만 자리로 돌아가야 할 때라는 걸 깨달았다. 이런 상황에서 승민을 마주치느니 프라이팬을 걸리는 게 나았다. 아니, 차라리 이 상황이 나으려나?

'하여간 그 인간은 내 인생에 도움이 안 돼!'

승민 때문에 이런 웃기는 꼴을 종업원에게 보여 줘야 하는 상황이 생긴 게 짜증이 났다. 게다가 현수를 향한 세찬의 눈빛은 '카운터를 이렇게나 사랑하는 여자는 처음이야.'라는 생각을 담고 있었다.

현수가 망설이고 있을 때 딸랑, 종이 울리며 승민이 등장했다. 마치 자기가 주인공이라도 되는 것처럼 당당하게 등장한 승민은 바로 앞에서 대기하고 있는 현수와 세찬의 모습에 놀란 듯 눈을 동그랗게 떴다.

"뭘 여기까지 마중을 나왔어?"

"마중 나온 거 아닙니다. 나가세요."

현수는 승민을 쫓아내는 게 이 상황에서 가장 이상적인 선택이라고 생각했다. 현수가 문을 가리켰지만 승민은 현수의 손가락엔 눈길도 주지 않고 씩 웃었다.

"왜 오자마자 사람을 쫓아내려고 해? 서운하게."

'윽, 뭐래.'

이 모습은 아마도 회사 사람인 세찬에게 보여 주기 위한 상냥함일 것이다. 승민답지 않은 모습에 현수의 온몸에 닭살이 돋았다. 인터넷에서 보던 '손발이 오그라드는 현상'을 직접 체험하는 순간이었다.

"선배님, 정말 오랜만에 뵙습니다."

세찬이 꾸벅 인사를 했다. 승민은 선배다운 의젓한 모습으로 세찬의 어깨를 두드렸다.

"그래, 잘 지냈고?"

"네, 뭐……."

"식사하고 있었어?"

"네. 식사하셨습니까?"

"아직 전이기는 한데…… 별로 생각은 없네. 자리 옮길까? 얘기할 만한 데로."

"네, 근처에 괜찮은 커피숍이 있습니다. 그쪽으로 가시겠습니까?"

"그래. 먼저 나가 있어. 내가 계산할게."

"아닙니다. 선배님은 드시지도 않았는데……."

"아냐. 내가 할게."

승민이 세찬의 등을 떠밀었다. 세찬은 어쩔 수 없다는 듯 밖으로 나갔다. 현수도 세찬의 뒤를 따라 나가고 싶었지만 프라이팬 때문에 그럴 수가 없었다.

"넌 왜 안 나가?"

세찬이 나가자마자 승민의 태도가 돌변했다. 현수는 승민의 정 강이를 발로 차주고 싶었지만 애써 부드럽게 말했다.

"화장실 가려고요."

"먹고 싸고. 그거 말고 하는 일이 뭐냐?"

"그 말, 노고 씨에게 그대로 돌려드리죠. 그런 주제에 후배 앞에 서 허세는 부리고 싶은 모양이죠?"

빈정거리는 말에 승민이 피식 웃었다.

"아니, 이건…… 저 녀석 울적할 것 같아서."

승민이 카드를 꺼내 종업원에게 내밀었다. 종업원은 승민이 등 장했을 때부터 승민의 얼굴에서 눈을 떼지 못하고 있었다. 황망한 듯 공손히 카드를 받아드는 종업원을 보니 승민 같은 얼굴이 서울 에서 통한다는 게 순 거짓말은 아닌 모양이다.

"박세찬 씨가 울적하다고요?"

"그래."

"그렇게 안 보이던데."

"그게 그 녀석 장점이지. 자기 기분을 드러내지 않거든. 사람 좋 은 녀석."

승민이 자기 자신이 아닌 다른 사람을 칭찬하는 건 처음 봤다. 놀라서 빤히 올려다봤더니 왜냐고 묻는 듯 어깨를 으쓱했다.

"마승민 씨가 누구 칭찬하는 건 처음 봅니다."

"나도 칭찬할 건 칭찬하는 사람이야."

"나에 대해서도 해 보시죠?"

"넌 칭찬할 구석이 없잖아. 마렵다며? 화장실이나 가."

승민이 파리를 쫓듯 손을 휘휘 저었다. 현수는 승민을 한 번 노려보고는 화장실로 향했다. 하지만 볼일을 볼 생각은 없었다. 승민이 나가기를 기다릴 생각이었다. 승민과 세찬이 없으면 좀 더 확실하게 봉투를 요구할 수 있을 것이다.

화장실 유리문에는 작게 투명한 부분이 있었다. 거기로 밖의 동태를 살폈다. 계산은 끝난 것 같은데, 승민은 나갈 생각을 하지 않고 카운터에 기대어 있었다. 현수를 기다리는 모양이다.

'쓸데없는 짓 좀 하지 마!'

승민은 느긋하게 종업원과 잡담을 나눴다.

'나가! 나가라고!'

그러더니 종업원에게 명함까지 건넸다.

더는 버틸 수가 없었다. 현수는 크게 한숨을 내쉬며 화장실에서 나왔다. 승민의 옆에 가서 서자, 승민이 조심성 없이 물었다.

"변비냐?"

"……."

"나가자."

"먼저 나가세요."

"여자 먼저 나가는 법 아니라고 배웠어."

"그런 쓸데없는 건 도대체 누구한테 배웠습니까?"

"알아서 뭐 하게? 너도 배우게?"

"노고 씨처럼 되느니 배움 없이 사는 게 낫겠네요."

"그러니까 무식하다는 소리를 듣는 거야."

"노란 고무줄보다는 낫거든요?"

승민은 투덜거리면서도 현수를 위해 문을 열어 주었다. 입만 열면 빈정거리는 사람이 이렇게 매너를 보여 주면 역시 손발이 오그라든다. 현수는 몸을 부르르 떨며 승민의 앞을 지나쳤다.

어쩔 수 없이 두고 온 프라이팬이 마음에 걸렸지만, 더는 어떻게 할 도리가 없었다. 프라이팬과의 인연은 여기까지인 모양이다.

따지고 보면 승민이 억지로 떠넘긴 건데 그걸 인연이라고 하는 것도 웃긴다. 그게 인연이라면 승민과의 사이도 인연 아니겠는가? 승민과 인연이 닿아 있다는 건, 상상하는 것만으로도 끔찍하다. 이 남자와의 인연은 두고 나온 프라이팬처럼 이걸로 끝! 오늘이 지나면 두 번 다시 만나지 않으리라.

세찬은 아래층에서 기다리고 있었다.

"오래 걸렸네?"

"네, 제가 화장실 좀 다녀오느라고요."

"승민 선배는?"

"아…… 같이 나왔는데."

바로 뒤에 있을 줄 알았던 승민이 보이지 않았다. 현수는 승민이 없는 틈에 서둘러 세찬에게 말했다.

"저기, 저 진짜로 먼저 가 봐야 할 것 같아요."

"왜? 집에 무슨 일 생겼어?"

"그런 건 아닌데…… 아무튼 두 분 시간 방해하고 싶지도 않고요."

"우린 괜찮은데……."

"아뇨, 정말 먼저 가보겠습니다. 다음에 또 올라올게요."

"가긴 어딜 가?"

뒤늦게 내려온 승민이 현수의 어깨에 손을 얹었다. 현수가 눈을 부릅뜨고 노려보자 승민이 찔끔하며 손을 거뒀다.

"나도 어차피 본가 내려가."

"그러시든지."

"괜히 버스비 낭비하지 말고 기다렸다가 같이 가. 가자, 커피숍."

더는 생각할 것도 없다는 듯, 커피숍으로 성큼성큼 걸음을 옮기는 탓에 결국 동행하는 수밖에 없었다.

커피숍은 멀지 않은 곳에 있었다. 세찬과 승민이 마주 보고 앉았고, 현수는 자연스럽게 세찬의 옆에 앉았다. 승민은 뭐가 마음에 안 드는지 팔짱을 끼고 두 사람을 노려봤다.

'왜 저래?'

세찬과의 시간을 방해한 건 자기면서 현수가 방해물이라는 듯 노려보는 승민에게 화가 났다. 둘을 노려보던 승민은 무슨 생각을 했는지 눈을 지그시 감았다. 승민이 다시 눈을 떴을 땐, 화가 난 표정이 사라진 후였다. 이미지 관리를 위해 마인드 컨트롤이라도 한 모양이다.

승민은 현수를 없는 사람 취급하기로 결정했는지, 세찬만을 뚫어지게 쳐다봤다. 승민의 뜨거운 시선에 안절부절못하던 세찬이 입을 열었다.

"선배님, 정말 안 돌아오실 겁니까?"

세찬의 간절한 음성에 승민의 눈썹이 꿈틀거렸다. 승민은 잠시나마 마음이 흔들리는 듯했지만 곧 단호하게 말했다.

"안 돌아가."

"선배님이 안 계시니까 일할 의욕이 안 생깁니다. 돌아오세요."

승민이 빙그레 웃었다.

"그런 것치고는 최민석 과장님이랑 쿵짝을 잘 맞추고 있는 것 같던데."

세찬의 얼굴이 하얗게 질렸다. 현수는 세찬을 굳게 만든 그 이야기에 대해 알지 못했다. 그래서 눈만 동그랗게 뜨고 승민을 쳐다봤다.

승민은 현수에게 아무것도 설명하지 않았다. 아니, 현수의 존재 자체를 잊은 듯 세찬의 얼굴만 물끄러미 응시했다. 세찬의 표정 변화를 즐기는 것 같은 승민의 태도에 현수는 조금 화가 났다. 자기가 뭐라고 남의 기분을 들었다가 놨다가 한단 말인가.

"죄송합니다."

작게 벌어진 세찬의 입술 사이로 메마른 음성이 흘러나왔다. 세찬은 고개를 푹 숙이고 있었다. 감히 승민의 얼굴을 똑바로 볼 수 없다는 듯이.

현수는 그런 세찬이 안쓰러웠지만 두 사람 사이에 있는 심각한 무언가에 끼어들어서는 안 된다는 생각이 들었다. 그래서 아랫입술을 살짝 깨물고 둘을 지켜봤다.

"그럴 생각은 정말 없었습니다. 믿어 주세요, 선배님. 저는……
정말……."

도도하게 세찬을 지켜보는 승민, 고개를 푹 숙이고 변명하는 세찬. 그런 둘의 모습을 보며 현수는 이런 장면을 어딘가에서 본 적이 있는 것 같다는 생각을 했다. 어디였더라.

'아, 그래! 드라마에 나왔었어!'

바람피우고 변명하는 남자와 그런 애인을 노려보는 여자. 지금 두 사람의 모습이 딱 그랬다.

'도대체…… 이 두 사람은 무슨 사이지?'

회사에서 얼마나 대단한 위치에 있는지는 모르겠지만 어쨌든 승민은 자기 이름으로 나온 자동차 한 대 없는 평범한 디자이너일 뿐이다. 회사에서의 입장도 승민이나 세찬이나 다를 바가 없을 것 같은데, 세찬은 유독 승민에게 약했다.

"알아."

승민이 입을 열었다.

"그것 때문에 왔다."

거기까지 말한 승민은 한 손을 들어 종업원을 불렀다. 승민과 세찬을 빤히 쳐다보고 있던 여자 종업원이 쪼르르 달려왔다.

"주문하시겠어요?"

그 애교 섞인 목소리를 들은 후에야 현수는 아직 주문도 하지 않았다는 걸 깨달았다.

"뭐 마실래?"

부를 거면 뭐 마실지 정해 놓고 부를 것이지. 현수는 다급히 메뉴판을 펼쳤지만 종업원은 승민과 세찬의 가까이에 있을 수 있다는 것만으로도 즐거운 듯 생글생글 미소를 지으며 주문하기를 기다렸다.

"난 레모네이드요."

현수가 가장 먼저 메뉴를 골랐다. 승민은 현수를 흘끗 쳐다보더니 관심 없다는 듯 시선을 돌렸다. 현수는 괜히 민망해졌다.

"전 아이스 아메리카노로 하겠습니다."

"아이스 아메리카노 둘에 레모네이드 하나 주세요."

승민이 메뉴판을 종업원에게 건네며 말했다. 종업원은 '네!' 하고 소리 높여 대답하고는 카운터로 돌아갔다.

현수는 이 자리가 점점 더 불편해지기 시작했다. 승민과 세찬 사이에는 회사와 관련된, 그리 유쾌하지 않은 일 하나가 있는 것 같았다. 아무 상관도 없는데 이런 자리에 끼어 있는 게 영 불편하기만 했다. 없는 사람 취급할 거면 도대체 왜 남아 있으라고 한 건지 모르겠다.

"어릴 적에 나는 뭐든 할 수 있을 줄 알았지."

주문한 차가 나온 후에야 승민이 입을 열었다.

"내가 세상의 중심이라고 생각했고, 내 일만 열심히 하면 주위에서 누가 뭐랄 사람 아무도 없을 거라고, 그렇게 생각했다."

느릿하게 흘러나오는 음성은 지금껏 현수가 알던 승민의 음성과는 달랐다. 낮고, 진지하고, 무게 있는 목소리.

"그런데 아니더라."

승민의 입가에 쓴 미소가 떠올랐다.

"내가 내 일을 잘해내도, 내가 아무리 완벽해도, 배경이며 권력이며 그런 것들을 이기기가 힘들더라."

세찬이 고개를 들었다. 승민과 세찬의 시선이 마주쳤다. 승민은 세찬을 응시한 채 말을 이었다.

"괜찮다는 말을 하려고 왔다. 누군가는 너를 희생양이라고 할지도 모르고, 누군가는 너를 배신자라고 할지도 모르지. 하지만 난 널 그냥 조금 얄미운, 실력 좋고 성격 좋은 후배 녀석이라고 생각하니까 걱정하지 마라."

"선배님……."

"너도 이루고 싶은 게 있으니까 하명에 입사한 거겠지. 그런 거라면 최 과장에게 적당히 맞춰주는 수밖에 없을 거고. 다만 나처럼 최 과장한테 잡아먹힐까 봐, 그게 걱정이 된다."

"……선배님은 잡아먹히지 않았습니다."

"그래, 아직 잡아먹힌 건 아니겠지."

승민이 쓰게 웃으며 고개를 저었다.

"도망을 쳤으니까."

아무 생각도 없이 사는 남자인 줄 알았는데, 그건 아니었던 모양이다. 고운 얼굴에 스민 괴로움이 현수에게까지 전해졌다. 그날, 현수를 찾아와 회사를 관뒀다고 말하던 승민은 현수의 눈에 비치는 것보다도 속으로 훨씬 더 괴로웠나 보다.

"하여간 잘해 봐. 신차에 네 이름이 붙진 않겠지만, 언젠가는 네 이름으로 차를 낼 수 있겠지."

"선배님 자리, 아직 있습니다. 들리는 말에 의하면 사장님이 아직 선배님의 사표를 수리하지 않았다고 합니다."

"곧 하겠지."

"선배님이 함께면 좋겠습니다."

일순 승민의 눈동자가 흔들렸지만, 승민은 단호하게 고개를 저으며 답했다.

"아니, 그건 안 되겠다. 더 이상 내 자식이 남의 자식으로 포장되는 거, 그거 못 보겠거든."

승민은 말이 없었다. 운전을 하는 승민이 말을 하지 않는 건 처음 본다. 처음 보네, 마네 할 만큼 자주 만난 사이도 아니기는 하지만.

오늘의 승민은 현수를 놀라게 했다. 세찬에게 괜찮다며 위로하고 격려하는 승민의 모습은 단순히 이미지 관리를 위한 가식으로 보이지는 않았다.

차는 고속도로를 달리고 있었다. 평일 저녁에 지방으로 내려가는 길이라 그런지 별달리 막히지 않았다. 승민은 규정 속도보다 조금 빠르게 운전을 하고 있었다. 현수는 차창 밖으로 빠르게 지나가는 경치를 바라보다가 말했다.

"저기요, 마승민 씨."

"응."

아예 없는 사람 취급하기로 한 줄 알았는데, 곧바로 승민의 대답이 들려왔다.

"휴게소 들러요."

"마렵냐?"

"……마승민 씨는 왜 그렇게 남의 배변 활동에 관심이 많습니까?"

"넌 잘난 게 없으니 잘 먹고 잘 싸기라도 해야 될 것 같아서."

잠시나마 승민이 달라 보였던 건 착각일 뿐이었다. 싫은 녀석인 건 여전하다. 현수는 울컥했지만 아까 승민이 보였던 괴로운 미소를 떠올리며 참았다.

"우동 먹고 싶네요."

"그런 데서 파는 걸 잘도 먹을 생각이 드는구나?"

"그런 데서 파는 게 어때서요?"

"불결하잖아. 누가 먹다 남긴 거 재탕할지도 모르고."

"마승민 씨가 가는 강남 음식점도 다를 거 없을 텐데요."

"난 믿을 만한 업소만 가. 음식점에 가기 전에 조사를 하는 건 기본이지."

"쫄쫄 굶어 보세요. 뭐가 들었는지 모를 꿀꿀이죽도 먹게 될 테니까."

"난 안 그래."

"안 그렇긴요. 우리 처음 만났을 때, 자장면 양념까지 싹싹 긁어 드셨잖습니까."

"지난 일은 잊어라."

"잊기에는 너무 인상 깊었거든요."

승민은 불리하다고 생각했는지 입을 다물었다. 못 믿을 휴게소 음식이니, 휴게소에 들르지 않을 거라 생각했다. 하지만 승민은 잠시 뒤에 보인 휴게소 입구로 방향을 틀었다.

거의 12시가 되어가는 시간인데도 주차된 차가 많았다. 이런 시간에 지방에 내려가는 사람들이 왜 이리 많을까, 생각하다 보니 오늘이 금요일이다. 시간 가는 줄 모르고 사는 걸 보면 백수인 승민이나 자신이나 다를 게 없다. 현수는 정신을 바짝 차려야겠다고 다짐하다가 정비소를 접게 되었다는 사실을 떠올렸다.

언제부터 그 사실을 잊고 있었을까?

오늘 낮 정처 없이 버스를 탈 때도, 진혁을 만났을 때도, 세찬과 저녁을 먹을 때도 그 사실을 정확하게 기억하고 있었다. 대화를 하는 중에도 끊임없이 떠오르는 '정비소 폐업' 때문에 울적했다.

현수는 고개를 돌려 승민을 올려다봤다. 승민은 휴게소 건물 안에 들어가는 것이 단 하나의 목적이라는 듯, 주위를 둘러보지도 않고 그곳을 향해 걷는 중이었다.

'그래, 박세찬 씨가 이 인간 올 거라고 할 때부터 정비소 생각을 안 하고 있었어.'

마승민이라는 존재가 자신에게 어떤 의미를 갖고 있는지 새삼 깨달았다. 정비소 폐업보다 더 짜증 나는 존재. 그러니까 마승민을 만난 후로 정비소 생각이 안 났던 거다. 그걸 고마워해야 하는 걸까?

휴게소 식당에 들어가 김치 우동과 김밥을 주문했다.

"마승민 씨는 안 드십니까?"

현수의 질문에 승민이 어이없다는 듯 대꾸했다.

"말했잖아. 난 따져 보고 먹는다고. 세균이 득실득실한 거 먹다가 장염 걸려도 난 책임 없다."

이 남자, 역시 짜증 난다. 이러니까 같이 있으면 정비소 생각이 눈곱만큼도 안 나지.

현수는 속으로 혀를 차며 번호표를 받아 들고 식탁으로 향했다. 여행객으로 보이는 한 무리의 여대생들이 이쪽을 보며 수군거리는 모습이 보였다. 얼굴에 뭐 묻었나, 하고 얼굴을 문지르다가, 그들의 시선이 정확하게는 승민을 향하고 있다는 걸 깨달았다. 승민을 앞에 둔 여성들의 반응이 현수로서는 생소하고 신기하기만 했다. 고개를 들어 승민의 얼굴을 살펴봤다.

하얀 얼굴, 뚜렷한 턱선, 갸름해서 요염한 느낌을 주는 눈. 정말로 저런 얼굴이 통한단 말이야?

"뭘 봐?"

"신기하게 생긴 것 같아서요."

"속에도 없는 말 그만 해."

"진심입니다."

승민은 현수의 맞은편에 앉아 가슴 앞에 팔짱을 낀 거만한 자세로 현수를 응시했다.

"정말 안 먹을 겁니까? 지금도 늦지 않았으니까 배고프면 하나 시키시죠?"

"이런 걸 먹느니 굶는 게 낫지."

승민은 고집을 부렸다. 현수는 미심쩍은 표정으로 승민을 쏘아보다가 번호가 울려서 음식을 가지고 돌아왔다. 승민은 그 자세 그대로 앉아 있었다.

배가 많이 고픈 건 아니었지만 음식을 보자 뱃속이 꾸르륵거렸다. 휴게소에서 먹는 김치 우동은 현수가 좋아하는 음식 중 하나였다. 일단 국물 한 스푼으로 입을 축이고, 김밥을 쏙. 그렇게 두어 번 씹다가 우동 두 가락을 넣고 같이 씹으면 최고의 별미. 현수는 고개도 들지 않고 우물우물 밥을 먹었다.

"야, 돌팔이."

반쯤 먹었을 때 승민이 현수를 불렀다. 현수는 눈만 들어 승민을 쳐다봤다.

"넌 정말 매너가 없다."

"또 뭐가요?"

"동행이 앞에 있는데 어떻게 한 번 권하질 않냐?"

"안 먹는다면서요?"

"내가 먹고 안 먹고를 떠나서 권하기는 해 봐야지."

승민의 억지에 현수는 황당함을 감출 수가 없었다. 도대체 이 남자는 뭘까? 만날 때마다 바보스러움을 하나씩 더해 주는 승민의 정체를, 현수는 도무지 알 수 없었다.

"이거나 먹어요."

현수가 선심 쓰듯 김치가 담긴 작은 접시 하나를 승민 쪽으로 보냈다. 승민은 거들떠도 보지 않았다.

"진짜 매너 없네."

"시키랄 때 안 시키고 남의 거 노리는 게 더 매너 없는 것 같은데요. 이건 뭐, 하이에나를 앞에 둔 것도 아니고. 불안해서 밥도 못 먹겠습니다."

"난 살면서 남의 거 노린다는 말을 들어 본 적이 없어."

"벙어리들이랑 살아 왔나 보죠."

"네가 뭘 모르는 모양인데, 원래 강남에서는…….."

"이봐요, 노고 씨. 나 지금 밥 먹고 있거든요? 검증되지도 않은 강남 타령 좀 그만 하고, 입 다물고 계세요. 남 식사할 때 건드리는 거 아니라는 매너는 못 배웠습니까?"

현수의 차가운 질책에 승민은 할 말을 잃고 입을 다물었다. 삐친 듯 입술 안의 연한 살을 오물오물 깨무는 승민의 모습이 주인에게 혼난 강아지처럼 불쌍했다. 승민이 유독 강아지처럼 보이는 이유는 마 교수네 백구의 이름이 '승민'이기 때문일 것이다. 그래서 승민이 침울한 모습을 보면 백구 '승민'이 침울해하는 것 같아 안쓰러운 기분이 드는 거겠지.

"자요."

현수는 어쩔 수 없이 김밥 반 줄을 포기하기로 했다. 김밥 반이 남은 접시를 승민의 앞에 놔줬더니, 승민은 무표정하게 접시를 내려다보다가 말했다.

"젓가락."

이 인간은 진짜!

현수는 소리를 지를 뻔했지만 간신히 참고, 숟가락을 승민의 앞에 던져줬다.

"이걸로 먹든가, 아니면 직접 가서 가지고 오든가."

분노를 억누르는 듯한 현수의 음성에 승민은 투덜거리며 현수의 숟가락을 받아 들었다. 세균 운운하던 사람이 남이 먹던 숟가락은 잘도 사용했다. 어쩌면 현수가 사용했던 숟가락이라는 걸 잊었는지도 모르겠다.

승민은 숟가락으로도 요령 좋게 김밥을 들어서 먹었을 뿐 아니라, 먹으라는 말도 하지 않은 현수의 우동까지 빼앗아 먹었다. 빠르게 사라지는 음식을 보며 현수는 승민을 '노고'가 아닌 '하이에나'라 불러야 될 것 같다는 생각을 했다.

"며칠 굶었습니까?"

"어. 백수한테 줄 밥은 없다고 어머니가 밥을 안 줘."

먹는 데 정신이 팔린 승민이 솔직하게 대답했다. 그러더니 자기가 무슨 말을 했는지를 깨닫고 얼굴을 붉히며 서둘러 고쳐 말했다.

"그게 아니라, 아주 잘 먹고 있다."

"……이미 늦었거든요?"

"흥, 휴게소 음식 따위."

승민은 휴게소 음식을 상종하고 싶지도 않다는 듯 단호하게 숟가락을 내려놨다. 하지만 그것도 이미 늦었다. 반이나 남았던 음식은 승민의 뱃속으로 사라진 후였다.

현수가 시킨 음식을 반 이상 먹어치운 승민은 뻔뻔하게도 현수를 지그시 바라보며 말했다.

"너무 많이 먹는 여자는 매력 없어."

"그것참 다행이네요. 그쪽한테 매력적으로 보이고 싶은 생각 없거든요."

현수는 쟁반을 들고 일어났다. 물을 한 잔 마시고 밖으로 나와 승민의 차로 가는 대신 주차장을 돌아다녔다. 승민은 아무 말도 없이 현수의 뒤를 따랐다.

　주차장에 세워진 자동차들을 보면 그 차의 주인들이 살아온 인생을 느낄 수 있다. '당신은 이렇게 살았다.'라고 콕 집어 말할 수는 없지만 풍기는 분위기가 있었다. 그래서 현수는 시동된 온기가 아직 남아 있는 자동차 사이를 돌아다니는 걸 즐겼다.

　얼마 전 나온 쿠페형 차량 앞에 서서 구경을 하노라니 승민이 현수의 옆으로 와서 물었다.

　"쿠페를 좋아해?"

　"아뇨. 이거 엔진이 마음에 들어서요."

　"후륜 구동이잖아."

　"후륜 구동을 좋아해요. 뒤에서 밀어주는 기분이 들잖아요."

　"나도 좋아해. 드리프트 하기 좋잖아."

　"한국 살면서 드리프트 할 일이 얼마나 있다고요?"

　"남자의 자존심이지."

　"그 자존심 때문에 회사에 안 돌아가는 겁니까?"

　"……."

　승민의 대답은 들려오지 않았다. 현수는 조금 더 차를 구경하다가 휴게소 건물 뒤로 걸음을 옮겼다.

　휴게소 건물 뒤에는 이용객들이 쉴 만한 벤치가 있고 그 앞에 인공 폭포가 보였다. 늦은 시간이라서 폭포가 작동되고 있진 않았지만, 조용해서 앉아 있기에 좋았다.

현수는 벤치 하나를 골라 앉았다.

"밥도 못 얻어먹고 다닐 거면 그냥 회사로 돌아가세요."

옆에 앉은 승민에게 말했더니 승민은 작게 한숨을 쉬었다.

"아무것도 모르는 너한테 충고를 들을 생각은 없어."

"왜 아무것도 모릅니까? 나이 서른 넘어서 부모님께 빌붙어 살고 있다는 거, 아주 잘 알고 있습니다."

"생활비는 넘치도록 드리고 있어. 그런데도 어머니는 계란 한 개 안 준다고!"

"닭은 싫다면서요?"

"계란은 닭이 아니잖아. 냄새도 안 나고."

"그 계란이 닭의 어디서 나오는지는 아십니까?"

"……너랑 얘기하기 싫다. 돌아가자."

어쩐지 상황이 자기한테 불리해지자 승민은 대화를 피하며 일어났다. 현수는 황급히 손을 뻗어 승민의 손목을 잡았다. 승민이 깜짝 놀라 현수를 내려다봤다. 현수의 기분 탓인지는 모르겠지만 승민의 얼굴이 붉어진 것 같아 보였다.

"뭐야?"

"얘기해요."

"뭐, 뭘? 나, 나는 정신과 의사 같은 거 안 만났어!"

"……누가 뭐랍니까? 저번에 정비소에 찾아왔었잖아요. 할 얘기 있어서 온 거 아닙니까?"

"아, 그때 내가 키스를 한 번 더 해 보자고 한 건……."

"그때 말고요! 머리가 어떻게 된 거 아닙니까? 마승민 씨는 여자만 보면 키스를 해야만 한다는 생각이 듭니까?"

"내가 키스를 의무적으로 하는 건 아냐. 그리고 대체 그때가 아니면 언제를 말하는 건데?"

"그전이요."

"그전?"

"그러니까……."

그날을 뭐라고 설명해야 될까? 당신이 나한테 갑자기 키스한 날? 내 입술을 훔친 날? 밤새 그 기억이 떠올라 잠도 못 잤던 날?

괜히 말을 꺼낸 것 같다.

아까 봤던 승민의 쓴웃음이 마음에 걸렸다. 그래서 무슨 말이든 해 줘야겠다고 생각했는데, 생각해 보니 현수와 승민은 서로에게 조언과 위로를 해 줄 만한 사이가 아니었다. 오히려 마주치기만 하면 비아냥거리고 화를 내는 사이일 뿐이다.

현수는 자신이 너무 나섰다는 생각이 들어 입을 다물고 자리에서 일어났다. 그와 동시에 승민은 벤치에 앉았다.

"미국에 가 봤냐?"

승민은 일어선 현수를 쳐다보지도 않고 물었다.

이 남자는 강남이 안 통하니까 이젠 미국 타령을 하려고 하는 걸까?

갑작스러운 질문이 의아했지만 현수는 솔직하게 대답했다.

"안 가봤습니다."

"난 미국으로 유학을 갔었어. 거기서 내가 우물 안 개구리라는 걸 알게 됐지."

'그런 것치고는 너무 잘난 맛에 사는 것 같습니다만.'

현수는 생각을 입 밖으로 꺼내지 않았다.

"난 어릴 적부터 말이지, 늘 천재라는 소리를 듣고 자랐어. 동네에서 날 모르는 사람이 없을 정도였지. 친구들 부모든, 선생님이든, 그냥 오며 가며 만난 가게 주인이든, 날 칭찬하지 않는 사람이 없었거든."

"아아, 네에."

현수는 건성으로 대꾸하면서도 승민의 옆에 앉았다. 어차피 자기 잘난 척이기는 하지만 승민의 진지한 음성에는 모르는 척 넘길수 없는 무언가가 있었다. 게다가 이상하게도 승민의 이야기를 들어 주고 싶었다. 성실하게 이야기를 들어준다면, 이 남자는 어떤 표정을 지을까?

"어딜 가도 내가 최고인 줄 알았다. 못 하는 게 없으니까. 예체능은 물론이고, 공부로도 남에게 져본 적이 없거든. 그러니까 미국을 가든, 영국을 가든, 누구나 다 나를 알아줄 거라고 생각했었지. 세상은 당연히 최고를 알아봐 줄 거라고."

승민은 거기서 말을 멈추고 고개를 돌려 현수를 쳐다봤다. 잘난 척 좀 그만 하라고 어깃장을 놓을 줄 알았던 현수는 웬일인지 조용히 승민의 이야기를 듣고 있었다.

'그런데 난 왜 이런 이야기를 하고 있는 거지?'

속마음을 털어놓으니 차라리 죽을 각오를 하고 살아왔다. 부모님에게도, 가장 친한 친구에게도, 심지어 한때 사귀었던 채영에게도 진짜 마음을 털어놓은 적이 없었다.

약한 모습은 절대로 남에게 보여서는 안 되는 것.

승민은 그런 생각으로 삼십 평생을 살아왔다.

그런데 왜 아무것도 모르는 시골 소녀에게, 말보다는 주먹 먼저 나가는 거친 여자에게 이런 소리를 하고 있는 걸까?

"그래서요?"

승민이 갑자기 말을 멈추자 현수가 고개를 돌려 승민을 바라봤다. 연갈색 눈동자는 약간 어둑한 하늘 아래서도 토파즈처럼 빛났다.

"아니더라고."

승민은 현수의 입술로 내려갈 뻔한 시선을 갈무리하고 말을 이었다.

"미국에선 나를 알아주지 않더라. 아니, 한국이라는 나라조차 모르더라. 나는 분명 최고인데, 그들에게 나는 '헤이, 잽스.'일 뿐이었어. 하지만 그건 큰 문제가 아니었지. 내가 정말 놀란 건 그들이 만든 자동차를 보고 나서였다."

"자동차요?"

"그래. 우리나라에서는 하명의 자동차가 세계에서도 통했다는 둥, 모두가 사고 싶어 하는 차라는 둥, 그런 식으로 기사를 내보내지. 나도 그런 줄 알았어. 아, 우리나라 자동차도 벤츠나 람보르기니처럼 사람들 입을 쩍 벌어지게 하고 있구나. 순진했지."

"결국은 소시민이 타는 차죠. 가격 대비 성능이 괜찮으니까. 게다가 해외로 수출하는 것들은 성능 면에서 더 보완을 하니까요."

"맞아. 그래서 생각했지. 왜 우리 차는 람보르기니가 될 수 없을까? 동양에서 온 차라서? 하지만 일본차는 다르잖아. 그래, 결국은 매력의 문제였던 거지. 보는 사람을 두근거리게 하는, 갖는 것만으로도 세상을 다 가진 것 같은 기분이 들게 만드는 그런 매력이 없었던 거야."

승민은 그렇게 고민하고 있을 때 만났던 박윤성 디자이너를 떠올렸다. 박윤성도 승민과 같은 고민을 하고 있었다.

"사실은 미국에 있는 자동차 회사에서 섭외를 받았었어. 하지만 나는 한국으로 돌아왔지. 누구나 갖고 싶어 하는 한국산 자동차를 만들고 싶었거든."

하지만 한국에 돌아온 승민은 더 절망했다.

"동네에서 최고였던 나는 하명 자동차에서 많고 많은 디자이너 중 한 명일 뿐이었지. 그것도 경험 없는 신출내기. 그렇다고 내 실력이 어디 가겠어? 나는 CM을 만들었어. 하지만 그걸 뺏겼지. 백 없고 돈 없으니까."

문득 갈증이 났다. 목이 말라서 생기는 갈증이 아니었다. 이 갈증은 미국에서 한국 자동차의 한계를 실감했을 때부터 꾸준히 승민을 따라다녔다.

고개를 돌리자 현수가 보였다. 긴 속눈썹, 오뚝한 코, 그리고 보기 좋게 살이 올라온 붉은 입술. 닿는 것만으로도 촉촉했던 그 입술의 감촉이 떠올랐다. 그러자 약간이나마 갈증이 가셨다.

"그렇더라. 천재라도, 잘났어도, 돈 있고 백 있는 사람들을 이길 수가 없더라. 그게 사회 돌아가는 거더라."

승민은 현수를 바라보며 말했다. 승민의 입김이 현수의 귓가를 간질이자 현수는 손으로 귀를 긁적거리며 승민을 쳐다봤다.

'키스하고 싶다.'

이번에는 현수의 입술을 보고 있는 것도 아닌데 키스하고 싶어졌다. 연갈색 눈동자를 똑바로 보는 것만으로도 충동적으로 그녀에게 입을 맞출 뻔했다. 정신병이 갈수록 심해지는 것 같다고 생각하며 승민은 간신히 눈을 떼었다.

"이번에도 마찬가지야."

승민은 키스하고 싶다는 생각을 지우기 위해 애써 회사 일을 떠올렸다. 한국에 돌아온 이후, 회사에서 벌어지는 일들이 승민에게는 세상의 모든 것이었다. 그런데 지금은 회사 일 따위는 아무래도 좋으니 저 입술에 딱 한 번만 더 키스할 수 있었으면 좋겠다는 생각만 든다.

"공모를 했지. 보급형 자동차 디자인. 최민석 과장은 내 걸 도용했어. 그걸 윗대가리들도 알고 있을 거야. 하지만 아무 문제도 없이 최 과장 디자인이 채택이 됐지. 나한테는 모터쇼 콘셉트 카 준비나 하라면서 아주 은혜를 베풀듯이 말하더군. 콘셉트 카는 무슨 빌어먹을 놈의 콘셉트 카. 번지르르하게 만들어 봐야 끌고 다니지도 못할 거. 그러더니 내가 그걸 가지고 따졌다고 앞뒤를 다 막아 버린 거야. 연구 개발팀도, 설계팀도, 조립팀도 건드리지 못하도록. 어린애도 아닌데 왕따나 시키고, 그러니까 내가 회사를 그만두지. 그게 회사냐? 요새는 학교에서도 그렇게 안 하겠다. 제기랄!"

회사를 그만두고 나서 처음으로 누군가에게 속 시원히 이야기를 했다. 현수는 잠들었나 싶을 정도로 아무 대꾸도 하지 않았지만 상관없었다. 털어놓은 것만으로도 가슴이 뚫렸다.

"가죠."

잠시 후 현수가 무뚝뚝하게 말하며 일어났다.

대단한 조언을 기대한 것은 아니지만 그래도 아무런 말도 없이 일어나 버리니 조금 서운했다.

"할 말 없냐?"

현수의 뒤를 따라 자동차 앞에까지 온 승민이 차문을 열며 지나가는 말처럼 물었다. 현수는 조수석 문을 열다가 멈추고, 차 건너편으로 승민을 쳐다봤다.

"승민이는 잘 지냅니까?"

"야, 너 사람 이름을 그렇게 막……."

"그쪽 말고요. 진돗개 쪽이요."

"아……."

승민은 개 따위에게 아들 이름을 붙인 부모님을 다시 한 번 원망하며 고개를 끄덕였다.

"오늘 집에 가면 샤워하고 나서 승민이 데려다가 끌어안고 주무세요."

"난 개랑 같이 안 자. 벼룩이라도 옮으면 어떡하라고."

"승민이한테는 벼룩 없습니다."

"하여간 개 같은 거랑은 절대 같이 안 자!"

현수에게 뭔가를 기대한 게 잘못이다. 아무래도 울적해서 머리가 어떻게 됐던 모양이다. 열심히 듣더니 해 주는 말이 고작 강아지 끌어안고 자라는 게 전부라니. 승민은 잠시나마 현수에게서 뭔가를 기대했던 자신을 원망하며 차에 올랐다.

현수를 정비소 앞에 내려 주고 집에 도착했다. 꽤 늦은 시간이었다. 부모님은 다들 주무시는지 불이 꺼져 있었다. 회사를 관두고 본가에 들어온 후, 부모님은 승민을 없는 사람 취급했다. 회사 다닐 때는 허구한 날 오라고 부르더니.

대문을 열자 '왕!' 하고 짖는 소리와 함께 백구가 달려왔다. 자다 깼을 텐데도 꼬리를 붕붕 흔들며 반기는 모습에 평소 같지 않게 가슴이 뭉클했다.

"그래, 나 기다려 주는 건 너밖에 없구나."

잠깐 쭈그리고 앉아서 백구를 쓰다듬었다. 초롱초롱 검은 눈동자는 현수와 완전히 딴판인데도 어째서인지 현수가 떠올랐다.

"있잖아. 돌팔이가 너 데리고 자란다. 너 목욕했냐?"

승민은 허리를 숙여 백구의 정수리에 코를 가져갔다. 오늘 낮에 목욕을 했는지 좋은 향기가 났다. 아들한테 계란 하나 안 주는 어머니는 먹고 자는 것밖에 달리 하는 일도 없는 백구를 꼬박꼬박 목욕을 시켜 준다.

"오늘 같이 잘래?"

승민의 말을 알아들었는지 백구가 황급히 자기 집으로 돌아가려 했다. 승민은 얼른 백구의 꼬리를 잡았다.

"너네 집보다 내 방이 더 편해. 이불도 푹신푹신하고. 하아. 나 진짜 미쳤나 봐. 네가 뭘 안다고 너랑 대화를 나누고 있지? 너 내 말 알아 듣냐? 못 알아듣지? 그래, 알아들을 리가 없지."

중얼중얼거리며, 승민은 싫어하는 백구를 끌어안고 안으로 들어왔다. 백구를 방에 넣어 두고 샤워를 하고 나왔다. 백구는 구석에서 몸을 말고 있다가 승민이 들어오자 귀를 쫑긋 세웠다. 승민이 이부자리를 펴는 걸 가만히 지켜보던 백구는 승민이 눕자마자 달려와 승민의 발치에 따라 누웠다. 발에 전해지는 따뜻한 기운이 싫지 않았다.

인간은 아니지만 무언가의 온기가 함께이기 때문일까? 회사를 관둔 후, 처음으로 꿈도 꾸지 않고 달게 잠이 들었다.

"너 이 녀석!"

더 잘 수 있을 것 같은데 마 교수의 호통에 잠에서 깼다.

왕왕왕!

백구가 짖는 소리도 들려왔다.

"너, 승민이 데리고 들어와서 자면 어떻게 해? 개장수가 잡아간 줄 알고 새벽부터 동네방네 돌아다녔잖아!"

승민이? 내가 여기서 자는 게 뭐가 어때서? 이젠 방에서도 못 자게 하는 건가?

잠에서 덜 깨 멍하니 아버지를 바라보다가 백구 이름이 '승민'이라는 걸 기억해냈다.

"아, 진짜. 아버지, 얘 이름 좀 바꿔요."

"바꾸긴 뭘 바꿔! 이 녀석이 요새 아들 노릇을 얼마나 잘하는데."

마 교수는 진짜 아들을 앞에 두고도 백구만 예뻐했다.

"개 좀 사라졌다고 뭘 그렇게 동네방네 돌아다닙니까? 제가 사라져도 그럴 겁니까?"

"넌 적어도 복날에 잡혀가진 않잖아! 개들이 얼마나 살기 힘든 세상인 줄 알아?"

"저도 살기 힘듭니다."

승민은 투덜거리며 이불을 갰다. 마 교수는 혀를 쯧쯧 차며 백구를 데리고 나갔다. 일어나자마자 물 한 모금 마시고 씻는 건 승민의 오랜 버릇. 뻐근한 눈을 비비며 방에서 나오자마자 어머니가 다가왔다. 백구 데리고 잔 걸로 한마디 할 줄 알았던 어머니는 승민에게 손님이 왔다는 소식을 전했다.

"이 시간에 손님이요?"

"여기선 이 시간이면 대낮이야."

"아무리 시골이라도 아침 7시에 대낮은 좀 심한데요."

"네가 여기 생활에 대해 뭘 알아?"

구박하는 어머니를 피해 부엌으로 들어간 승민은 식탁에 앉아 밥을 먹고 있는 이른 아침의 손님을 발견했다.

"돌팔이. 너 왜 남의 집에서 밥을 먹냐?"

이 시간에 현수가 찾아와서 밥을 먹는 것도 어이가 없는데, 현수의 앞에는 승민도 먹지 못했던 계란프라이가 두 개나 놓여 있었다.

"너, 그 계란!"

"사모님이 해 주셨습니다."

현수는 '이것 봐. 난 당신보다 더 자식 같은 대접을 받아.'라는 표정으로 말했다. 승민은 자신이 씻지 않았다는 것도 잊고 현수의 맞은편에 앉았다.

"여기가 식당인 줄 알아?"

"마승민 씨 만나러 왔는데 자고 있다고 해서 밥 좀 얻어먹는 중이었습니다."

"어…… 나 만나러 왔냐?"

만나러 왔다는 말에 잠이 확 깼다. 현수의 말 한마디에 감정이 휙휙 변하는 자신을 깨닫기도 전, 현수가 계란프라이 하나를 들어 통째로 입 안에 넣는 걸 목격했다. 승민의 눈이 휘둥그레지자 현수가 남은 계란프라이를 승민 쪽으로 밀었다.

"먹고 싶으면 먹어요. 남 먹는 거 뚫어져라 보지 말고."

사실은 먹어 보고 싶었다. 닭이 막 낳은 신선한 달걀을 한 번도 먹어 본 적이 없었다. 하지만 승민은 마지막 자존심을 지키기 위해 달걀 따위 관심 없는 척, 접시를 현수에게 돌려줬다.

"난 닭도, 달걀도 싫어해."

현수는 승민을 빤히 쳐다보다가 남은 계란프라이를 젓가락으로 집어 들었다. 승민의 눈이 계란프라이를 따라갔다. 현수는 승민을 놀리듯 계란프라이를 위로 들었다가 아래로 내렸고, 승민의 눈동자도 위로 올라갔다가 아래로 내려갔다.

"마승민 씨."

"어?"

"얼굴에 뭐 묻었어요."

"그래? 아……!"

그제야 승민은 자신이 아직 세수도 안 한 상태라는 걸 의식했다.

이럴 수가. 막 일어난 모습을 타인에게 보이다니.

승민이 비틀거리며 일어나 욕실로 향하려는데, 현수가 승민의 손목을 붙잡았다.

"잠깐만요."

"왜, 귀찮게 좀……!"

버럭 외치는 입 안으로 아직 따끈한 계란프라이가 쑥 밀려들어 왔다. 승민은 계란프라이 반을 입에 물고 현수를 내려다봤다. 현수가 젓가락을 든 채로 씩 웃었다.

"먹는 걸로는 자존심 챙기는 거 아닙니다."

현수는 아직 승민의 입 밖으로 삐져나와 있는 계란프라이를 손가락 끝으로 꾹꾹 밀어서 승민의 입 안에 완전히 넣어 버렸다. 고소하고 짭조름한 계란프라이의 맛이 입 안 가득 번졌다. 하지만 그것보다는 좀처럼 볼 수 없던 현수의 웃는 얼굴이 마치 태양처럼 빛나서, 승민은 현수에게서 눈을 뗄 수가 없었다.

"맛있습니까?"

현수의 질문에 승민은 고개를 끄덕였다.

"어제 승민이랑 같이 잤다면서요? 절대로 같이 안 잘 거라더니."

"……걔가 억지로 들어온 거야."

"그런 얘기가 떠오르네요. 걔랑은 힘겨루기를 하면 안 된다는 말."

무슨 말인가 싶어서 고개를 갸우뚱했더니, 현수가 설명했다.

"개랑 싸워서 이기면 개보다 더한 놈, 지면 개보다 못한 놈, 비기면 개 같은 놈. 이 얘기 몰라요?"

"……너 지금 내가 개보다 못한 놈이라는 거냐?"

"승민이한테 밀렸잖아요. 승민이 힘이 얼마나 세면 주인이 싫다는데도 방에 들어가서 잤을까나?"

"나가."

"마승민 씨는 할 말 없으면 피합니까? 하긴, 그러니까 엿 같은 상사 놈의 만행도 피하려고 회사를 그만둔 거겠죠."

현수의 빈정거림에 승민은 울컥했다.

역시 어제 현수에게 그 일을 털어놓는 게 아니었다. 밤이기도 하고, 현수의 눈동자가 예쁘기도 해서 주절주절 떠든 건데, 현수가 그걸 약점으로 잡을 줄은 몰랐다.

"그걸로 농담할 생각 없다. 나가."

승민이 손을 들어 현관문을 가리켰다. 현수는 올라간 승민의 팔을 잡아 아래로 내렸다. 승민은 버텨 보려 했지만 현수의 힘이 너무 셌다.

'대체 이 여자는 뭘 먹고 자라서 이렇게 힘이 센 거야!'

현수에게 밀렸다는 민망함에 시선을 피하는데, 현수가 손목을 꽉 잡은 채로 말했다.

"마승민 씨. 자동차 좋아합니까?"

"어, 좋아해."

"나도 자동차 좋아합니다."

"……알아."

현수가 자동차를 좋아한다는 건 인정할 수밖에 없었다.

"마승민 씨가 디자인했다는 CM 시리즈, 마승민의 차. 그것도 아주 좋아합니다."

승민은 고개를 돌려 현수를 쳐다봤다. 현수는 장난기 없는 눈으로 승민을 올려다보고 있었다.

"그래서 마승민 씨가 만든 차가 대한민국의 도로를 달리는 걸 계속 보고 싶습니다."

지금 현수는 마승민의 차가 좋다고 말하고 있었다. 그저 자동차 이야기를 하는 것뿐이다. 그런데도 이상하게 심장이 두근거렸다. 어린 날, 관심 있던 여자애한테 처음으로 고백을 받았을 때처럼. 아니, 그보다 더했다. 심장이 쿵쿵 울려 귀가 아플 지경이었다.

승민은 한 걸음 뒤로 물러났다. 현수에게서 조금이라도 멀어져야만 했다. 현수의 눈동자, 마치 태양 같은 연갈색 눈동자가 승민만을 담고 있어서 이런 두근거림이 생기는 게 분명했다. 그러니까 그 눈동자에 매료되어 두 번 다시 빠져나올 수 없게 되기 전에 현수와 멀어져야만 했다.

하지만 승민은 한 걸음 이상 뒤로 물러날 수가 없었다. 이성은 승민에게 위험하다 경고하고 있지만, 승민의 육체는 현수와 가까이 있기를 간절히 열망했다. 손목에 느껴지는 현수의 체온으로부터, 턱 끝에 닿는 현수의 숨결로부터 벗어나고 싶지 않았다. 그대로 이 안에 갇혀 영원히 현수의 눈동자 안에 존재하고 싶었다.

키스하고 싶다거나, 끌어안고 싶다거나. 그런 육체적 욕망보다 더 큰 욕구가 승민의 안에 가득 찼다.

'이 여자를 갖고 싶어.'

순식간에 일어난 소유욕은 좋은 차나 좋은 옷을 봤을 때에 느끼는 것과는 차원이 달랐다. 승민은 당장이라도 손을 뻗어 현수를 작게 만들고 싶었다. 누구도 현수를 보지 못하도록, 누구도 현수에게 손을 대지 못하도록.

승민은 간신히 정신을 차리고 자기도 모르는 새에 위로 올라갔던 손을 아래로 내렸다. 하마터면 '마치' 연인처럼 현수의 볼을 쓰다듬을 뻔했다.

'정신병이 점점 더 심해지고 있어.'

"난 개인적으로 마승민 씨가 바보 멍청이라고 생각합니다."

승민의 마음을 모르는 현수는 계속해서 말했다. 현수의 솔직한 고백에 승민은 정신을 차렸다.

'그러면 그렇지. 웬일로 좋은 얘기를 해 주나 했네.'

라고 생각하기 전, 현수가 덧붙였다.

"그러니까 직장에서 상사한테 자기 것 좀 뺏겼다고 자존심 챙길 필요는 없다고 생각합니다. 바보인데 자기 거 못 챙기고 뺏길 수도 있는 거죠."

"야, 너······."

"대신에 바보답게 눈치 보지 말고 막 나가세요."

"네가 사회생활을 안 해 봐서 모르는 모양인데······."

"모릅니다. 아는 거 없어요. 하지만 딱 하나는 알아요. 사람들은 예술작품을 감상할 때, 그걸 만들어낸 사람의 배경이 어떤지, 또 사회적으로 어떤 위치에 있는지 같은 사실엔 관심 없다는 거. 물론 만든 사람의 유명세가 어느 정도 영향을 끼치긴 하겠지만, 기본적으로 멋진 작품에는 자기도 모르는 새 저절로 눈이 가기 마련이죠."

현수의 음성에는 힘이 있었다. 승민은 분명하고도 강한 목소리에 매료되었다.

"모터쇼 콘셉트 카, 만드세요. 사람들의 관심을 끌어모을 차를 만드세요. 그 모터쇼에서 오롯이 마승민 씨의 차만이 회자되도록 멋진 차를 만드세요. 그러면 그 차가 도로를 달리지는 못하더라도 사람들의 기억 속에는 남게 되겠죠. 최민석 과장인지 뭔지 하는 사람이 배 아파할 만큼 확실하게, 그리고 바보스럽게, 눈치 보지 말고 만들고 싶은 차를 만들어 버리세요."

"……."

"이게 사회생활은 터럭만큼도 모르는 시골 소녀가 마승민 씨에게 해 줄 수 있는 말입니다. 솔직하게 고민을 털어놨는데, 이 정도 조언밖에 못 해드려서……."

현수는 말을 마치지 못했다. 멋대로 움직인 승민의 몸이 현수를 품 안에 가둬버렸기 때문이다. 단단한 팔이 현수의 어깨를 조여 왔다. 절대로 놔주지 않겠다는 듯, 너는 내 것이라는 듯.

승민에게서는 향기가 났다. 이제 막 일어나서 씻지도 않은 것 같은데 뽀송뽀송 잘 말린 수건의 냄새가 났다. 그 냄새에 섞여 두근두근 심장 박동 소리가 들려왔다. 조금 빠른 듯한 그 소리가 현수는 싫지 않았다.

하마터면 저도 모르게 손을 올려 승민의 허리를 끌어안을 뻔했다. 군살 없이 탄탄한 몸, 잘록한 허리. 끌어안으면 기분이 좋을까? 그런 궁금증이 생겼다.

간신히 충동적인 움직임을 멈출 수 있었던 건, 밖에서 들려오는 백구의 짖는 소리 덕분이었다. 백구 '승민'에게 고마움을 느끼며 승민의 허리께에 닿았던 손을 아래로 내렸다. 하지만 굳이 승민의 포옹에서 벗어나기 위해 노력하진 않았다. 승민에게서 풍겨 오는 향기가 나른하니 좋았기 때문이다.

"그럼 같이해."

머리 꼭대기에서 승민의 음성이 들려왔다.

"그래. 난 최고의 디자이너야. 내 디자인은 모두의 시선을 끌어당길 수 있어. 그러니까……."

승민의 팔에서 힘이 빠졌다. 현수는 아쉬움을 느끼며 고개를 들었다. 승민은 현수의 양어깨를 부여잡고 현수를 내려다보고 있었다. 자동차 이야기가 나오면 으레 그렇듯, 승민의 검은 눈동자는 형형히 타오르고 있었다. 무언가에 열중한 듯한 눈동자는, 역시 멋지다.

"너도 같이해."

"그게 무슨 말씀입니까?"

"난 너랑 같이 자동차를 만들고 싶어."

정비소로 돌아온 현수는 오늘도 혼자서 문을 열었다. 정씨는 마을 사람들과 함께 마실을 나간 터였다. 딸이라는 이유로 정비소를 물려받을 수 없다는 충격에서 벗어나자 아버지의 건강 상태가 몹시도 걱정이 되었다. 최근 아버지의 행동을 보노라면, 인생의 마지막을 새하얗게 불태우려는 것 같았다.

'그나저나…….'

아까는 정말 놀랐다.

싫은 사람이기는 하지만 어쨌든 자기 고민을 솔직하게 털어놨으니, 이쪽도 진지하게 임해야 한다는 생각이 들었다. 집으로 돌아와 밤이 새도록 승민이 했던 이야기에 대해 고민했다.

승민은 자동차를 좋아하는 게 분명했고, 그에 대한 열정도 있었다. 차를 산다면 그런 사람이 만드는 차를 사고 싶었다. 그러니 승민이 다시 그 일을 할 마음이 들도록 도와야 한다는 결론을 내렸다.

하지만 그런 반응은 예상하지 못했다. 같이 자동차를 만들고 싶다니. 시골 정비소에서 일한다고 무시하던 사람이 그렇게 말할 줄은 몰랐다.

'분위기에 휩쓸린 거겠지. 나도 분위기에 휩쓸려서 그 인간을 안을 뻔했으니까.'

누구랑 접촉하는 걸 좋아하는 것도 아닌데, 하마터면 승민을 안아줄 뻔했다는 사실이 현수에게는 큰 충격이었다.

"쑤, 쑤! 초밥 사 왔다!"

정비소 건물로 진혁이 불쑥 들어왔다.

"또 내려왔냐? 시험 기간이라더니."

"우리 현수 걱정돼서 공부가 손에 잡혀야 말이지."

"논다. 넌 원래 공부 잘 안 하잖아."

"초밥이나 먹자. 광어 초밥 위주로 사 왔어."

현수가 반겨 주지 않는데도 진혁은 사람 좋게 웃으며 사 들고 온 초밥 상자를 펼쳤다.

"기분은 나아졌냐?"

"응, 뭐……."

현수는 어깨를 으쓱했다.

이건 승민에게 고마워해야 할 일인지도 모르겠다. 어쨌든 승민 덕분에 정비소 생각에서 잠시 벗어날 수 있었으니까.

"뭔 생각해?"

묵묵히 초밥을 입에 넣는 현수에게 진혁이 물었다.

"프러포즈를 받은 기분이야."

"뭣이!"

느닷없는 대답에 진혁이 벌떡 일어났다. 아무 생각 없이 중얼거렸던 현수는 눈을 동그랗게 뜨고 진혁을 올려다봤다.

"웬 오버야?"

"프러포즈 받았다며!"

"……누가? 그냥 받은 기분이랬잖아."

"받은 기분이 드는 게 받은 거지! 누가! 언제! 어디서! 왜! 무엇을! 뭐 하는 사람인데? 돈은 잘 벌어? 부모님은 뭐 하시고? 집안에 빚은 없대? 어디 산대? 집은 있대?"

"앉아라, 우진혁."

"어서 대답해!"

현수는 자신의 입방정을 원망했다. 적어도 진혁의 앞에서는 말조심을 했어야 했는데.

진혁은 자기가 프러포즈를 받은 것처럼 날뛰었다. 성난 망아지 같은 친구를 지켜보던 현수는 조용히 옆에 있던 망치를 집어 들었다. 방방 뛰면서도 그 모습을 목격한 진혁이 입을 다물고 다시 자리에 앉았다.

"화가 나면 망치를 드는 그런 버릇, 아주 안 좋다고 생각한다."

진혁이 조심스럽게 말했다. 현수는 대답 없이 망치를 더 꽉 움켜쥐고 빙그레 미소를 지었다. 그 미소를 본 진혁이 마주 웃으며 말했다.

"물론 네가 망치를 들고 있는 모습은 아주 매력적이지. 그거 보는 맛에 산다!"

"진혁아."

"응?"

"제발 나 밥 먹을 때는 건드리지 좀 마."

"응. 당연히 그래야지. 자, 어서 먹어. 한 시간이고, 두 시간이고 입 다물고 있을게."

현수는 망치를 내려두고 젓가락을 집었다. 초밥을 입에 넣고 우물우물 씹는데 진혁이 아주 조심스럽게 물었다.

"뭐 하는 사람이야?"

"백수."

"……집에 돈 좀 있는 것 같아?"

"글쎄. 닭 키우고 개 키워."

"……집은 본인 명의고?"

"모르지. 부모님 명의 아닐까?"

"………벌어 둔 돈은 좀 있대?"

"백수인 걸 보면 벌어 둔 돈도 까먹고 있겠지."

"난 이 결혼 반대야!"

현수가 초밥 하나 넣을 때마다 질문 하나를 던지던 진혁이 결국 참지 못하고 외쳤다. 현수는 한심스럽다는 시선을 보내며 말했다.

"그러니까 프러포즈를 받은 게 아니라고."

"그럼 뭔데! 프러포즈를 받은 게 아닌데도 그런 기분을 느끼는 이유가 뭐야? 너, 나 모르는 새에 무슨 망상증 같은 거라도 생겼냐? 응? 그새 그런 게 생긴 거야?"

현수는 대답 없이 망치를 다시 집어 들었다.

"……난 망상증 걸린 친구를 꼭 갖고 싶었어. 아주 좋다, 정현수! 내 친구라면 망상증 정도는 걸려 줘야지! 아주 딱 좋아!"

진혁이 엄지를 척 들어 보이며 말했다. 현수는 망치를 꽉 움켜쥔 채 말했다.

"마승민이 회사 관두고 본가에 내려와 있어. 분위기 봐서는 디자인 일 자체를 안 할 것 같더라고."

"뭐? 마 형님 얘기였어?"

"그래."

"회사는 왜 그만둔 건데? 무슨 일 있대?"

"글쎄. 그럴지도. 여하튼 나는 그 사람이 만든 차를 타고 싶어졌어. 그래서 디자인을 계속하라고 했고."

"응응. 그래서?"

"그랬더니 같이하재."

"같이?"

"응. 나랑 같이 자동차를 만들고 싶대."

진혁의 눈이 크게 벌어졌다.

"그, 그래서 넌 뭐라고 했는데?"

"됐네요, 라고 했지."

"정말 그랬단 말이야?"

"그럼 뭐라고 해? 그 사람이랑 같이 차를 만드는 건 상상도 해 본 적 없는 데다가, 그 사람 다시 하명으로 돌아갈 것 같은데. 내가 하명에 들어갈 수는 없는 노릇이잖아."

"야, 아무리 그래도 그렇지, 사람이 같이 차를 만들자는데 그렇게 멋없게 대답하는 게 어디 있냐?"

"내가 진짜 프러포즈를 받은 것도 아닌데, 뭔 오버야? 사람이 같이 차 만들자는 거 거절하면 큰일 나는 것도 아니고."

"정현수, 정현수."

진혁은 고개를 절레절레 저으며 혀를 찼다. 진혁이 저런 반응을 보일 땐 들어주기 싫은 말을 하는 경우가 대부분이었기에 현수는 망치를 더 세게 움켜쥐었다.

"모르겠냐? 차 디자이너가 차를 같이 만들자는 건, 함께 애를 만들자는 것과 일맥상통해."

"진혁아. 나 아직 망치 들고 있다?"

"망치 따위는 내 신념을 굴복시키지 못해. 너는 함께 애를 낳자는 진지한 제안을 생각도 안 하고 매몰차게 거절한 거야. 정현수. 너 그렇게 모진 놈이었냐?"

"애를 낳는 거랑 차를 만드는 건 당연히 달라. 애는 사랑하는 사람끼리 만드는 거잖아."

"정현수. 너는 자동차를 만들 때 아무하고나 만들 수 있겠냐?"

"뭐?"

"생각해 봐. 누군지 알지도 못하는 사람이나 전혀 믿지 못하는 사람, 싫은 사람, 보기만 해도 끔찍한 사람. 그런 사람이랑 같이 자동차 만들 수 있겠어?"

"그럴 순…… 없겠지? 아무래도……."

"그것 봐. 결국 같이 일을 하려면, 그것도 좋아하는 일을 같이하려면 신뢰가 가고, 좋아하고, 마음이 맞는, 그런 사람이어야 하는 거야. 마 형님은 그런 상대로 널 선택한 거고."

"그, 그런가?"

"그렇대도! 마 형님은 널 신뢰하고 좋은 사람이라고 생각해서 같이 차를 만들자고 한 건데 넌 거기에 대고 '됐어요.'라고 했다고? 와아. 마 형님, 진짜 상처받았겠네."

진혁이 고개를 저으며 한탄했다.

항상 진혁의 말발에 밀리는 현수는 이번에도 진혁의 현란한 말솜씨에 낚였다는 의심조차 없이 생각에 빠져들었다.

'그런 건가? 그 인간이 날 신뢰하고 있었나?'

같이 차를 만들자고 말할 때의 승민의 표정을 되새겨보았다. 승민의 표정은 진지하고 열정적이었다. 장난기라고는 조금도 없었고, 자신의 선택에 확신을 갖고 있는 듯 흔들림 없이 현수를 바라봤다.

"상처를 크게 받았을까?"

"역지사지로 생각해 봐!"

현수의 질문에 진혁이 단호하게 대답했다. 역지사지로 생각해 봤더니 과연 진혁의 말이 옳았다. 자기 딴에는 진지하게 제안을 했는데, 상대가 가볍게 거절을 하면 어지간한 강철 심장이 아니고서야 상처를 받는 게 당연했다.

"좀 더 고민하는 척한 다음에 거절할 걸 그랬나 봐."

"거절을 왜 해? 당연히 받아들여야지."

"받아들이는 게 왜 당연해? 누가 진지하게 애 낳자고 한다고 해서 당연히 받아들여야 하는 건 아니잖아. 나에게도 선택의 권리라는 게 있어."

현수는 자신이 자동차 만드는 걸 어느새 진혁이 그랬듯 '애 낳는 것'에 비유하고 있다는 사실을 깨닫지 못했다.

"생각해 봐, 정현수. 너는 자동차를 좋아해. 지금도 혼자서 깨작깨작 자동차를 만들고 있잖아. 자동차 만들면서 인력 부족과 물품 부족으로 괴로워했던 나날들을 떠올려 봐."

어느새 현수의 옆으로 다가온 진혁이 현수의 어깨에 팔을 두르고 저 먼 하늘을 가리켰다. 마치 그곳에 괴로워했던 나날들이 존재한다는 듯.

괴로워했던 기억 따위는 없었지만 현수는 진혁이 가리키는 곳을 멍하니 쳐다봤다.

"마 형님과 함께 자동차를 만들게 되면 너는 멋진 차 디자이너를 한 명 갖게 되는 거야. 게다가 하명 자동차의 부품과 인력을 마음껏 사용할 수 있게 되지. 눈을 감고 상상해 봐. 최고의 엔진과 자동 변속기를 네 손으로 주물럭거리는 기분을. 그 엔진으로 한 자동차에 생명을 불어넣는 모습을."

현수는 눈을 감고 상상까지 할 생각은 없었다. 하지만 진혁이 먼 하늘을 가리키던 손가락으로 눈을 찌르려고 하기에 어쩔 수 없이 눈을 감는 수밖에 없었다. 최고의 엔진, 자동 변속기 따위는 떠오르지 않았다. 그걸로 만든 멋진 자동차 역시 상상이 되지 않았다.

떠오르는 것은 승민의 눈동자였다. 현수를 진지하게 바라보던, 열정으로 가득한 눈동자.

"딱히 최고의 엔진을 사용하고 싶지 않아. 지금 있는 걸로도 충분하고."

정신을 차린 현수는 진혁의 팔을 걷어냈다. 현수가 자기 뜻대로 휘둘리지 않자 진혁은 '쳇.' 하고 작게 혀를 찼다.

"하여간 하명 자동차에서 날 받아줄 리도 없고, 나도 그런 회사 들어가서 골치 아파하면서 일하고 싶지도 않아. 그리고……."

"현실적으로 생각해 봐."

진혁이 짐짓 진지한 어조로 현수의 말을 끊었다.

"마 형님이 너한테 같이 차를 만들자고 했다는 건, 네가 하명에 들어갈 수 있도록 어떻게든 손을 써 준다는 거잖아."

"남의 손 빌려 가면서까지……."

"노노. 내 얘기 안 끝났어. 아저씨가 정비소 접는다고 하셨다며? 한번 접는다고 하셨으면 접으실 분이야. 아저씨 고집, 너도 알잖아."

아픈 곳을 찔린 현수는 아랫입술을 깨물고 진혁을 노려봤다. 진혁은 찔끔했지만 계속해서 말했다.

"아저씨가 왜 갑자기 정비소를 접는다고 하셨는지는 모르겠지만, 어쩌면 건강이 안 좋아지신 걸지도 몰라. 만약 아저씨가 병원에 입원하게 되면 그 병원비에 약값은 어떻게 감당할래? 대출을 받는다고 해도 한계가 있고, 그전에 직업이 없는 너는 대출을 받기도 힘들어."

"......."

"네가 하명에 들어가면 월급도 들어올 거고, 안정적인 직장이 있으니 대출을 받을 수도 있겠지. 아저씨를 생각해서라도 너는 생각을 좀 넓게 가져야 돼. 하명에서 널 받아 주지 않는다고 하면 도리어 네가 납작 엎드려서 받아 달라고 빌어야 할 상황이라는 거야. 그런 상황에서 하명 자동차 디자이너가 너에게 제안을 한 거잖아. 천재일우의 기회야. 네 고집만 앞세우지 마."

반박하고 싶은데 진혁의 말이 모두 옳았다. 아버지는 어딘가 아플지도 몰랐고, 아버지가 갑자기 입원하게 되면 가장 먼저 걱정되는 게 병원비와 약값이었다. 아버지가 정비소를 현수에게 물려준다고 해도 정비소만 운영해서는 그 돈을 감당하기가 힘들었다.

하고 싶은 일만 하면서 세상을 살아갈 수 없다는 걸 알고 있다. 원하는 일, 즐거운 일만으로 삶이 이루어지는 건 아니었다. 살아가다 보면 원치 않는 일을, 자존심을 굽히는 일을 해야만 하는 순간이 찾아온다. 본인의 입맛에 맞는 일만 하면서 행복하게 살아갈 거라는 믿음은 어린 시절에나 가능한 착각이었다.

현수는 지금이 자신의 어린 시절을 끝내야만 하는 순간이라는 걸 깨달았다. 하명 자동차에 들어가고 싶은 생각도, 이 지역을 떠나

다른 곳으로 가고 싶은 생각도 전혀 없었다. 하지만 이제는 억지로라도 그 생각을 만들어내야만 했다.

"어린이 정현수를 버려야 되나? 평생 이렇게 살고 싶었는데."

"달라지는 게 많진 않을 거야. 네 아버지도, 나도 늘 네 옆에 있을 테니까."

진혁이 웃으며 현수의 어깨를 토닥여 주었다.

"너는 좀 달라졌으면 좋겠는데."

"무슨 말이야. 날 보는 여자들마다 하는 소리가 이대로 변치 말아 달라는 말이거든?"

"그 여자들 명단 좀 불러 봐. 하나하나 제거해 주게."

승민은 충격을 받아서 일어날 수가 없었다. 승민으로서는 일생일대의 제안을 한 건데, 그런 식으로 거절을 당할 줄은 몰랐다.

'너랑 같이 자동차를 만들고 싶어.'

그 말은, 이른바 차 만드는 일을 하는 사람에게 있어 함께 아이를 만들자는 말과 다를 바가 없었다. 그런데 현수는 어처구니없을 정도로 가볍게 거절했다.

─됐거든요?

물론 현수와 결혼할 생각은 없다. 사귀고 싶은 마음 역시 없다.

자동차를 만들자는 그 말도 거의 충동적이었다. 현수가 딱 잘라 거절을 해 주어서 다행이기는 하지만 그렇다고 해도 충격은 충격.

"지가 뭐라고 날 거부해?"

고백했다가 차여 본 적은 단 한 번도 없지만, 그런 일이 생긴다고 해도 지금처럼 충격을 받지는 않을 것이다. 충동적이었던 건 사실이나, 나름 진지한 제안이었다.

다만 이상한 건 순간의 충동에서 비롯한 그 생각이 여전히 남아 있다는 점이다. 충동이었으니 내뱉은 순간 후회되거나 바로 지워져야 하는데, 여전히 같이하고 싶단 생각엔 변함이 없었다. 그래, 아마도 너무 크게 충격을 받은 나머지 아직까지도 머릿속을 맴도는 거겠지.

당연히 좋아할 줄 알았다. 이런 곳에서 고물들을 모아다가 자동차를 만드는 여자니까 최고의 대우를 받으면서 자동차를 만들 수 있게 해 주겠다고 하면 마냥 기뻐하며 받아들일 줄 알았다. 하지만 현수는 황당할 정도로 매몰찼다. 그래서 현수가 떠난 후에도 현수가 나간 대문을 쳐다보며 멍하니 서 있을 수밖에 없었다.

닭 쫓던 개가 지붕 쳐다본다.

그 속담이 떠오른 순간, 자신의 모습이 거기 들어맞는다는 생각에 모멸감을 느끼며 거실에 드러누웠다. 다 큰 아들이 거실에 쓰러져 있는데도, 마 교수와 최 여사는 아는 체를 하지 않았다.

위이이이이잉!

시끄러운 소리에 정신을 차리니 최 여사가 청소기를 돌리는 중이었다. 청소기는 바닥에 쓰러진 승민이 쓰레기라도 된다는 듯 빨

아들이려 하고 있었다.

"아, 어무니! 아들 고민 좀 합시다!"

"넌 정말…… 아니, 됐다. 쯧쯧."

"왜 말씀을 하다 마십니까? 그냥 속 시원히 말씀하세요!"

"말해 뭐 해! 말을 해서 통해야 얘기를 하지!"

"그럼 저 똥개나 닭들한테는 말이 통해서 얘기를 하시는 겁니까?"

"쟤들은 내 말을 아주 찰떡같이 알아들어!"

"왈왈!"

신발장에서 백구가 꼬리를 흔들며 짖었다. 말리는 시누가 더 얄밉다고, 함께 밤을 보낸 사이인데도 백구를 한 대 쥐어박고 싶었다.

"어머니는 아무것도 몰라요."

"알면서 너처럼 사느니, 차라리 모르고 사는 게 낫겠다. 저리 좀 비켜. 먼지 치우게."

최 여사가 청소기로 승민의 옆구리를 툭툭 쳤다. 승민은 데굴데굴 굴러 옆으로 비켰다.

"왈왈왈!"

둘을 구경하던 백구가 갑자기 밖으로 달려 나갔다. 곧이어 끄응 끄응, 하며 애교를 부리는 듯한 소리가 들리더니,

"최 여사님, 또 왔습니다."

승민에게 큰 충격을 안겨 주었던 목소리가 들려왔다. 승민은 벌떡 일어났다.

"우리 현수 왔어?"

"네, 자꾸 찾아와서 죄송합니다."

"뭘, 우리 딸 같아서 얼마나 좋은데. 들어와, 들어와."

자신을 먼지보다 못하게 취급하던 최 여사가 현수를 딸로 받아들이는 순간을 승민은 황당한 표정으로 지켜봤다. 멀쩡한 아들을 옆에 두고 왜 저러는 건지 모르겠다. 회사를 때려치우고 뒹굴거리는 아들이 멀쩡한 건 아니겠지만.

"저, 마승민 씨 좀 만나러 왔습니다."

"그래. 너도 고생이다."

최 여사는 현수가 어린 동생 챙겨 주는 누나처럼 보였는지 혀를 쯧쯧 차며 말했다. 승민은 '저 돌팔이 때문에 정신병에 걸린 내가 더 고생입니다!'라고 외치고 싶었지만, 정신병에 걸렸다는 걸 부모님에게 알릴 수는 없기에 아랫입술을 깨물기만 했다.

"왜 왔냐?"

승민이 퉁명스레 물었다.

"아까 그 얘기 좀 하고 싶어서요."

"뭐? 됐다며?"

"생각이 바뀌었습니다."

"하? 사회생활이 그렇게 충동적으로 이랬다저랬다 할 수 있는 줄 알아? 됐다고 했으면 그걸로 끝인 거야."

현수는 승민을 빤히 쳐다보다가,

"그렇겠네요."

라더니 미련 없이 돌아섰다.

"야, 돌팔이. 그게 다야?"

승민의 말에 현수가 걸음을 멈췄다.

"그럼 어떻게 해야 됩니까? 안 된다면서요? 매달리기라도 할까요?"

"그렇게라도 해야지."

"됐습니다."

"넌 뭐가 그렇게 쿨해?"

"그럼 마승민 씨는 뜨겁습니까?"

"그래, 난 내가 결심한 일에 대해서는 아주 뜨거워. 한번 결정을 하면 절대로 마음을 바꾸지 않거든."

승민은 현수를 향해 성큼성큼 다가갔다. 현수의 앞을 막아선 승민은 불퉁한 표정의 현수를 내려다보며 말했다.

"이랬다가 저랬다가, 저런 게 안 되니 또 이랬다가. 그런 식의 쿨함은 매력 없어. 남녀 사이의 문제가 아니잖아. 이건 네가 좋아하는 일에 대한 거야. 그게 너한테는 그렇게 가벼워?"

"……가볍지 않습니다."

"그럼 좀 더 뜨겁게 행동해 봐. 고작 한 번 말해놓곤 안 된다고 바로 포기하지 말고."

승민의 묵직한 음성에 현수 역시 진지하게 승민을 바라봤다. 승민은 이 고집스럽고 퉁명스러운 여자가 자신에게 매달리고 애원하는 모습을 보고 싶었다. 남자처럼 보이고 싶어 하는 여자니까, 강하게 행동하려는 여자니까, 자신이 원하는 걸 위해 부딪쳐 올 것이다.

한참 동안 승민을 쳐다보던 현수가 결심한 듯 입을 열었다.

"역시 됐습니다. 자동차 회사가 하명만 있는 것도 아니고."

"그래, 네가 그렇게 원한다면…… 뭐?"

당연히 애원할 줄 알았던 현수는 가볍게 거절하고는 승민을 지나가려 했다. 이런 걸 원한 게 아니다. 승민은 다급히 현수의 손목을 붙잡았다.

"돌팔이, 내가 한 말 제대로 안 들었어?"

"제대로 들었습니다. 내가 원하는 건 자동차를 만드는 거지, 하명 자동차에 들어가는 게 아닙니다. 굳이 노고 씨한테 매달릴 이유가 없죠."

"너……."

반박할 말을 찾을 수가 없었다.

"이 손 놔주세요."

"……그래, 내가 졌다. 받아들여 주지."

승민이 원하는 건 자동차를 만드는 거였다. 정현수와 함께.

"됐다니까요."

"받아들여 준다고! 하명에서 일하게 해 준다니까? 뭐가 문제야?"

"다른 자동차 회사 알아보면 됩니다. 마승민 씨한테 폐 끼치고 싶지 않네요."

"폐가 아니야."

승민은 저도 모르게 현수의 손목을 끌어당겼다. 현수가 승민의 가슴에 얼굴이 닿을 만큼 가까운 거리까지 끌려왔다.

"이봐요……."

"내가 너랑 같이하고 싶은 거야. 이왕이면 가장 좋은 자동차 회사에서."

현수는 홀린 듯 승민을 바라봤다. 두 사람은 아주 오랫동안 침묵을 지켰다. 하지만 마주친 둘의 눈동자는 수많은 대화를 나누었다.

너랑 함께하고 싶어.

왜요?

네가 좋으니까.

좋아한다고 모두 같이 일하는 건 아니잖아요.

좋아하니까 잘해낼 거라고 믿는 거야.

내가 잘할 것 같아요?

응. 나만큼.

둘은 그 대화가 무슨 의미인지도 모른 채, 오랜 시간 둘만의 세계에 빠져들었다. 간헐적으로 들려오는 닭 울음소리나 백구가 우렁차게 짖는 소리 같은 건 그들의 세계에 끼어들지 못했다. 무색·무취·무음의 고요한 세계에서, 둘은 서로의 눈빛만을 느낀 채 그렇게 서 있었다.

꿀꺽.

침을 삼키는 소리가 자신에게서 난 건지, 상대에게서 난 건지 의식하지도 못했다. 어쩌면 두 사람이 동시에 침을 삼킨 건지도 모르겠다. 어쨌든 작은 소음 하나가 둘을 현실로 끄집어냈다. 현수는 정신을 차리고 승민에게 잡혀 있던 손을 빼냈다.

"알겠습니다."

현수는 무뚝뚝하게 대답하며 돌아섰다.

"같이해요."

"정말?"

승민이 현수의 어깨를 잡았다.

"네. 나도 뭐…… 아무튼 언제까지 준비하면 됩니까?"

"오늘 당장!"

"오늘 당장은 좀………."

현수가 대답하려는데, 그동안 숨어서 둘의 대화를 듣던 최 여사가 모습을 드러냈다. 최 여사는 발그레 상기된 얼굴로 두 사람을 돌아보며 외쳤다.

"뭐니, 뭐니? 드디어 우리 현수가 승민이 프러포즈를 받아들여 준 거야?"

최 여사의 충격적인 발언에 현수와 승민은 서로의 얼굴을 쳐다봤다가 동시에 외쳤다.

"프러포즈 아닙니다!"

"어머니, 우리 현수가 아니라 우리 승민이라고 좀 해 보세요!"

승민이 데려다 주겠다고 나섰다.

"됐습니다."

오토바이를 타고 온 현수는 가볍게 거절했다.

"앞으로의 일에 대해 계획을 세워야지."

"무슨 벌써부터 계획을 세웁니까?"

"시간은 널 기다려 주지 않아. 내일이 모레가 되고 모레가 다음 주가 되는 거야. 이런 데서 지내다 보면 세월아, 네월아 하면서 시간 허투루 보내게 되는 거 알겠는데, 서울에선……."

승민은 말을 끝낼 수 없었다. 현수가 엄지와 검지로 승민의 입술을 꽉 잡은 것이다. 승민의 눈이 휘둥그레 커졌다.

"그놈의 서울 타령, 이제 그만 좀 하시죠."

승민이 입술이 붙잡힌 채로 고개를 주억거렸다. 현수는 승민을 놔주고 대문으로 향했다.

"아무튼 갑니다."

"데려다 준다니까."

현수는 승민을 무시하고 대문 앞에 세워 놓은 오토바이로 향했다. 당연히 트럭일 줄 알고 뒤를 따랐던 승민은 오토바이를 보더니 인상을 찌푸렸다.

"설마 이거 네 거냐?"

어쩌면 이 남자는 이렇게 예측 가능한 행동만 할까?

현수는 승민이 오토바이를 보면 오만상을 찌푸릴 거라고 생각했고, 승민은 딱 그렇게 행동했다. 만약 이 오토바이가 웬만한 중형차 가격을 넘어서는 할리데이비슨이었다면 두 눈을 휘둥그레 뜨고 달려들었을 것이다. 하지만 현수의 오토바이는 어디서나 쉽게 볼 수 있는 125CC의 빨간색 코멧.

대답 대신 오토바이 시트에 놔뒀던 헬멧을 쓰자 승민이 현수의 팔을 잡았다.

"오토바이는 아무나 타는 게 아니야."

"6년 무사고입니다."

"야, 너 25살이잖아. 대체 몇 살 때부터 운전을 한 거야? 네가 무법자냐?"

"면허 따고 나서부터 탔으니까 신경 끄세요."

현수가 승민의 팔을 뿌리치고 오토바이에 앉았다. 부릉부릉. 오토바이의 엔진음이 위협적으로 들려왔다. 승민은 망설이다가 현수의 앞을 막아섰다. 출발하려던 현수는 한쪽 다리로 땅을 짚고 선 채 헬멧 너머로 승민을 노려봤다.

"뭡니까?"

"오토바이 타는 여자 매력 없어."

엔진음 때문에 승민의 음성이 잘 들리지 않았다.

"뭐라고요?"

"오토바이 타는 여자! 매력 없다고!"

승민이 목소리를 높였다. 현수는 짜증스럽게 그립을 돌렸다. 부아아앙! 현수의 마음을 대변하듯 커진 소리에 승민이 움찔했다. 하지만 비키진 않았다.

저걸 그냥 밟고 가 버릴까?

승민을 향한 마음이 하루에도 수십 번씩 돌변하는 게 신기했다. '대단하네.'라는 생각이 들다가도 몇 초만 지나면 '짜증 나!'라는 마음이 강해졌다. 문제는 '짜증 나!'의 기간이 길다는 데 있었다.

얼른 돌아가서 정씨에게 승민과 함께 일하기로 했다는 사실을 알리고 이것저것 준비를 해야 한다. 그런데 서울에 가자고 한 승민은 정작 서울 갈 준비를 방해하고 있다.

"위험한 오토바이 타면서 자기 몸 함부로 굴리는 여자랑은 일하기 힘들어."

승민의 말에 울컥 화가 치밀었다. 자기 몸을 함부로 굴리다니.

오토바이가 안전하지는 않겠지만 가까운 거리를 달릴 때도 헬멧을 꼬박꼬박 챙겨 썼다. 신호 위반은 해 본 적도 없고 규정 속도 이상의 속력을 내지도 않았다.

자기가 뭘 안다고 몸을 함부로 굴리네, 마네 하는 걸까?

짓궂은 마음에 오토바이를 살짝 앞으로 움직였더니 승민이 소스라치게 놀라며 옆으로 비켜섰다. 금세 저렇게 피할 거면서 막아서는 척하기는. 현수는 피식 웃으며 이번에야말로 오토바이를 출발시키려 했다.

하지만 생각지도 못한 일이 벌어졌다.

옆으로 비켜섰던 승민이 깜짝 놀랄 만큼 빠르게 오토바이 뒤에 올라탄 것이다. 승민의 무게로 오토바이가 살짝 눌렸고, 현수의 어깨에 승민의 손이 얹어졌다.

"헬멧 쓴다고 오토바이가 안전해지는 게 아니야. 네가 조심해서 운전해도 상대가 치고 들어오면 날아가게 되는 게 오토바이야. 그래, 오토바이 타면 편하지. 차가 막혀도 그 사이로 지나갈 수 있고. 그런데 왜 사람들이 오토바이를 안 타겠냐? 위험하니까 안 타는 거야."

승민이 현수의 어깨를 세게 움켜쥐었다.

"앞으로 오토바이 타는 건 관둬."

"도대체 당신이 뭔데 나한테 이래라저래라 하는 겁니까? 내 아빠라도 됩니까?"

"뭐…… 일종의 보호자라고 할 수 있지. 한동안 같이 일도 해야 하고. 널 계속 만나야 내…… 병도 고칠 수 있고……."

중얼중얼 대꾸하는 소리가 엔진음과 헬멧에 파묻혀 잘 들리지 않았다. 고쳐? 뭘 고치는데?

현수는 헬멧을 벗을까 하다가 관뒀다.

"출발할 겁니다."

"안 내릴 거야."

"그러시든지요. 내려가는 길 울퉁불퉁하니까 꽉 잡으세요."

"내가 요새 오토바이를 안 타서 그렇지, 미국에서는…… 으왓!"

잘난 척해 대는 소리가 듣기 싫어서 갑작스레 오토바이를 출발시켰다. 뒤로 휙 넘어갈 뻔한 승민이 호들갑스럽게 비명을 지르며 현수의 허리를 끌어안았다. 불현듯 감겨 오는 두 팔의 조임에 현수는 당황했다. 이런 식의 반응은 예상하지 못했다.

현수의 허리를 꽉 끌어안은 승민이 현수의 어깨에 턱을 괬다. 헬멧을 쓰고 있는데도 승민의 숨결이 느껴질 정도로 그와의 거리가 너무 가까웠다. 등에 닿은 승민의 가슴이 의식되어서 현수는 이를 악물었다.

'뭐야, 이거?'

오토바이 뒤에 사람을 태운 게 이번이 처음은 아니다. 여자를 태운 적도 있고 남자를 태운 적도 있다. 진혁이나 봉구 오빠를 태웠을 때는 이런 기분이 들지 않았다. 심장이 꽉 죄는 기묘한 느낌이 불쾌했다.

'나 이 사람 진짜 싫어하나 봐.'

보면 볼수록 짜증이 나는 사람이니 이런 접촉만으로도 심장이 죄는 기분이 들만도 하다. 문제는 이렇게나 싫은 사람과 앞으로 함께 일을 하게 되었다는 점이다. 이제 와서 생각해 보면 진혁의 말에 휘둘려 충동적으로 결정을 해 버린 것 같다.

길이 울퉁불퉁해서 오토바이가 흔들리자, 현수를 끌어안은 승민의 팔 힘이 더 강해졌다. 이러다가 허리가 부러지겠다고 생각하며 현수는 오토바이를 몰았다.

정비소에 도착하자마자 현수는 도망치듯 오토바이에서 내렸다. 승민은 멍한 표정으로 오토바이를 잡고 서 있는 현수를 올려다봤다.

"빠르잖아!"

잠시 후 정신을 차린 승민이 외쳤다.

"규정 속도 지켰습니다. 얼른 내려요."

승민이 투덜거리며 오토바이에서 내렸다. 현수는 오토바이를 잘 세워 두고 정비소 건물로 향했다. 정비소 건물의 문은 오늘도 닫혀 있었다.

"얼른 서울 올라갈 준비해."

승민이 뒤를 따라오며 재촉했다.

"아버지한테 허락도 받아야 하고, 서울에서 살 집도 구해야 합니다. 이삿짐도 옮겨야 하고요. 주거 공간 옮기는 게 마승민 씨 생각처럼 쉬운 게 아닙니다."

"쉬운 게 아니라는 건 알지만 오늘이 내일이 되고……."

"내일이 가면 한 달이 지난다고요?"

"남의 말 끊는 거 나쁜 습관이야."

"했던 말 반복하는 것도 나쁜 습관입니다."

현수는 정비소 건물 문을 열고 들어가 공구 상자를 챙겼다. 기계를 좋아하는 현수를 흐뭇하게 바라보던 정씨가 현수의 열 번째 생일날 사준 공구 상자였다. 그 외에도 이것저것 챙기다 보니 쓸쓸해졌다.

자각하기 전부터 놀이터처럼 드나들었던 정비소였다. 한때는 어머니와 함께, 또 한때는 친구들과 함께. 그리고 시간이 흐르고 흘러 지금은 노란 고무줄과 함께. 이 안에서 있었던 좋은 일도, 나쁜 일도 이제는 다 아련한 추억이다. 추억으로 가득한 공간이 다른 누군가의 손에 들어간다는 사실이 여전히 믿기지 않는다.

현수는 승민이 함께라는 것도 잊고, 손바닥으로 정비소 안을 천천히 쓸어 보았다. 오래된 가구와 공구에서 진하고 따뜻한 옛 기억들이 전해졌다.

좋아하는 공간이 사라진다는 건 어떤 기분일까? 이 정비소가 진짜로 사라지게 되면 그땐 어떤 감정을 느끼게 될까?

이사 한 번 가 본 적 없는 현수였다. 삶의 일부였던 공간이 사라지는 기분을 가늠조차 할 수 없었다.

"왜 그래?"

현수를 지켜보던 승민이 퉁명스레 물었다. 승민의 목소리에 그제야 현수는 정신을 차렸다.

아, 여기 이 사람도 있었구나.

감상에 젖은 모습을 승민에게 보이기 싫었다. 현수는 카운터에 올려놨던 손을 거두고 공구 상자를 챙겼다.

"아닙니다. 가죠."

"어디 가?"

"아버지한테요. 마승민 씨는 돌아가세요. 허락받고 이것저것 정해지면 연락드리겠습니다."

"같이 가."

"마승민 씨도 할 일 있는 거 아닙니까? 호기롭게 회사 관뒀다면서요? 사장도 아니고 일개 평사원이 이제 와서 다시 돌아가겠다고 하면 넙죽 받아 주겠습니까?"

현수의 말에 승민은 당황해서 움직임을 멈췄다. 거기까지는 생각해 보지 않은 모양이다. 하지만 어제 세찬이 했던 말을 떠올리고는 당당한 표정으로 돌아갔다.

"사장님이 아직 사표 수리를 안 했다더라. 나 같은 인재를 놓치고 싶지 않은 거겠지."

어제만 해도 울적해하더니 오늘의 승민은 당당하다. 얄미울 정도로 자신감에 찬 모습이 우스워서 현수는 작게 웃었다.

"혹 하나 달렸지 않습니까?"

"혹?"

승민이 무슨 말이냐는 듯 되묻자, 현수는 손가락으로 자신을 가리켰다. 승민이 씩 웃으며 현수의 손가락을 잡았다.

"혹이라는 걸 알고 있으면 됐어."

말만이라도 '넌 혹이 아니야.'라고 말해 주면 좋을 텐데. 하여간 참 정 안 가는 남자다. 현수는 신경질적으로 승민에게 잡힌 손가락을 빼냈다.

"자신이 혹이라는 걸 아는 인간은 성장할 가능성이 있다는 거지. 그런 낮은 자세, 아주 좋아."

승민은 꼭 한마디를 덧붙였다.

"아무튼 가세요."

"같이 가자니까."

"대체 왜요? 우리 아버지 무서워하잖아요?"

"난 아무도……."

거기까지 말한 승민은 건장한 정씨를 떠올리고는 말을 멈췄다. 하지만 곧 덧붙였다.

"두려워하지 않아. 그리고 당연히 같이 가야지. 나 때문에 서울에 올라가게 된 건데 찾아뵙고 내가 허락을 구하는 게 우선이잖아."

안 그런 사람이 갑자기 다른 모습을 보이면 당혹감과 동시에 신선함이 찾아온다. 무책임하고 허영심 강해 보이는 승민은 아주 가끔씩 책임감과 성숙함을 보여줬다. 그럴 때마다 현수는 당혹스러웠고, 또 놀라웠다. 두 감정이 섞여 심장이 작게 뛰었다.

승민을 말끄러미 응시하고 있는데,

"응? 정비소 문이 왜 열려 있지?"

라는 말과 함께 정씨가 들어왔다. 정씨는 현수와 승민의 모습에 놀란 듯 움직임을 멈췄다. 현수를 향하던 시선이 승민에게로 옮겨 갔다. 부리부리한 눈을 마주한 승민은 움찔했지만 물러서지 않았다.

정씨는 '네놈이 왜 여기에 있어?'라고 묻는 시선으로 승민을 쏘아봤다. 승민은 한참 망설이다가 가까스로 입을 열었다.

"아버님."

"내가 왜 네놈 아버님이야!"

정씨가 버럭 소리를 질렀다. 현수도 황당해서 승민을 돌아봤다. 간혹 친구의 아버지에게 '아버님'이라고 부르는 사람이 있다는 건 알고 있다. 하지만 현수의 지인이 정씨를 '아버님'이라고 부르는 건 처음이었다.

오랫동안 친하게 지낸 진혁도 정씨를 '아저씨'라고 부른다. 승민이 큰 의미를 가지고 그렇게 부른 것은 아닐 텐데도 현수는 팔뚝이 간질간질한 느낌을 받았다.

정씨의 반응에 승민은 당황한 듯했지만 곧 고쳐 말했다.

"그럼 사장님."

곧 문을 닫을 정비소이기는 하지만 그걸 감안한 호칭이 틀림없었다. 이번 호칭은 마음에 들었는지 정씨가 표정을 누그러뜨렸다.

"현수야. 이 녀석이 또 너한테 무슨 짓 했냐?"

그제야 딸의 어두운 안색이 눈에 들어왔는지 정씨가 걱정스럽게 물었다. 현수는 어깨를 으쓱했다.

"아뇨, 아무 짓도요. 다만……."

"다만?"

짙은 눈썹을 들어 올리는 정씨를 보자 현수는 말을 꺼내기가 힘들어졌다. 멀쩡한 딸을 두고 아들만 원하는 서운한 아버지라지만, 그래도 정씨는 현수의 하나밖에 없는 가족이었다. 게다가 정씨는 암에 걸린 적이 있었다. 병이 언제 재발할지 모르는 아버지를 혼자 남겨두고 서울에 올라가야 한다는 것이 마음에 걸렸다.

'서울 가서 살려고요.'라는 말이 목구멍에 걸렸다.

'꼭 서울이 아니어도 되잖아.'

라는 생각이 들었다. 아버지의 약값이든, 현수의 미래든 꼭 서울이 아니어도 괜찮다. 고향에 남아 시내에 있는 어디어디에 취직한 몇몇 친구들처럼 현수도 사무직 하나 얻어 일하면 그만이었다. 사람이 꼭 좋아하는 일을 하면서 살 수는 없는 거니까.

현수의 흔들리는 마음을 눈치챈 건지, 승민이 선수를 쳤다.

"사장님, 현수를 데리고 서울에 가려고 합니다."

정씨가 눈을 부릅떴다.

"네가 왜 내 딸을 서울로 데려가?"

"제가 하명 자동차에서 근무하고 있습니다."

언제 챙겨 나온 건지 승민이 주머니에서 명함을 꺼내 정씨에게 내밀었다. 정씨는 그걸 받지도 않고 승민에게 물었다.

"그래서?"

"따님과 함께 차를 만들고 싶습니다."

승민의 낮고 진지한 음성에 현수의 심장이 쿵 내려앉았다. 아침에도 들은 말이고 한 시간 전에도 들은 말인데, 들을 때마다 새로운 기분이 들었다. 현수는 동요를 드러내지 않으려고 애썼다.

"우리 현수랑…… 차를 만들고 싶다고………?"

정씨 역시 '딸을 제게 주십쇼.'라고 말하는 사내를 앞에 둔 것 같은 표정으로 더듬더듬 되물었다. 승민은 조금도 흔들림 없는 자세로 대답했다.

"네, 사장님. 현수랑 함께 차를 만들고 싶습니다."

"너…… 너도 그러고 싶으냐?"

정씨가 심각한 얼굴로 현수를 쳐다봤다. 현수는 주먹을 꽉 쥐고 고개를 끄덕였다.

"네, 아버지. 차, 만들고 싶습니다."

"이, 이 녀석이랑?"

정씨의 떨리는 손가락이 승민을 가리켰다. 정씨의 앞에서 움찔거리던 승민의 모습은 거기에 없었다. 승민은 허리를 꼿꼿이 펴고 현수의 대답을 기다리고 있었다. 자신의 선택에 한 치의 의심도 품지 않는 강하고 단단한 눈빛. 흔들리지 않는 검은 눈동자가 조금은, 정말로 아주 조금은 좋아질지도 모르겠단 생각을 하며 현수는 고개를 끄덕였다.

"네, 마승민 씨랑요."

그다음은 일사천리로 진행되었다. 현수의 생각이 확고하다는 걸 알게 된 정씨는 여기저기에 전화를 돌렸다.

"우리 딸 서울 갈 거래! 파티해야지, 파티!"

딸이 멀리 간다는 데도 전화를 돌리는 정씨의 표정은 밝았다. 조용히 떠날 생각이었는데, '현수 상경 기념 축하 파티'를 한다고 했다. 현수는 거절했지만 정씨는 막무가내였다.

"오늘 당장 갈 것도 아니잖아요."

"오늘 당장 가야지! 쇠뿔도 단김에 뽑으라는 말 몰라?"

"짐도 싸야 하고, 서울에서 살 집도 구해야 하고……."

"챙길 짐이 뭐가 있어. 갈아입을 옷이나 몇 벌 대충 가져가면 되지. 그리고 살 집은 슈퍼마켓 김씨 알지? 그 양반이 서울에 빠삭하거든. 그 양반한테 부탁해 두면 돼."

"아버지……."

들뜬 정씨를 말릴 수 있는 사람은 아무도 없었다. 마치 정씨가 오래전부터 이 순간을 기다린 게 아닌지 의심이 될 정도였다. 아쉬울 것 없다는 태도에 서운함까지 느껴졌다. 승민 역시 너무도 빠르게 돌아가는 일에 황당하다는 듯 정씨를 쳐다보고 있었다.

현수에게 얼른 짐을 챙기라고 닦달한 정씨는 파티 준비를 위해 정비소를 떠났다. 한바탕 폭풍이 몰아친 것 같았다.

그래, 짐이나 챙기자.

짐 싸는 걸 도와주겠다는 승민을 간신히 돌려보냈다. 승민은 현수가 마음을 바꿀까 걱정이 되는 듯 몇 번이나 다짐을 받아내고 난 후에야 떠났다.

현수는 집으로 돌아와 방문을 열었다. 방 안 여기저기에 놓인 인형들이 현수를 반겼다.

현수는 얼마 전 진혁에게 받은 분홍색 돌고래 인형을 끌어안았다.

'옳은 선택을 한 게 맞을까?'

승민은 이 일에 확신을 갖고 있는 듯했다. 승민이 현수의 어떤 면을 보고 함께 자동차를 만들고 싶다고 결심했는지 아직도 모르겠다.

확실한 것은 자신이 바보처럼 굴고 있다는 점이었다. 주위의 말에 휘둘려 결정을 서두르고, 그 결정에 대해 후회하고, 또다시 휘둘려서 결정하고. 마치 갈대처럼 흔들리고 있었다.

'아니, 결정을 내린 건 다른 누구도 아닌 나야.'

현수는 돌고래 인형을 침대 위에 조심스럽게 내려놨다.

'서울로 가는 것도, 마승민이랑 같이 일하겠다고 결심한 것도 결국은 내 결정이야. 이제 그만 흔들려야 해.'

이렇게 흔들려서야 세상 물정 모르고 징징거리는 계집아이와 다를 게 없다. 아버지가 정비소를 물려주지 않으려고 한 것도 이해가 된다. 그저 시키는 일을 하는 것과 책임지고 뭔가를 운영하는 건 다르다. 매사에 갈팡질팡하고, 남 말에 쉽게 휘둘리는 사람은 '운영'을 하기 어렵다.

자신의 선택에 확신을 갖기로 결심했다. 현수는 마당으로 나가 종이 상자들을 가지고 돌아왔다. 박스 테이프로 상자를 조립하고 그 안에 인형들을 넣었다. 어디에 가서 살지 정해지지 않았기 때문에 인형을 전부 가지고 갈 수는 없었다.

가장 좋아하는 인형 몇 개와 돌고래 인형. 그리고 몇 벌의 옷과 책을 넣고 나니 딱 두 박스가 나왔다. 다섯 개나 조립한 상자들이 무색했다.

현수는 상자 위에 걸터앉아 크게 숨을 들이마셨다.

〈다음 권에 계속〉